David S. Khara

Le Projet Bleiberg

Éditions Critic

Ouvrage dirigé par Simon Pinel

Collection Thriller
Dépôt légal : octobre 2010
ISBN : 978-2-9534998-2-7

Illustration et maquette de couverture : Cyrielle Alaphilippe

Éditions Critic
19 rue Hoche 35000 RENNES

site internet : http://editions.critic.fr
mail : editions.critic@gmail.com

L'éditeur remercie Eric, Claude et Vivi
pour leur travail de relecture.

Avertissement de l'auteur :

Le Projet Bleiberg est une œuvre de fiction adossée à des éléments historiques. De nombreuses anecdotes, lieux, faits et personnages présentés dans ce livre ont existé mais ont été modifiés librement par l'auteur pour servir son intrigue.

Plus vous saurez regarder loin dans le passé,
plus vous verrez loin dans le futur.

Winston Churchill

JOUR 1

Chapitre 1

Camp de Stutthof, 1942.

Deux ans. Deux longues années à se geler dans l'enfer glacé du nord de la Pologne. On ne pouvait pas l'accuser de manquer de dévouement ! Horst Geller avait rejoint la *Schutzstaffel* dès le début 1936. Il avait vingt-trois ans à l'époque. Il n'était pas fanatique d'Hitler, mais compte tenu de l'emprise du personnage sur les foules, rentrer dans le rang était la meilleure décision.

S'il avait choisi la SS, c'était moins pour être dans « l'escadron de protection » du Führer que pour bénéficier d'une paix royale. Sa famille serait respectée et protégée du climat de suspicion régnant dans le pays. L'Allemagne, et dans son sillage toute l'Europe, était frappée de démence. Mais un jour la guerre s'arrêterait et tout rentrerait dans l'ordre. Horst aurait misé son petit appartement là-dessus. En 1940, il s'était retrouvé marié et père dans la foulée. Une révolution dans sa vie. Deux bonheurs pour le prix d'un.

Hélas, 1941 n'avait pas débuté sous les meilleurs auspices. Sa hiérarchie l'avait promu. Ça, c'était bien, même s'il ne demandait rien. Cette promotion s'accompagnait d'une affectation en Pologne pour surveiller un camp de prisonniers. C'était une mission d'importance. Toute tentative de refus de la mutation s'annonçait vaine. Alors, il était parti, la mort dans l'âme, laissant Karine et la petite Gisela derrière lui. « Ce n'est pas le front », avait-il déclaré, en guise d'au revoir, à son épouse éplorée.

Et ainsi se succédèrent les étés sans couleurs et les hivers qui démontraient chaque nuit que l'enfer était froid. De temps à autre, il profitait d'une permission pour s'enivrer à Dantzig, quelque quarante kilomètres plus à l'ouest, et oublier sa solitude dans les bras de filles à soldats. Sa solde nourrissait confortablement sa petite famille. Un souci de moins. Le travail au camp n'était pas des plus compliqués. Surveiller des opposants politiques condamnés à trimer pour la *Deutsche Ausrüstungswerke* (la DAW, usine d'armement appartenant à la SS), sortir des Juifs des camions pour les entasser dans des baraquements. Une fois par semaine, il supervisait la distribution des maigres rations de pain et de soupe de rave aux prisonniers. Il prenait parfois plaisir à savoir les israélites à leur vraie place. Mais il y avait les enfants... Il lui était de plus en plus difficile de supporter leurs regards où se mêlaient peur et supplique. Horst ne leur voulait pas de mal. Oh bien sûr, il n'éprouvait aucune sympathie pour les Juifs ! Mais de là à exécuter des gosses, il y avait un pas qu'il ne franchissait que pour une seule raison : c'était eux ou lui. Oui, Horst était un homme ordinaire perdu au milieu d'une meute de chiens affamés, de bourreaux fanatisés et d'un hiver sans fin. Il se demandait parfois combien de ses frères d'armes pensaient comme lui. Combien de ces soldats d'élite, obéissant au *Reichsführer-SS* Heinrich Himmler, pleuraient le soir ? Il espérait qu'il y en eût au moins un.

Cette nuit-là, le SS Geller était plus déprimé que d'ordinaire. La température avoisinait les cinq sous zéro. Il montait la garde devant une imposante bâtisse plus propre que les baraquements de prisonniers. L'hôpital lui aurait fait froid dans le dos s'il n'était pas déjà transformé en bâtonnet glacé. Les enfants juifs encore capables de tenir debout étaient amenés ici pour satisfaire aux demandes de l'étrange personnage dirigeant l'endroit. *Herr Doktor* était l'unique nom qu'on lui connaissait. Il ne sortait jamais, ne se mêlait jamais aux troupes, et le son de sa voix était inconnu de tous. Il transmettait ses requêtes par écrit au nouveau commandant du camp, le major Hoppe. Du matériel était parfois transféré de l'usine d'armement vers l'hôpital, mais seule la direction du camp y avait accès. Une fois, Horst avait même surpris Hoppe déchargeant lui-même des caisses ! Cet homme était brutal et cruel. Pas le genre à obéir à une créature de seconde zone. Le docteur devait être un sacré ponte. L'idée d'en apprendre plus ne tentait personne. Dans cet univers absurde, l'ignorance protégeait le sommeil et prolongeait l'espérance de vie.

Cette soirée du 9 novembre 1942 était spéciale. Himmler en personne venait visiter l'hôpital. Les soldats les mieux notés devaient démontrer au chef militaire et spirituel de l'organisation à quel point la gestion du Stutthof était impeccable. À la clef, la direction du camp espérait une augmentation des moyens, humains et techniques.

Geller tirait sur sa clope comme un forcené. Cela le réchauffait. Ses gants de cuir noir empestaient le tabac froid. Il avisa la soldatesque accompagnée de féroces molosses patrouillant au loin le long des barbelés qui délimitaient le camp. Ces hommes, au moins, bougeaient.

Ils étaient une dizaine comme lui, à se congeler consciencieusement pour sacrifier aux rites de bonne tenue édictés par leur chef suprême. La troupe demeurait silencieuse, mais les regards échangés en disaient long sur l'état de lassitude général. Dans quelques instants, Himmler et son lèche-cul d'état-major arriveraient. La pantomime se déroulerait sans accroc. Demain matin un café brûlant effacerait la rudesse de la nuit. Celle-ci était lumineuse. La lune et les étoiles trônaient dans un ciel immaculé et soulignaient le fin brouillard montant du sol de cette région maudite. Les miradors, situés aux quatre coins du camp et au milieu de chaque rangée de clôtures, étaient équipés de projecteurs dont la lumière jaune ne s'allumait qu'en cas d'alerte.

Soudain Horst Geller, imité par les neuf autres troufions SS, fumeurs habituels ou de circonstance, jeta sa cigarette à terre et l'écrasa sous la semelle de sa botte. Un bruit de moteur se faisait entendre en provenance du chemin de terre qui menait vers le semblant de civilisation le plus proche. Le grondement se fit plus fort, et on distingua bien vite deux voitures. À la surprise générale, le convoi se limitait à ces deux véhicules. Les nouvelles du front étaient bonnes, mais de là à laisser un personnage de cette importance sans une escorte conséquente ! Horst en conclut que cette visite était, sinon secrète, du moins discrète. Les grilles furent ouvertes, et les deux tout-terrain vinrent se garer devant l'allée. Les hommes se mirent au garde-à-vous, fusil à l'épaule gauche, bras droit levé à quarante-cinq degrés et main tendue. Hoppe et le docteur dévalèrent les marches de l'hôpital et s'immobilisèrent au milieu de la haie d'honneur.

Quatre aryens pure souche surgirent du premier véhicule. Pas un ne mesurait moins d'un mètre quatre-vingt-dix. Leurs casquettes laissaient apparaître des cheveux blonds. Et là où un épais manteau ne suffisait pas à garantir la survie, ils se promenaient en simple uniforme noir.

L'un d'eux se précipita vers la deuxième voiture et ouvrit la portière arrière droite. Dans le même élan, il effectua un salut hitlérien. Heinrich Himmler sortit et donna une tape amicale au colosse. Un aide de camp tiré à quatre épingles apparut à sa suite. Il portait une large mallette. À en juger par la tension de son bras, elle devait peser sacrément lourd. Très vite, les quatre hommes entourèrent le *Reichsführer-SS* et son assistant. Du coin de l'œil, Horst observait l'étrange équipage. Quatre bûcherons bavarois, habillés comme au mois d'août, encadraient deux petits individus à lunettes emmitouflés dans des imperméables doublés. Le commandant en chef des SS sonna la charge en se dirigeant vers la haie humaine. Sa suite lui emboîta le pas. Il ignora totalement ses deux hôtes, qui masquèrent avec peine leur déception, et passa la troupe en revue, dispensant sourires et encouragements verbaux. Puis, Himmler stoppa net devant Geller.

— Alors jeune homme, pas trop dur ce climat ?

Horst, surpris, sentit son cœur s'emballer. Ce diable lisait dans les pensées !

Il saisit sa chance.

— Pour vous, je garderai même le Pôle Nord, Votre Excellence.

Une flagornerie ne fait jamais de mal. Himmler s'approcha un peu plus. L'homme avait une bouille ronde de bon père de famille allemand. Son pince-nez abritait un regard aussi malicieux qu'inquiétant. Il murmura.

— Je ne vous en demande pas tant. Vous avez bien compris comment tout cela fonctionne.

Horst se raidit. Démasqué, mais pas décontenancé. Marre de faire semblant.

— La Pologne est un enfer. Hambourg me manque, Votre Excellence.

Himmler retira ses lunettes et en essuya les verres entre ses doigts gantés sans quitter le soldat des yeux.

— Demain vous serez muté.

La déglutition du SS fut difficile. Il était allé trop loin. Son sourire s'évanouit instantanément. Le temps se figea. Himmler l'observait, placide.

— Vous rejoindrez le château de Wewelsburg. Nul doute que le climat de Westphalie vous siéra mieux. J'ai besoin de gens sincères. Je suis déjà bien pourvu en cancrelats, même compétents.

D'un signe de tête, il désigna le major Hoppe.

Horst raffermit son salut, soulagé.

— Merci, Votre Excellence.

Il retint un *Heil Himmler* qui n'aurait rien amené de bon.

Le *Reichsführer-SS* se détourna et tout en marchant donna des indications à son assistant qui opina du chef.

Enfin, il rejoignit les maîtres du camp et toute la troupe s'engouffra dans le hall de cet hôpital si secret. La mascarade était terminée.

Les soldats convergèrent vers Horst, dégainant de concert cigarettes et briquets. Ils félicitèrent chaleureusement le bienheureux. Ce dernier modéra son enthousiasme, conscient de la jalousie qui, bientôt, tourmenterait ses compagnons. Enfin, ils s'égaillèrent vers leurs quartiers respectifs. Geller demeura seul, planté au milieu de l'allée. Savoir qu'il partait aiguisait ses sens. Désormais la moindre inspiration de cet air froid et coupant le rapprochait de son Allemagne. Toute sa vie il détesterait la Pologne. Et un jour, il oublierait les horreurs commises ici.

Horst retira de la poche intérieure de sa capote une photo de sa femme et de leur bébé et posa un baiser sur l'image. Sa vision se brouilla légèrement. Il ne comprit pas d'où venait le bruit strident qui prenait possession de son crâne. Le soldat pencha la tête sur sa droite. Des volutes orangées enveloppaient son épaule. La sensation de froid fit place à une chaleur bienveillante. Le monde vacilla avec douceur. Il tomba face contre terre. Alors que la vie le quittait, sans douleur, Horst vit un filet de sang serpenter sur le sol glacé et recouvrir la photographie qu'il tenait encore dans sa main brûlée. Les pieds nus d'un enfant courant sur la terre gelée furent sa dernière vision.

Horst Geller, SS de circonstance, père de famille embarqué dans la folie ambiante mourut le 9 novembre 1942. Il figura au nombre des dix victimes officielles d'un attentat perpétré contre Heinrich Himmler. Une vague de terreur et d'arrestations s'ensuivit. Le maître de l'Ordre Noir survécut.

La solution finale était en marche.

Chapitre 2

Manhattan, de nos jours, 9h48.

Je suis une ordure et j'ai la gueule de bois, comme tous les matins. Le cigare est en panne, normal. Ça cogne à mort là-haut. Je tends la main droite vers la table de chevet, du coup, la lampe se casse la figure. Qu'est-ce qu'elle faisait sur mon chemin aussi ? Je sens sous ma paume le tube de cachetons et je vais déjà mieux.

J'extrais la main gauche de sous les draps. J'y verse deux pilules que j'avale direct. Pas besoin d'eau, trop facile, c'est plus amusant comme ça. Ma tête est enfouie dans l'oreiller en plume. Je ne sais pas quelle heure il est et je m'en fous. Un bruit lancinant vient agresser mes tympans. Comme un truc qui tombe, tout le temps. Ou alors plein de petits trucs. Le goût du tabac froid m'a envahi la bouche. Je suis un cendrier humain. J'ai identifié le son : un clapotis. Une gonzesse squatte ma douche. Comment s'appelle-t-elle déjà? Je ne sais plus et ça aussi, je m'en fous. Si elle se lave, c'est qu'elle va se tirer. Ça me va. Tout me va. Aussi longtemps que j'en prends plein la gueule.

Je n'aurais qu'une chose à faire, mais je n'en ai pas le courage. Une bastos, une corde, ou le grand saut depuis le toit d'un immeuble et on n'en parle plus. Mais je suis un lâche. Alors, en désespoir de cause, je me flingue à petit feu. Ça revient au même, au final.

Elle passe la porte. J'ouvre un œil pour voir à quoi elle ressemble. Petite, musclée, brune. Pas mal. Elle ou une autre. Elle ne m'a même pas regardé et ne doit même pas connaître mon nom. Moi, au moins, je connais le sien : Rachel. Nous sommes mercredi ? Rachel, c'était mardi. Je l'avoue, je ne sais pas comment elle s'appelle. Elle fait un bruit pas possible en se fringuant. Je l'entends de la piaule alors qu'elle est dans le salon. Elle me hurle quelque chose. Avec la gueule dans l'oreiller, je ne comprends pas un mot. Au revoir, sans doute. Adieu, ouais…

Enfin seul !

Mes yeux sont ouverts. Le brouillard s'est levé, mais il a mis le temps. Il est dix heures du mat'. Je suis à la bourre pour le job. Comme tous les jours. Cette conne m'a salopé la salle de bain. Elle a foutu de l'eau partout. Je déteste ça, vestige de l'époque où j'aimais l'ordre et la propreté. J'essuie le sol avec une serviette puis je file sous la douche. Les jets me réchauffent, me massent et me réveillent. J'ai trente-et-un ans. Je suis une ordure de trader qui bosse pour un fumier de Wall Street. Je ne suis personne. J'ai encore un semblant de nom. Jay Novacek. Je coupe la flotte. J'attrape le paquet de clopes qui traîne son ennui sur le lavabo. Je ne peux pas le laisser tout seul, le pauvre. J'en allume une. Si je veux tenir mon quota de deux paquets, je ne dois pas mollir. Face au reflet que me renvoie le miroir, je dois l'admettre, je suis plutôt bien gaulé. Souvenirs de sport à la fac, de sessions de squash avec les copains, tous perdus de vue. Je suis beau. En tout cas, les femmes le disent. Une paire d'yeux bleus et une gueule carrée, ça leur plaît. La buée s'accumule. Je me vois trouble.

Donc je vois bien.

10h20. Vautré sur le canapé en cuir beige du salon, je fume ma troisième cigarette de la journée. Sur la table basse en verre est posé un café fumant, une aide précieuse pour faire passer la tige. Si ça rigole, je serai fringué dans dix minutes, et peut-être même, Ô miracle, arriverais-je à atteindre le bureau dans l'heure. Mon appartement me dégoûte. Il empeste le pognon à plein nez. C'est grand, vide et froid. J'ai aimé ça un jour, moi ? Les larges canapés pâles ? Les meubles austères en verre et en laqué noir ? Les barbouillages abstraits de peintres plus chics et branchés que talentueux ? Il faut croire que oui. Je ne me reconnais que dans les petites figurines représentant Spiderman et le Docteur Fatalis posées de part et d'autre de ma chaîne hi-fi.

Je tire une taffe.

Je suis une ordure, incapable de me souvenir de ce que j'ai fait la veille. Pourtant, je me rappelle une soirée par cœur, au point de la revivre chaque nuit. Ça fait quoi ? Six mois ? Et c'est aussi précis dans mon esprit que la tasse qui traîne sur la table, à côté de mes pieds croisés. Je ferme les yeux et me remémore la journée fatidique…

Le bureau. Devant moi, six écrans d'ordinateur qui clignotent de partout. Des courbes, des graphiques, des chiffres. L'économie mondiale en un coup d'œil. À l'autre bout du monde, des gens se lèvent, bossent, remboursent des prêts, en bavent des ronds de chapeau pour survivre. Ils ne vivent pas, ils produisent. Et ce qu'ils produisent me rend riche. C'est un lundi matin. Le *Dow Jones* s'effondre. Les copains vendent. Moi j'achète, tout ce qui passe. À la fermeture des marchés, le bilan est sans appel : onze pour cent de hausse. La gloire. Je viens de faire gagner à ma boîte un milliard de dollars. Cinquante millions pour ma pomme. Plus fort que moi, il n'y a pas. Mon patron est aux anges. Mes clients m'appellent les uns après les autres pour me remercier. Une coupe de champagne dans la salle du conseil avec des grabataires décrépis, réac' comme pas deux. Les associés. La bouteille y passe. Tant qu'on y est, on part dîner. Français et cher, faut ce qu'il faut. Des collègues regardent défiler le cortège des maîtres du monde. Ils me jettent des regards pleins de haine. Je les emmerde. Tous des nazes. On rigole dans l'ascenseur, on se tape sur l'épaule.

Jusque-là, tout allait bien…

La sonnette de l'entrée me ramène au présent.

10h32. Et merde! Qui peut se pointer à cette heure-là? Pas grave. Vas-y, sonne connard! Le bougre insiste. Je marche péniblement jusqu'à la porte. Cet appart' est décidément trop grand. Le verrou glisse, je tourne la poignée.

Deux grands mecs se tiennent dans le couloir, droits comme des I. Des militaires en uniforme d'apparat. Gants blancs, casquette, et tout le toutim. Même les médailles sont de sortie. Il en a des trophées celui-là. À vue de nez, il a la cinquantaine. Derrière lui se cache un clone vingt ans plus jeune avec autant de breloques sur la poitrine. Comme quoi c'est purement décoratif.

— Monsieur Corbin?

On ne m'a pas appelé comme ça depuis vingt ans au bas mot!

— C'est le nom de mon père. Moi, c'est Jeremy Novacek.

J'accompagne ma réponse, désagréable, d'un hochement de tête. Les pingouins n'en sont pas déstabilisés.

— Jeremy Novacek, au nom du gouvernement des États-Unis d'Amérique nous venons vous présenter nos condoléances pour la perte du lieutenant général de l'US Air Force Daniel J. Corbin, décédé à l'âge de 60 ans. Nous avons l'honneur de vous remettre ce drapeau ainsi que les décorations reçues par votre père.

C'est beau un salut militaire. Un poil rigide, mais beau. Ils n'ont pas l'air de vouloir se détendre. Dans le doute, je salue aussi. Tiens, ça marche. Quart de tour vers la gauche et ils se cassent en rythme. Je repousse la porte. Me voilà avec un drapeau plié en triangle et une boîte en fer frappée de l'aigle américain.

Le vieux est mort. Je m'appuie sur le bar de la cuisine qui donne sur le salon, puis je me saisis d'une bouteille de cognac. J'engloutis une lampée d'alcool, cul sec. Un évènement pareil se fête. Le programme de la journée vient de changer : direction le bureau, puis le métro pour Poughkeepsie. Je dois annoncer à ma mère que le lieutenant général Corbin s'est enfin décidé à crever…

Chapitre 3

Bernard Dean portait la cinquantaine avec légèreté et élégance. Son visage n'était pas ridé, mais sa peau noire commençait à se tacheter sur les avant-bras, premières marques de l'âge. Les années ne faisaient que lui donner plus de caractère. Ses tempes parées d'un voile blanc ne lui déplaisaient pas. Il contemplait l'Hudson à travers la baie vitrée de son vaste bureau. Un afro-américain à la tête de l'une des plus florissantes sociétés financières des États-Unis…

Bernard n'était pas peu fier de son parcours. Aussi, tous les jours, il consacrait un peu de son précieux temps à méditer sur sa réussite, et à se rappeler comment il en était arrivé là ; avec de l'audace, en bravant les obstacles liés à ses origines, en prouvant que le travail et l'obstination étaient encore des valeurs constructives. Parfois, il se demandait si son ascension serait toujours possible à l'aune des années 2000. Il ne miserait pas dessus. Après tout, son métier actuel était l'une des causes du chômage, de l'exclusion et du recul social. L'arrivée d'un président volontaire et noir relancerait peut-être ce rêve américain auquel Bernard avait tant cru.

Depuis six mois, sa parenthèse matinale était troublée par une inquiétude croissante. Le cas de Jeremy le préoccupait de plus en plus. Il avait embauché ce garçon brillant pour son dynamisme, pour son humanité, vertu plutôt rare dans le milieu de la finance. Et d'une certaine façon, il se retrouvait dans ce jeune homme, certes blanc, mais après tout, personne n'est parfait. Ils avaient en commun des pères absents et une volonté farouche de réussir par eux-mêmes. Il avait fallu moins d'une semaine pour que tous deux tissent des liens dépassant de loin ceux du travail. Les écorchés vifs ont une tendance naturelle à se rassembler. Avec le temps, Dean avait développé un sentiment paternel envers Jay. Pour combler un manque, peut-être. Par amitié sincère, sans doute.

Oui, Bernard Dean n'aurait pas voulu d'autre fils que Jeremy Novacek. C'est pourquoi sa déchéance lui pesait tant. L'impuissance face à la souffrance d'un être cher nourrit une frustration sans bornes, creuse un gouffre qui vous engloutit. Ces derniers temps, Jay avait élevé un mur, non, une muraille, entre le monde et lui. Porté par sa foi, le président du directoire de la firme Eckhart, Dean et Aldrin s'accrochait à l'espoir, qu'un jour, la paix et le pardon leur seraient accordés, à lui et à son protégé.

La sonnerie du téléphone le ramena à la réalité. Il décrocha et raccrocha le combiné sans dire un mot. Il reprit sa posture face à la baie, mains jointes dans le dos.

La porte du bureau s'ouvrit.

— Bonjour Jay. Matinal aujourd'hui. Il n'est pas encore midi. Je loue l'exploit!

— C'est jour de fête, faut marquer le coup!

Le jeune trader abandonna son ton bravache.

— Plus sérieusement, Bernard, je dois aller voir ma mère à Poughkeepsie. Je vais m'absenter deux ou trois jours.

L'imposant quinquagénaire se retourna pour constater l'état de décrépitude dans lequel se trouvait son interlocuteur. À sa grande surprise, ce dernier était rasé, coiffé, et portait un costume impeccable. Dean ne put réprimer un haussement de sourcil.

— Mazette, on dirait la couverture d'un magazine de mode. Que me vaut cet honneur?

— À toi? Rien. Mon père est mort. Je pars l'annoncer à ma mère. C'est tout.

Bernard accusa le coup. Son sourire naissant s'effaça.

— Ta mère sera anéantie, elle va avoir besoin de toi. Reste plus longtemps s'il le faut.

— Elle est folle.

— Que tu dis.

— Les médecins le disent.

— Ta mère est une femme admirable. Elle s'est enfermée dans son malheur, rien de plus. Même toi, tu peux comprendre.

Jay encaissa la pique sans ciller.

— Non, je ne peux pas. Mais maintenant que mon paternel est décédé, elle aura au moins une bonne raison de pleurer. Et moi, dans deux jours, je pourrai me remettre à picoler tranquille.

Impassible jusqu'alors, Bernard se crispa.

— Écoute Jay, cesse de pleurnicher deux minutes. Tu as assez d'argent pour te la couler douce jusqu'à la fin de tes jours. Casse-toi, profite de ce que la vie peut t'offrir, et arrête de te torturer. J'en ai marre de te regarder t'apitoyer sur ton sort. Tu crois que tu es le seul à souffrir? Le seul à te sentir coupable? Ne compte plus trop sur ma patience, mon garçon. Tu en as largement bénéficié. Tire-toi. Va voir ta mère et reste avec elle le temps qu'il faudra. Si tu te montres ici avant la semaine prochaine, j'ordonne à la sécurité de te mettre dehors.

Les deux hommes se toisèrent. Un duel en haute altitude, au vu de leur taille respective, se déroula en silence. Novacek eut un sourire mauvais. Tout en hochant la tête, il tourna le dos à son patron et se dirigea vers la sortie.

— Comme tu veux, c'est toi le boss.

— Tu vas finir par me lasser, Jeremy. Si c'est ce que tu souhaites, tu es à deux doigts d'y parvenir.

Le jeune homme inspira bruyamment.

— Tu ne peux pas me sauver, Bernard. Personne ne le peut. Mais crois-le ou non, je te suis reconnaissant d'essayer.

— Une seule personne peut te sortir de là où tu es tombé. Toi.

Jeremy, tête baissée, soupira puis ouvrit la porte.

— N'espère pas te débarrasser de moi aussi facilement, cracha-t-il avant de s'engouffrer dans le couloir.

Bernard Dean regarda s'éloigner celui qu'il avait voulu aider, et qui, en partie par sa faute, traversait désormais un enfer solitaire.

Chapitre 4

L'heure et demie de métro séparant Grand Central de Poughkeepsie me parait une éternité. Je ne monte qu'une fois par mois à l'hôpital Saint Francis. La vérité, c'est que je ne supporte pas de voir ma mère mourir à petit feu. L'institution est réputée, les médecins et le personnel compétents et attentionnés. Maman y séjourne depuis cinq ans, tous frais payés par l'Air Force, maigre compensation de dix années de vie commune avec le lieutenant général Corbin. Bernard a raison, elle n'est pas folle. Elle s'est juste laissée dévorer par la souffrance, au point de se murer dans un mutisme quasi permanent. Seules mes visites lui rendent la parole. Mais le dialogue ne dure jamais bien longtemps. Les conversations commencent toujours par les nouvelles de New York puis embrayent sur la carrière de son Jeremy. Et, invariablement, elles dévient sur Daniel, mon cher père, que j'inonde de reproches. Ma mère me supplie de me montrer plus compréhensif. Une fois la discussion dans l'impasse, elle se cloître de nouveau dans son monde, et je repars prendre mon train en direction de ma pitoyable vie.

Depuis ce que je nomme en mon for intérieur « le putain d'accident », et dont maman ignore tout, mes visites s'espacent. Je ne veux pas me présenter à elle défait, sale ou alcoolisé. Alors, je viens moins.

Sans trop savoir comment, je me retrouve au milieu d'un grand couloir blanc, devant la chambre 204. Une infirmière en sort, me faisant sursauter.

— Tiens ! Votre mère va être contente de vous voir.

Les mots prononcés, la jeune femme s'éloigne d'un pas rapide. J'ai cru déceler une lueur de reproche dans ses yeux.

Sans laisser le temps à la porte de se refermer, j'agrippe la poignée et risque un coup d'œil par l'embrasure. Maman est là, assise à côté de la fenêtre. Elle passe ses journées à observer le parc situé à l'intérieur du complexe hospitalier.

— Bonjour Maman.

Ann Novacek Corbin tourne la tête. Un sourire illumine son visage ridé, mais à l'ovale bien dessiné. On devine sans mal quelle fut la beauté de cette femme. Et on ne peut qu'être ému par sa fragilité actuelle.

— Bonjour, mon Jeremy.

Je m'avance pour l'embrasser. Ma gorge est sèche. Des larmes montent à mes yeux. Je ne les refoule que de justesse. Notre embrassade est longue. Aucun de nous deux ne souhaite y mettre fin. Je voudrais pleurer, m'abandonner dans les bras doux et protecteurs, cracher toute ma haine, ma douleur. Redevenir un enfant. Retrouver l'innocence. Mais je n'en fais rien.

Nous échangeons un tendre regard, sans un bruit. Ann brise le silence.

— Alors, comment vas-tu mon grand ?

Je me redresse et hausse les épaules.

— Je suis en pleine forme, ne t'inquiète pas.

— Ton costume tombe à merveille. Tu as toujours bien porté le noir. Il fait ressortir tes jolis yeux. Tu as les yeux de ton père. Je te l'ai déjà dit ?

— Mille fois au moins, Maman.

Je marque une pause. Il existe mille façons d'annoncer la nouvelle. Mais face à l'inévitable douleur de la perte, aucune n'est bonne. Alors, je baisse la tête.

— À propos de Papa, je voulais te dire…

— Ah non, on ne va pas recommencer à se disputer !

— Non, pas aujourd'hui. J'ai amené… enfin… tiens.

Je lui tends le drapeau plié et le courrier officiel. Elle saisit la lettre qu'elle lit, sans ciller. La missive est repliée et replacée dans son enveloppe. Seul le léger tremblement de ses mains parcheminées trahit son chagrin. Elles froissent le tissu étoilé, tel un chat jouant avec une couverture. Une larme roule sur sa joue.

— Tu n'es pas triste, je suppose.

— Non. Il t'a abandonné il y a vingt-cinq ans, Maman. Il nous a abandonnés. Ne me demande pas de regretter cet homme. Il était tout au plus mon géniteur. Pas mon père.

Ann ferme ses paupières, et entame une courte prière. Elle rouvre les yeux, je darde sur elle un regard inquiet.

Avec délicatesse, ma mère passe ses mains derrière son cou. Elle détache le fermoir de son collier et fait glisser le long de la chaîne le pendentif qui ne la quitte jamais. Ses doigts se referment sur le médaillon en or. Elle le serre sur son cœur, puis saisit ma paume et y dépose ce qu'il lui reste de plus précieux. Le bijou irradie encore la chaleur de sa peau.

— Tiens, il est grand temps que tu saches !

— Que je sache ? De quoi parles-tu ?

J'attendais des cris, des larmes, une engueulade identique à celles que nous avions eues à d'innombrables reprises. Je suis décontenancé.

— Tu comprendras plus tard. Maintenant, laisse-moi. Reviens quand tu en auras envie. Je suis fatiguée aujourd'hui.

Elle reprend place dans son fauteuil et tourne la tête vers la fenêtre.

J'ai beau insister pour obtenir ne serait-ce qu'un début de réponse, je me retrouve congédié sans glaner un mot de plus. Malgré ma curiosité, être ainsi éconduit me convient à merveille. Encore une minute dans cet endroit et j'aurais explosé. Je dépose un baiser sur le front de ma mère dont le regard se perd à nouveau sur les arbres disséminés dans le parc que baigne le doux soleil d'été.

Sonné, presque hagard, je monte dans une rame pour New York, le cœur empli d'une peine sans nom. Assis dans le wagon, la tête appuyée contre la vitre, je ferme les yeux et m'interroge. De quoi mon père est-il mort, et où a-t-il été enterré ? Deux questions, pourtant essentielles en de telles circonstances, qui, jusqu'à maintenant, m'ont totalement échappées...

En fin d'après-midi, un taxi me conduit au pied de l'immeuble de Central Park au sommet duquel se trouve mon luxueux appartement.

Ce soir, je m'attarde plus que de coutume sous la douche. Ma gorge est nouée depuis des heures. J'enfile un peignoir et hésite à me servir un whisky. La boisson est devenue l'incontournable symbole de la mort du jour. Avec la nuit vient l'ivresse. Mais pas ce soir.

Qui suis-je au juste ? La question me dévore de longues minutes durant. Assis dans mon canapé, je profite d'une tasse de thé, cherchant dans le bouillant breuvage un apaisement qui me fuit sans relâche. Qui suis-je ? Jay Novacek, orphelin de père dont la mère a perdu la raison depuis des années ? Jeremy Corbin, fils d'un éminent et respecté officier de l'Air Force ? Aucune des deux réponses n'est la bonne. La vérité, l'irréfutable vérité, se situe, comme toujours, entre deux mensonges.

Lorsque j'étais enfant, la famille Corbin résidait dans une petite maison douillette à Hampton, en Virginie. Tous les matins, Daniel Corbin rejoignait la base où il exerçait ses fonctions. Il portait son uniforme bleu, bardé de médailles, avec élégance et sobriété. Et tous les matins, fier comme Artaban, je sautais dans les bras de mon père. Nous arborions la même chevelure blonde et la même coupe en brosse. Puis je regardais s'éloigner la Chevrolet familiale.

Le reste de la journée se partageait entre l'école et les parties de foot ou de baseball. Je pointais du doigt chaque avion survolant la région. L'un d'eux était piloté par mon père. La vie s'écoulait ainsi pour de nombreux enfants du voisinage. Et puis, un matin de décembre 1985, je me levai et me précipitai vers l'entrée pour y embrasser Papa, comme d'habitude. Je ne trouvai que ma mère, éplorée. À partir de ce jour-là, je n'embrassai plus que l'ombre de mes souvenirs. L'ébullition de l'adolescence transforma la tristesse en haine. Un moteur comme un autre pour ne pas s'effondrer. Une fois majeur, j'adoptai le nom de ma mère, Novacek. Jamais mon père ne reparut. Maintenant, il est mort. Vingt-cinq ans après nous avoir abandonnés.

Mon identité s'était envolée et mes repères avaient suivi. À la rigueur et aux valeurs de l'éducation militaire, j'avais préféré la réussite, l'argent et les plaisirs faciles. De brillantes études à Richmond m'ouvrirent les portes du monde de la finance. L'ascension fut rapide et me mena dans le Saint des Saints : seul Wall Street était taillé pour mon ambition.

Perdu dans mes pensées, je joue machinalement avec le médaillon de ma mère. Mes doigts glissent autour de l'ovale parfait. Un cliquetis se fait entendre et le pendentif se scinde en deux, libérant un objet qui rebondit sur le cuir beige du sofa avant d'atterrir à mes pieds. Dans un juron, je me baisse et attrape une petite clef. J'entreprends un examen détaillé de mon étrange découverte. L'anneau, minuscule, est plein et terni par la rouille. Je le gratte délicatement avec un ongle. La matière parasite s'effrite, dévoilant un motif gravé.

Je reste interdit. J'ai entre mes doigts une clef marquée d'une croix gammée.

Chapitre 5

Virginie, le même jour.

— Le manque de professionnalisme m'irrite au plus haut point. Tu vois mon ami, si on veut tuer un mec, il faut se préparer. Tu as vu trop de westerns quand tu étais gamin. Les cow-boys dégainent, tirent au jugé et le méchant se fait trouer. Dans le monde réel, ça ne marche pas ainsi. Toi par exemple, tu ne m'as pas pris au sérieux. Tu arrives avec ton flingue en main, ton chapeau et tes bottes de cul-terreux. Tu n'études pas le terrain et tu te manges une bastos dans le genou sans même avoir compris d'où je t'ai cartonné. Je devrais me sentir vexé d'être autant sous-estimé. Et arrête de gémir, ça me gonfle !

Assis sur une souche d'arbre rendue humide par le crachin qui fouettait la colline, un géant tira un briquet de la poche de son treillis. Il alluma un bout de cigare conservé dans sa veste en toile. À ses côtés reposait un fusil peint en kaki et noir, à canon long et équipé d'une lunette de précision. Son regard balaya la forêt virginienne, verte et ruisselante.

Aux pieds du fumeur, un homme d'une soixante d'années se tordait de douleur, les mains serrées autour de son genou gauche. Son pantalon gris se teintait de rouge un peu plus à chaque seconde. À en juger par le trou au niveau de la pliure de la jambe et les gémissements du malheureux, marcher s'avèrerait compliqué à l'avenir. Si avenir il y avait !

— Alors, comme nous sommes pressés, enfin surtout toi si tu veux vivre un jour de plus, nous allons nous focaliser sur l'essentiel. Où se trouve le coffre, agent Pettygrow ?

— Putain, mais de quel coffre tu parles ? T'es cinglé mec, tu le sais, ça ?

— Ta grossièreté me navre. Mais, en matière de folie, tu n'as encore rien vu.

L'homme au cigare passa une main sur son crâne chauve. L'eau s'accumula sur sa paume. Il s'essuya sur son pantalon et, dans le même geste, dégaina un couteau de chasse cranté. Il s'accroupit aux côtés du blessé et inséra l'extrémité de la lame dans la narine droite.

— Un rapide résumé de la situation t'aidera à comprendre à quel point tu es dans la mouise. Un jour, j'ignore pour quelle raison, et je m'en cogne, tu trahis ton pays en fourguant des données classifiées. Tu tombes sur un acheteur intéressé par des informations sur un ancien membre de l'Air Force détaché à la CIA. Tu déterres le dossier du mec, et te payes un stress de tous les diables en réalisant que l'affaire est sensible. Tu te méfies de ton client et te dis qu'en le butant au moment de la transaction, tu fais d'une pierre deux coups : le pognon et le secret restent chez toi. Malheureusement pour ta gueule, l'acheteur en question se montre plus parano que toi et te dégomme une guibole. Et me voilà couteau en main, prêt à te faire sauter les narines. Tes cris ne stopperont pas ta douleur, crois-moi sur parole. Ensuite, je vais découper soigneusement tes paupières. Là, on touche à l'affreux. Je développe ou tu commences à te faire une idée ?

Quelques minutes après, toutes les questions avaient obtenu une réponse. Le chauve donna une tape amicale sur la joue grasse et barbue de son interlocuteur et se redressa,

— Voilà, ce n'était pas dur, tu vois.

— T'es qui, bordel ?

— Un mec qui vient de loin pour résoudre un mystère,

de très, très loin. Mais si c'est mon nom qui t'intéresse, je m'appelle Eytan Morg.

Le blessé réussit à s'adosser contre la souche morte. Sa jambe saignait toujours et son teint s'en ressentait. Il était livide.

— C'est pas un nom américain.

— Bien vu, c'est polonais. Du nord-est de la Pologne, pour être tout à fait exact.

— Tu travailles pour les cocos ?

— Ah ouais ! T'es vraiment con toi. Je bosse pour le Mossad, mon ami. Tu sais ce que ça veut dire...

En silence, les yeux clos, William Pettygrow récita une prière. Morg mit son fusil en bandoulière et dégaina un pistolet 9 mm équipé d'un silencieux. L'exécution fut rapide, indolore. Lorsque l'arme eut réintégré son holster, l'agent israélien fouilla une poche intérieure. Il en sortit un étrange objet rappelant un palet de hockey qu'il déposa sur le cadavre. Puis Morg s'enfonça dans le sous-bois et descendit le sentier en direction de la route, une centaine de mètres en contrebas. Installé au volant de son pick-up, il observa le sommet des arbres. Un nuage gris monta de la forêt, s'égaillant dans le ciel. En possession des informations dont il avait tant besoin, le tueur démarra en trombe.

L'après-midi même, un chasseur manqua une biche dans le secteur. La poursuite, infructueuse, le mena à la souche morte qui servait de repère aux habitués de la chasse. Il traversa un petit cratère sans se douter qu'un agent administratif de la base de Langley avait été abattu là, quelques heures plus tôt. À son retour à Hampton, l'homme s'arrêta boire une bière au relais des chasseurs, le seul bar à des kilomètres à la ronde, qui marquait la sortie nord de la ville. Il déplora, devant les quelques habitués, de n'avoir pas ramené de gibier. Au milieu de la troupe compatissante, un étranger, chauve, plus grand que les autres clients, croqua dans un énorme hamburger et avala une gorgée de Budweiser. Il souriait face à sa chope. Décidément, ces nouveaux explosifs étaient du tonnerre !

Eytan détestait conduire de nuit, le ventre vide. Un dessert rapide, un dernier verre dans ce bled pourri, et demain matin, il prendrait son petit déjeuner à Central Park.

Chapitre 6

Je raccroche le téléphone. Disons plutôt que je le fracasse sur son socle. J'ai les mains moites. Mon cœur bat la chamade. Encore un effort et il va jaillir hors de ma poitrine. Je plonge mes clefs dans la poche de mon jean. Je sors de l'appartement. L'ascenseur m'amène directement au parking souterrain. Il y a quoi, six mois que je n'ai pas foutu les pieds ici ? Ouais, au moins.

Je sursaute. Cette saleté de lumière s'est déclenchée toute seule. Je sue. Il fait chaud, mais ce n'est pas pour cette raison que je transpire comme un porc. Machinalement, je prends mon pouls, un conseil du psy en cas de crise d'angoisse. C'était avant que je l'envoie balader, lui et ses axes de réflexion à la noix. Putain, 120 pulsations… Les bagnoles sont alignées devant moi. Pas de doute, je n'habite pas un immeuble de prolos. Les marques allemandes dominent le terrain. De la Porsche en veux-tu en voilà. De la ferraille que tout ceci. Par moment, je regrette ma vieille coccinelle cabossée. Elle faisait marrer les potes à la fac, mais n'empêche, je n'ai que des bons souvenirs avec cette caisse. Bon, je suis où ? Paumé au milieu d'une centaine de voitures. Je sors la télécommande de ma poche. Place 124. Ça y est, je vois ma bagnole ou plutôt la housse sous laquelle elle est planquée. J'ai peur de tomber dans les pommes. *Avance dignement, Jay, il y a des caméras dans ce parking.* Je me reprends. Voilà, je suis devant. Mazette, elle est grande mon Aston Martin. Ça aussi j'avais zappé. Il faut que je retire cette housse. Bon sang, j'ai de la sueur dans les yeux, mon estomac se noue et une boule se forme dans ma gorge. Oh non, pas ça! Fermer les paupières. Inspirer par le nez, expirer par la bouche, visualiser l'air entrer et sortir. Se concentrer sur le rythme cardiaque. Je suis calme. Calme. Souffler. J'y suis presque. J'essuie mon front. Allons bon, maintenant mes jambes flageolent! Bordel, il n'y a rien à faire, je ne supporte même pas de regarder ma voiture. Tel que je suis parti, je ne pourrai plus jamais tenir un volant.

Je frappe du poing sur la carrosserie et opère un repli stratégique. Mais qu'est-ce qui m'a pris aussi! J'avais oublié ma peur. L'excitation et la curiosité m'ont poussé là où mon corps ne peut se rendre. Je dois me rendre au bureau, donc j'en suis quitte pour me payer un taxi. Je fais demi-tour et j'avance en titubant vers la porte qui mène à l'ascenseur. Je ne suis pas beurré, mais je vois trouble!

Allez, entresol. Je fais un gros câlin à la paroi vitrée de l'engin. Dans mes bras, toi! Sors-moi de là et vite! Enfin de l'air. Ce soir, Central Park n'est pas le poumon de la ville, mais le mien. J'aime bien le muret en brique rouge qui borde cette partie du parc. Les branches des arbres viennent s'y reposer délicatement. Quand la pluie tombe, comme maintenant, les feuilles déversent une fine cascade sur le bitume chauffé par la chaleur du jour. Une brume s'élève alors, enveloppant le quartier dans un cocon mystérieux à la frontière du réel.

Voilà mon taxi. Je me suis apaisé. Je devrais passer plus de temps dans la nature, elle me réussit. Le chauffeur est haïtien, mais parle anglais, coup de bol! « Cap au sud Capitaine, quartier financier. » Pas de réponse, pas d'humour : normal.

Revenir à l'essentiel. Pourquoi Maman avait-elle une clef gravée d'une croix nazie? Pourquoi me la file-t-elle après l'annonce du décès de mon père? Et puis c'est quoi ce papier roulé dans le médaillon avec noté dessus… quoi déjà ? Ah oui, UBS LLC 258 2365. À ce sujet, j'ai une petite idée, mais rien de certain. Au bureau j'aurai accès aux infos nécessaires. À cette heure-là, je vais tomber sur l'équipe « Asie ». Ces cons sont sympas, mais alors niveau efficacité... Ils seraient plus utiles à coudre des Nike en Malaisie. Au moins, ils nous rapporteraient de l'argent.

— Vous travailler quartier affaires ?

Le conducteur me rappelle à la réalité. Ah, il y a de la vie sur cette planète.

— Non, j'ai envie de faire un jogging sous la pluie, en jean et entre des gros immeubles.

— Ah bon.

Il y a de la vie, mais elle n'a pas inventé l'eau chaude.

— Je plaisante. Oui, je bosse là-bas.

— Vous n'avez pas voiture ?

La vache, ça c'est de l'accent créole.

— Non.

Qu'est-ce que ça peut bien lui foutre ? Si je prends ma bagnole, il perd un client. C'est pas gagné. Voilà qu'il me dévisage dans le rétroviseur. Je n'aime pas ce regard. Cette lueur dans les yeux, il m'a reconnu ? Ce n'est pas possible ! Pas six mois après...

— J'ai vu vous dans journaux cet hiver.

Il se colle sur le côté de la rue et arrête la voiture.

— Descendez.

Je m'exécute. Il ne me fait rien payer, et il démarre en me faisant un doigt d'honneur. Où suis-je ? Liberty Street. Bon, ben c'est parti pour une grosse minute de marche jusqu'à Pearl Street. J'aime bien le sud-est de Manhattan. Les quais abritent des bateaux de plaisance. On se croirait en vacances à Key Biscayne. Je relève le col de mon cuir. La pluie s'insinue le long de mon cou. On me hait. Normal.

En journée, le quartier grouille de monde. La nuit, c'est l'hiver nucléaire. Pas un rat. Juste quelques vigiles pour surveiller l'entrée des immeubles de bureau et trois ou quatre flics pour la banque fédérale. Rien de vivant quoi!

Il est dix heures du soir et je ne suis pas saoul. Cela ne m'est pas arrivé depuis une éternité. Enfin le siège de la firme. Vue imprenable sur l'Hudson, belles prestations, héliport sur le toit, pratique. Les employés y bossent vingt-quatre heures sur vingt-quatre, six jours sur sept. J'ignore les deux concierges absorbés par un match de baseball. Ils me jettent un regard furtif, vide. Après tout, des blaireaux dans mon genre, ils en voient passer à longueur de journée. J'ai accès à l'ascenseur réservé aux dirigeants, je ne croise personne dans le long couloir menant aux élévateurs. Je monte au 43e étage en compagnie de Stan Getz. Qu'un jazzman de son talent soit diffusé dans un tel endroit me fout la haine. Je débarque dans un open space déserté. Commence alors la traversée d'un dédale de bureaux : le royaume du téléphone, de la statistique et de la devise. L'histoire du monde dématérialisée! En passant devant la porte de la salle « Asie », je colle une oreille sur l'aggloméré épais comme un ongle. De l'autre côté de la paroi montent des éclats de voix. À priori, les marchés déconnent sévères à Hong Kong ou Shanghai. Les bourses asiatiques, c'est le foutoir. Je me marre. Cela me fait du bien. J'arrive à mon poste. Quel bordel! Partout des papiers, des magazines, un fatras sur mon clavier. Les prestataires font le ménage, mais gardent consciencieusement mon merdier en l'état. Je m'installe, allume moniteurs et unités centrales.

Plus l'habitude du multi-écran, galère avec la souris. Me voici enfin connecté à Internet. Pas celui du commun des mortels, mais bien le réseau des financiers, avec des services et des sites rien qu'à nous. Comme, par exemple, des informations confidentielles sur les comptes bancaires, les mouvements de capitaux. D'ici, un esprit avisé peut surveiller le pognon du monde entier.

Accès aux comptes UBS transitant chez nous. Rien. Je regarde si les coordonnées apparaissent en entrée ou sortie d'argent, mais hébergées par une autre firme. LLC 258

2365. Rien. Bon sang, ça me rappelle un truc cette suite. Ce n'est pas un compte. Une idée, vite.

— Si tu cherches un compte de dépôt, tu te trompes Jeremy.

Je sursaute.

— Bernard ?

Il fait quoi ici à cette heure, lui ? Je me détends en voyant son accoutrement.

— Dis-moi, smoking noir, nœud papillon, écharpe blanche. La classe. Tu passais à la boîte après l'opéra ?

Il ne sourit pas. Avant, il aurait souri.

— Tu penses que je suis ici à dix heures trente pour parler mode masculine ? Écouter tes vannes ?

Sous le seul éclairage des moniteurs informatiques, Bernard a un aspect effrayant. Sur sa peau noire, les reflets rouge et vert prennent une tournure monstrueuse et donnent à son regard des teintes surnaturelles.

— Pas franchement. Comment se fait-il que tu sois ici ?

— La sécurité m'a prévenu quand tu t'es pointé. Coup de chance, je dînais dans le secteur.

— Et comment sais-tu ce que je cherche ?

— Pour une simple et bonne raison, Jay. C'est moi qui l'ai caché !

Chapitre 7

Le café est dégueulasse. Il donne la sensation de boire une décoction de bitume et de gomme fondue : un délice ! La serveuse feint d'ignorer mon dégoût. Le rade fait recette en journée, mais à presque onze heures les touristes ne sont plus légion à Battery Park. Les tables en formica forment un damier de ton pastel. J'imagine des étrangers charmés par le délicieux côté *American Graffity* de l'endroit. Pour moi, c'est juste sordide. Je repousse ma tasse.

Bernard fait de même. À voir son visage, j'ai la sensation que ses pensées déambulent aussi dans des contrées absurdes. La conscience aiguë du ridicule de sa tenue en pareil lieu bouscule, sans doute, son ego.

— Bon, tu peux m'expliquer maintenant ? Si c'est pour boire un café, j'ai mieux à la maison et toi aussi.

— Le numéro dont tu disposes est la référence d'un coffre privé de l'Union des Banques Suisses. Il se trouve à Zurich. J'ai fait en sorte que tu en sois le propriétaire.

Je me redresse contre le dossier de ma chaise turquoise. La curiosité prend le pas sur la surprise. La parole se mue en chuchotement.

— Comment sais-tu que j'ai récupéré le numéro d'un coffre ? Et pourquoi ma mère l'avait-elle ? Merde, pourquoi tu m'as ouvert un coffre?

Je respire bruyamment.

— Tu m'expliques et vite !

— Je vais le faire. À contrecœur, mais je vais le faire. La première fois que tu es entré dans mon bureau, j'ai cru voir ton père. La même démarche, les mêmes cheveux blonds coupés ras du crâne, la même mâchoire fière. Mais tes yeux trahissaient une douceur qui a toujours manqué à Daniel.

Un haut-le-cœur me saisit.

— Tu connais mon père ?

— Il était mon meilleur ami à l'académie militaire. Il se préparait à devenir pilote, tandis que je m'orientais vers le renseignement. À une époque, nous avons tous les deux courtisé ta mère, mais il a gagné la partie. Je t'ai vu naître. Et c'est moi qui tenais le petit Jeremy sur les fonds baptismaux. Alors oui, j'ai bien connu ton père !

Je prends ma tête à deux mains, souffle lourdement. Le quinquagénaire reste, au contraire, imperturbable.

— C'est de la folie ! Je deviens dingue. Tu es mon boss ! Tu m'as embauché sur CV ! C'est du délire total !

— Calme-toi, tu vas comprendre. Il n'y a rien de si compliqué.

— Pas compliqué ? Mon patron m'annonce de but en blanc qu'il est mon parrain, qu'il a voulu se taper ma mère et qu'il connaît mon père mieux que moi.

— C'est facile à comprendre…

Je n'y tiens plus et ne le laisse pas finir sa phrase.

— Mais oui, bien sûr, comme c'est fastoche de faire sa vie, abandonné par son père. Fastoche de voir sa mère crever de chagrin à petit feu. Fastoche de faire les mêmes cauchemars encore et encore au point de craindre l'arrivée de la nuit.

— Pauvre petit con ! Le soleil tourne autour de toi, n'est-ce pas ? Le monde a choisi de te faire du mal ? Tu me fais chier. Regarde-toi. Un égoïste confit dans son malheur petit-bourgeois. Je n'étais pas au volant cette nuit-là. Ce n'est pas moi qui…

Je renverse ma chaise et bondis vers Dean le saisissant par le col de sa veste. J'arme le poing. J'ai les larmes aux yeux, sous l'effet de la montée d'adrénaline, je ressemble à un ressort prêt à se rompre.

— Espèce de vieux salaud ! Je vais t'écraser la gueule…

Dean ne bronche pas. Il essuie calmement les postillons projetés sur ses joues. Le ressort se casse net. Tête basse, je me noie dans un flot de sanglots. Je tremble de la tête aux pieds. Je bloque ma respiration, transfère toute mon énergie vers mon épaule droite. Dans un cri bestial, le coup part, puissant et rapide. Mais le poing vindicatif fend l'air, sans rien heurter. Dean est toujours assis, décalé de quelques degrés sur sa gauche. L'esquive a été immédiate. Comme la riposte. Penché au-dessus de la table, déséquilibré vers l'avant par le poids de mon corps tendu, je sens une main se poser sur ma nuque. Chaude. Large. Ferme.

— Je tire un coup sec et ton nez repeindra le plateau en rouge. Une raison de plus de te plaindre. Maintenant, assis et silence radio.

L'étreinte se fait plus légère. Je me relâche. Après avoir relevé ma chaise, je m'installe. Nous nous jaugeons de longues secondes.

— Je ne sais même pas par où commencer.

— Ben commence par…..

Le regard de Bernard se durcit.

— Ok, je la ferme, j'écoute…

— Tu n'es pas arrivé dans notre firme par hasard. Souviens-toi, tu ne souhaitais pas postuler chez nous. Ta mère avait dû insister. Naturellement, Ann et moi avions planifié cette embauche alors que tu commençais à peine tes études. Cela n'enlève rien à tes compétences. Ton père voulait que je veille sur toi.

— Tu sais pourquoi il nous a quittés, je suppose ?

— Oui. Pas dans le détail, mais dans les grandes lignes, oui. Il est parti pour vous protéger, ta mère et toi.

— Nous protéger ? De quoi ?

— Daniel a été témoin d'événements étranges au cours d'une patrouille aérienne. Tu devais avoir cinq ou six ans. C'était le genre d'homme à aller au fond des choses. Il a mené une enquête et fourré son nez là où il n'aurait pas dû. Quand il l'a compris, il était trop tard. Nous avons organisé un changement d'identité et l'avons intégré chez nous. Ensuite, l'Agence vous a placés, Ann et toi, sous protection.

— Nous ? L'agence ? Je ne comprends pas.

— Nous, la CIA. Je suis agent gouvernemental depuis trente ans. En charge des opérations financières. La firme est ma couverture. Dans notre jargon, nous appelons ça un Agent Non Opérationnel. Daniel a continué ses investigations au sein de nos services et je n'ai plus eu de contact avec lui. Sur le fond de l'affaire, je ne sais donc rien de précis. Mais il y a environ un mois, ton père a ressurgi et m'a confié un colis en me demandant de le cacher dans un coffre en Suisse. Un colis dont ta mère t'a remis la clef aujourd'hui, suite à la mort de Daniel.

Je reste silencieux. Les informations tournent dans mon cerveau sans prendre corps, sans trouver de sens. À travers la vitrine du café, j'observe les voitures défilant sous la pluie. La gomme projette des gerbes d'eau arc-en-ciel sous les néons.

— Daniel et Ann n'ont jamais cessé de s'aimer. Et il n'a jamais cessé de t'aimer, toi. Lors de notre dernière rencontre, il m'a confié avoir assisté à de nombreux moments de ta vie sans dévoiler sa présence. Tu étais sa fierté et son drame.

Je reviens à la réalité.

— Il a appris pour l'accident ?

— Non. Ann non plus, mais ça, tu le sais déjà.

— Il a préféré une enquête à sa propre famille…

— As-tu écouté ce que j'ai dit ? Il ne s'agit pas d'une banale investigation. C'est du lourd. Du très lourd. Daniel a remué le passé et cela a rendu nerveux pas mal de monde. De plus, rien n'est simple à l'Agence et les amis y sont rares.

— Les associés sont au courant pour ton boulot réel ?

— Certains, oui. La plupart, non.

— Je suis censé faire quoi maintenant ?

— Maintenant, tu es seul face à toi-même. Tu connais les grandes lignes. À ce stade, tu as peu d'options. Soit ce que tu sais te suffit, soit tu fouilles l'affaire. Et je devine aisément ce que tu vas faire.

Dean regarda sa montre.

— Il est minuit et tu n'es pas saoul. C'est encourageant.

Le ton employé n'est pas celui de la moquerie.

— Pas envie de boire. Pourquoi tu me racontes tout ça ce soir ? Pourquoi pas avant ? Ou jamais ?

— Avant, j'avais promis de ne pas le faire. Jamais, c'était mon intention à la base. Mais la donne a changé.

— Daniel J. Corbin est mort.

— Oui, et j'en éprouve une profonde tristesse. Mais il faut se concentrer sur les vivants. Je ne comprends pas pourquoi l'armée a envoyé des émissaires à ton domicile. Ton père ne faisait plus partie de l'Air Force, donc celle-ci n'aurait jamais dû apprendre son décès. Tu n'aurais pas dû être contacté.

— Et ?

— La couverture de Daniel a sauté. Et ce n'est pas bon du tout, Jeremy. Pas bon du tout…

Chapitre 8

Il est une heure du matin et Bernard me dépose devant mon immeuble. La pluie a cessé, dommage. J'ai la tronche comme une pastèque pourtant je n'ai pas touché un verre de la soirée. Je fête cette première en me retrouvant au milieu d'une histoire qui me dépasse. La grosse berline de Dean démarre en trombe. Il me fait un signe en guise d'au revoir. Soit il veut se curer les oreilles avec le pouce, soit il veut que je l'appelle demain. Ce sera fait. Je ferme mon blouson jusqu'au cou, je n'ai pas envie de dormir. Je flâne autour du parc, les mains dans les poches. Quelle journée ! Pleurer m'a fait du bien. Le psy avait raison, gueuler, tout péter, c'est hautement thérapeutique. Et maintenant quoi ? Mon père est mort. Du statut de fumier notoire, voilà qu'il deviendrait une sorte de héros. Ma mère savait et ne m'a rien dit pendant plus de vingt ans et aujourd'hui, elle me remet les coordonnées d'un coffre en Suisse et une clef ornée d'une jolie croix gammée planquée dans un médaillon. Mon boss, le seul mec qui ressemble à un ami, m'apprend qu'il me connaît depuis toujours, et qu'il travaille pour la CIA. Il n'y a pas à dire, c'est une sacrée journée ! Je me repose la question. Et maintenant quoi ?

Dean est malin, il a senti la curiosité m'envahir. Il sait que je n'ai pas le choix. Je vais devoir me rendre en Suisse pour récupérer le colis que mon père lui a confié. Je dois en avoir le cœur net. Prenons un shaker. Versons-y une pointe d'Air Force, une lampée de CIA, deux doigts de Suisse et un zeste de Nazi. On obtient un cocktail que je suis curieux de goûter. J'ai un passeport, du pognon et du temps à consacrer à cette affaire. De toute façon, je n'ai rien de prévu dans mon agenda. Quitter ce pays un moment ne me fera pas de mal. Bernard partira avec moi, j'en mettrais ma main à couper.

Me voici devant le Guggenheim. Des Japonais prennent le musée en photo. Faut avouer qu'un bâtiment en forme de cylindre, on n'en trouve qu'à New York... les touristes m'amusent ! Mais je ne leur suis guère supérieur, j'habite à quelques blocs de ce musée et je n'y fous jamais les pieds. Fut un temps, j'aimais l'art. Fut un temps...

Demi-tour, mon lit m'attend. Étrange, nous sommes au milieu de la nuit, et je n'ai toujours pas envie de picoler. Par contre, côté clopes, c'est mal barré pour arrêter. Je balance le paquet numéro deux et j'entame aussi sec le numéro trois. Je me demande tout de même ce que le paternel a pu lever comme lièvre. Quel genre d'enquête peut bien contraindre un homme à tout plaquer et à disparaître ? Mon ventre gargouille. Je n'ai pas soif, mais j'ai faim. Je n'ai rien avalé de solide depuis hier. Un sandwich et une barre chocolatée feront l'affaire. Une cigarette, à manger, pour un peu je ne me sentirais pas mal du tout. C'est triste à dire, mais il aura fallu la mort de mon père pour que j'aie l'impression de respirer pour la première fois de cette année maudite.

***

Eytan Morg abandonna ses clefs au voiturier de l'hôtel. L'employé ouvrait des yeux ronds comme des soucoupes. Au *Four Seasons Hotel*, le personnel s'émerveillait plus devant un pick-up boueux que face à une Ferrari. Le géant s'amusa de cette réaction. Les particularités de sa profession incluaient des notes de frais salées. D'autres agents descendaient dans des coupe-gorge et traficotaient les factures pour mettre un peu de pognon de côté. Lui préférait se faire plaisir. Le fric, ça va, ça vient, il ne faut jamais se prendre la tête pour de l'argent.

Et puis, les statistiques le démontraient : on se fait moins souvent buter dans les suites cinq étoiles que dans les bouges de bas-quartiers. À peine entré dans le hall, Eytan s'immobilisa, laissant son sac de sport en toile verte tomber à ses pieds. Mains sur les hanches, il lâcha un sifflement qui lui valut quelques regards peu amènes.

Ambiance tamisée, camaïeu crème au mur, immenses vases de porcelaine rouge, sol en marbre, la classe ! Il s'arrêta un moment devant une vitrine exhibant trois colliers de diamants, joyaux de l'orfèvrerie française, dont les prix restaient pudiquement masqués. L'horlogerie helvétique, pas en reste, bénéficiait elle aussi d'un présentoir. En amateur éclairé, il détailla les modèles exposés.

Un quadragénaire en costume trois-pièces contourna le comptoir de la réception et s'avança vers ce qui ne pouvait être qu'un intrus. Son toussotement invita Eytan à cesser sa contemplation.

— Puis-je faire quelque chose pour Monsieur ?

Morg adorait l'obséquiosité. Il toisa l'homme, qui lui rendait vingt-cinq bons centimètres.

— Monsieur a une réservation. Monsieur est ébahi par la beauté des lieux. Et Monsieur s'appelle Eytan.

Il tendit une main ferme et se fendit d'un grand sourire.

— Et vous êtes ?

— Heu, Friedkin. James Friedkin. Je suis le responsable de l'hôtel durant la nuit, Monsieur.

— Ts ts ts ! Eytan !

— Bien… Eytan. Voulez-vous passer dans mon bureau, nous allons procéder au *check-in* ?

— Avec plaisir, James.

Quelques minutes et fastidieuses formalités plus tard, le directeur adjoint faisait les honneurs d'une suite studio à son hôte. Morg apprécia le grand lit et le coin salon séparé de l'espace nuit par un canapé en velours marron. Mais plus que tout, il se délecta de la vue imprenable, offerte par la baie vitrée, sur les toits de New York.

Un groom en livrée rouge, emprunté dans son uniforme désuet, surgit, une valise noire à la main. Il la tendit à James et se posta au garde-à-vous.

— Monsieur, votre assistant a déposé hier cette mallette à votre intention. Comme vous le souhaitiez, elle a été conservée au coffre jusqu'à votre arrivée.

— Parfait, James. Un grand merci pour la gentillesse de votre accueil. Maintenant si vous permettez, j'aimerais…

D'un hochement de la tête, il désigna la porte d'entrée de la suite.

— Bien sûr Mons… heu… Eytan. Bon séjour à vous, je reste à votre disposition en cas de besoin.

Les deux employés se retrouvèrent en un clin d'œil hors de la chambre, un billet de cent dollars chacun dans la main. Ils devisèrent un moment sur cet étrange mais sympathique client avant de reprendre leurs activités.

Morg attrapa la valise et s'installa confortablement sur le canapé. Aucun mécanisme d'ouverture n'était visible. Encore une trouvaille du service Recherche et Développement ! Il positionna ses deux pouces sur les côtés de la poignée. Il entendit un léger claquement. La partie supérieure du bagage se souleva, libérant le précieux contenu. Il en sortit tout d'abord deux chargeurs de pistolet qui vinrent aussitôt se loger dans sa veste, puis une première enveloppe en papier kraft contenant une somme rondelette en liquide, pour moitié en dollars US et pour moitié en euro. À vue de nez, il y en avait pour vingt mille dollars. Agir pour le compte du Mossad apportait ce genre de satisfactions ! Une seconde et ultime enveloppe dévoila une série de clichés d'un blondinet, le type Mickey de boîte de nuit qui passe plus de temps à se pomponner qu'à ouvrir des livres. La fiche de renseignement était, comme toujours, détaillée. L'homme affichait trente-et-un ans au compteur et pratiquait la finance dans une florissante firme de courtage de la ville. Célibataire et sans enfants, il n'avait, hélas pour lui, aucune expérience militaire particulière à son actif. Enfin, et c'était bien le plus important, Eytan se pencha sur l'ordre de mission. Deux codes s'appliquaient à ce Jeremy Corbin : 111a et 111b. Le premier, Filature, n'avait rien de surprenant. Le second par contre déclencha un lourd soupir chez l'agent. En maugréant, il dégaina un flingue et vérifia une nouvelle fois le chargeur.

***

Au même instant, à Poughkeepsie, l'équipe de nuit de l'hôpital Saint Francis préparait, dans une pièce dévolue à cet usage, les médicaments à administrer aux patients le lendemain matin. Deux infirmières s'agitaient en échangeant des remarques salaces sur le nouvel oncologue, une gravure de mode digne d'être coincée dans un cagibi et consommée en guise de quatre-heures. Elles continuèrent à évoquer leur projet fantasmatique, mais pas totalement irréalisable, en sortant de la salle. Dans le couloir, elles furent saluées par une collègue rousse aux cheveux courts et à l'allure athlétique. Elle mesurait près d'un mètre quatre-vingt. Son teint émacié et ses petits yeux marron lui dessinaient un visage cruel.

Les deux jeunes femmes trop occupées à rire aux éclats ne la virent pas s'engouffrer dans la salle qu'elles venaient de quitter.

***

Les filles se déchaînent sur la piste de danse. Deux écrans géants diffusent des clips flashy. Mon crâne est saturé par les sons des basses et de *heavy beat*. Des cris d'exaltation montent de la foule aux mouvements saccadés par les stroboscopes. Unique représentant de ma boîte à ne pas souffrir d'arthrose, je me jette dans la mêlée, bras levés. Très vite, je me retrouve entouré d'une grappe de bombes, court vêtues et sexy en diable. Les corps se frôlent d'abord puis s'agglomèrent pour former une masse sensuelle et mouvante. Seule la musique légitime l'orgie. Mes patrons sont entrepris par des putes de haut vol. Ils ont les moyens. Mais ce soir, c'est moi qui régale. Cette journée est la mienne. L'argent, le pouvoir, les femmes. Nous sommes les maîtres du monde dans toute leur pathétique caricature. Peu nous importe. La morale, les codes de conduite ou les bonnes mœurs sont réservés aux losers. La gonzesse qui me roule une pelle ne me regarderait pas si j'étais garagiste ou métallo. Sa copine ne me peloterait pas les fesses si je ne conduisais pas une Aston Martin. Et j'allais coucher avec les deux parce que j'étais riche. On dit que le pouvoir est un aphrodisiaque puissant. C'est vrai, détestable mais vrai. Je m'apprêtais à le démontrer illico. Un dernier whisky flambé avec les femmes de ma vie pour accentuer l'ivresse du moment. Un grand coup de vapeurs d'alcool dans les naseaux. Les barmen nomment cette boisson *shooter*. Un attentat, ouais !

Inutile de saluer mes compagnons de soirée, ils sont en mains. À mon bras, ne se tiennent pas des filles, mais bien des béquilles pour marcher droit ! Le voiturier dépose mon Aston Martin DB9. J'ai beau chercher, seule la voiture de James Bond convient à mon standing présent et, plus encore, à venir. La brune s'allonge à l'arrière, la blonde prend place à mes côtés. C'est parti pour une virée à grande vitesse sur les avenues agitées du Sud Manhattan. Pas question de contourner par la voie rapide. Profitons de ces moments.

La blondasse pose ses talons aiguilles sur le tableau de bord en ronce de noyer. Coup de sang. Je vire ses pieds et commence à lui expliquer, avec fermeté et une pointe de grossièreté, qu'on ne se comporte pas ainsi dans une voiture plus coûteuse que son appartement. Soudain, deux cris retentissent. Un choc me propulse vers le volant, mais l'air bag m'intercepte au passage. Je pile et bondis à l'extérieur comme un fauve de sa cage. Un couple me regarde, incrédule. Sur le bitume, à une dizaine de mètres, gît un landau renversé. Du sang coule du petit véhicule.

On m'a pris mon père, je viens de prendre un enfant.

Je me laisse tomber sur le trottoir et suis pris de vomissements. Je crache mes tripes sur le goudron et essaye de réaliser ce que j'ai provoqué. Je rassemble mes esprits et essuie ma bouche avec le revers de ma veste. Je dégaine mon téléphone dernier cri.

— Bernard… Je viens de faire une connerie.

— Dis-moi où tu es, j'arrive.

Je lui donne l'information. Cette saloperie de portable vole puis s'écrase contre un mur. Les putes ne se sont pas fait prier pour prendre la tangente. Les parents sont en larmes et gesticulent, agenouillés devant le couffin. Ils parlent une langue que je ne connais pas. Le père me pointe du doigt. Il ressemble aux mecs d'Al Qaida qu'on nous montre à la télé. Son teint hâlé et sa barbe noire se rapprochent à grande vitesse. Il me frappe. Il s'apprête à me crever. Ça me va. J'ai tué sa fille, âgée de quatre mois.

Pourtant, cette journée devait bien être la mienne…

Je me réveille toujours à ce moment. Je suis condamné à revivre la scène toutes les nuits. Et après, mon psy se demande pourquoi je ne dors pas…

JOUR 2

Chapitre 9

Tour de Londres, mai 1941.

Les médecins anglais avaient fait un travail remarquable. Le crash à l'atterrissage pas plus que la fracture de la cheville n'étaient prévus. Encore trois semaines de repos et il gambaderait dans Berlin. Nul doute que le Führer serait fier de lui et des risques qu'il avait encourus pour la grandeur du *Reich*. Même Himmler et Goering cesseraient de pérorer ! Depuis des mois, il avalait des couleuvres sans mot dire, exclu de réunions au sommet, écarté des décisions visant à l'avancée de la guerre. Mais cette mission était à lui, à lui seul. Et il allait changer le cours de l'Histoire.

L'enfant malheureux, brimé par un père psychorigide, commerçant expatrié en Égypte, ne s'en sortait pas si mal. Le goût de la révolte l'avait saisi depuis son plus jeune âge, mais il avait dû attendre ses vingt-et-un ans et la Grande Guerre pour s'élever contre la volonté paternelle. Il abandonna alors les barbantes études de commerce et embrassa la carrière militaire avec le ferme espoir de devenir pilote. Le conflit prit fin sans qu'il ait l'occasion de se battre dans les airs, mais, au moins, le trop lourd cordon familial était-il rompu. Et puis il y eut l'engagement en politique, la rencontre, décisive, avec Adolf Hitler, qu'il avait déjà croisé lors du conflit de 14-18. Ensemble, les deux hommes gravirent les échelons du NSDAP, le Parti national-socialiste des travailleurs allemands. Après le putsch manqué de la Brasserie en 1923, ils furent incarcérés à Landsberg en Bavière. Huit mois durant, Hitler lui dicta ce qui devint l'élément fondateur du nouvel ordre mondial : *Mein Kampf*. L'heure de gloire des nazis pointait à l'horizon. Celle de Rudolf était passée.

Le bruit d'une clef fouillant une serrure le ramena à l'instant présent. La porte de la cellule s'ouvrit. Le duc d'Hamilton se courba pour entrer dans la pièce. Les architectes de la Tour de Londres n'avaient pas dessiné les accès pour d'improbables créatures double métriques. Le prisonnier observa son visiteur. Grand et maigre, l'homme n'avait aucune allure. Son costume de tweed vert lui donnait l'aspect d'un haricot géant! Aux yeux de Rudolf, il relevait de la caricature du Britannique : dents proéminentes, frange marquée, long nez. En un mot, le duc était aussi laid qu'on pouvait l'imaginer.

Hamilton se redressa, une fois la porte franchie, et tendit une main volontaire au pensionnaire des lieux. Puis, il avisa la geôle et la trouva plutôt confortable. Un lit douillet jouxtait une chaise et un petit bureau recouvert de journaux. Sur le rebord de la fenêtre, des fioles aux couleurs bigarrées avaient été alignées en ordre parfait, avec une rigueur toute germanique.

— Mon cher Rudolf, je suis fort aise de vous voir bien traité. Pardonnez-nous cette mise en scène, mais donner l'illusion de vous incarcérer s'avère vital compte tenu de la situation où nous sommes.

Souffrant de la station debout, le nazi s'installa sur la chaise.

— Monsieur le duc, le plaisir est partagé. Le MI6 m'a expliqué la nécessaire mascarade. Elle me convient parfaitement. Je ne serai pas un hôte difficile. Une fois nos accords finalisés, et ma libération légitime, je profiterai de mon séjour dans votre beau pays pour me rendre à Oxford. Mon père souhaitait me voir étudier le commerce là-bas…

Hamilton se permit un rire guindé qu'il réprima par un toussotement gêné.

— Je vous servirai de guide, j'y ai passé de charmantes années. Comment allez-vous ? Notre dernière rencontre date des Jeux Olympiques, il me semble.

— C'est exact. Nous avions partagé un petit déjeuner à votre hôtel dans le centre de Berlin. Je ne vous mentirai pas, il me tarde de rentrer chez moi. Ma cheville se remet. Par ailleurs, je me porte aussi bien que possible.

L'élocution dénuée d'accent de son interlocuteur rendit l'écossais admiratif. Mais la réunion ne devait pas porter sur les capacités linguistiques du dignitaire allemand.

À la demande du duc, un garde apporta une seconde chaise dans le plus grand silence. Sa besogne accomplie, il sortit et verrouilla la porte.

— Monsieur Hess, maintenant que nous sommes entre nous, attaquons le vif du sujet, voulez-vous ?

— Volontiers. La paix entre nos deux nations est d'actualité, plus que jamais. Grâce à la perspective de notre traité à venir, le front russe est désormais ouvert. Notre armée se concentre sur les bolcheviques, au plus grand bonheur, j'imagine, des Américains et de monsieur Churchill.

— Voilà une excellente nouvelle. Nous ne souhaitons pas voir Staline prendre une place trop importante sur l'échiquier mondial !

— Nous ferons le nécessaire, ayez confiance dans le génie stratégique de notre Führer. D'ici quelques semaines, l'appui de votre aviation nous garantira une écrasante victoire et nous fêterons Noël à Moscou !

Rudolf martelait son genou valide de son poing tant il était excité

— Le ciel vous entende, répondit Hamilton avec un sourire carnassier.

— Et comme un bonheur n'arrive jamais seul, figurez-vous qu'un de nos savants est sur une piste prometteuse…

À cette phrase, le duc ouvrit des yeux si grands qu'ils faillirent rouler hors de leurs orbites. Son visage exprimait la plus pure, la plus absolue convoitise.

Hess, satisfait de son effet, reprit.

— Les dernières expériences tendent à valider toutes les théories. Les vôtres comme les nôtres. Il reste certes du travail à accomplir, mais nous sommes sur la bonne voie.

Le Britannique se mordilla la lèvre inférieure. Il dissimulait mal son avidité. Des années d'éducation anglaise stricte le rappelèrent à l'ordre et il se ressaisit.

— Les radiations fonctionneraient donc? Qu'en dit votre expert, comment s'appelle-t-il déjà?

— … Bleiberg. Le professeur Viktor Bleiberg. Il est enthousiaste, vous l'imaginez. Mais il reste un homme de science et réclame sans cesse de nouveaux tests et plus de cobayes. Dieu merci, nous ne manquons pas de sujets d'expérimentation.

Le nazi esquissa un sourire, vite réprimé face à l'expression peu amène du duc. Ce dernier se racla la gorge.

— Bleiberg… Je suis surpris, ce nom ne sonne-t-il pas juif à vos oreilles?

— Certes, mais n'oubliez pas, mon cher, qu'étant en charge de ce dossier, il me revient de décider qui est juif!

Hess feignait d'être offusqué. En vérité, il cherchait surtout à masquer son mensonge : ce projet appartenait à Himmler. À Berlin, les intrigues allaient bon train et certains, à ce petit jeu, s'avéraient plus fins stratèges que le malheureux Rudolf. Dauphin officiel d'Hitler, il s'était vite retrouvé relégué à la troisième place derrière Goering, insupportable personnage mégalomane et mythomane. Et aujourd'hui, le Führer ne jurait plus que par Himmler.

Un homme insignifiant, à l'étroit dans un costume gris, pénétra dans la pièce, tirant le nazi de ses pensées moroses. Il salua le duc et lui tendit un porte-document en cuir brun. Hamilton se saisit d'un épais dossier. Le messager, maroquin en main, s'éclipsa. La cellule fut refermée, replongeant les deux interlocuteurs dans leur huis clos.

— Bien, vous faites avec les Juifs comme bon vous semble, vous êtes les maîtres de l'Europe continentale, après tout. Mais j'aimerais, si vous n'y voyez pas d'inconvénients, que nous examinions ensemble la proposition de traité de ce cher monsieur Hitler. Churchill le signera sitôt mon aval donné.

— Avec joie, j'ai hâte de mettre fin à ce simulacre d'emprisonnement et de rejoindre des appartements plus confortables.

Hamilton et Hess parcoururent, de longues heures durant, le pavé détaillant les conditions de paix entre le Royaume-Uni et l'Allemagne. L'enthousiasme de Rudolf contrastait avec le stoïcisme du duc. *Les Anglais sont décidément impossibles à décrypter*, se dit l'émissaire d'Hitler.

— Parfait, le Premier Ministre m'accorde audience ce soir et je pense que les choses vont avancer très vite. Il nous reste un point à éclaircir et nous aurons fait le tour de la question. Si les événements se déroulent comme prévu, je compte bien vous emmener à l'Opéra dès la semaine prochaine.

Le visage de l'Allemand s'éclaira. Ses épais sourcils se dressèrent à l'évocation de la musique classique.

— Avec plaisir, je suis touché que vous ayez gardé en mémoire mon amour pour l'art lyrique.

— Ce n'est rien, vraiment. Essayons d'en finir au plus vite, voulez-vous ? Ma dernière question concerne l'antidote. Avez-vous la formule avec vous ?

— Antidote n'est pas le bon terme. La préparation n'inverserait pas les effets des radiations, elle permettrait aux cellules de ne pas se nécroser. Bleiberg est très à cheval sur la nuance ! Les scientifiques, enfin vous voyez…

Hamilton ne réagit pas à la plaisanterie. L'interminable session de travail semblait avoir eu raison de son flegme. Rudolf se racla la gorge et tendit le bras vers le tas de livres posé à même le sol, près de sa couche. Il ouvrit une très belle édition d'*Hamlet* et en sortit une feuille soigneusement pliée. Il la remit au duc.

— Voilà, j'ai appris les éléments par cœur, sans en comprendre une seule ligne. Mais les secrets circulent ainsi. Je vous ai noté là-dessus formules et ingrédients.

Rudolf crut percevoir un léger tremblement dans la main de l'aristocrate lorsque celui-ci se saisit du papier. Sans dire un mot, Hamilton rangea la note dans la poche poitrine de sa veste et frappa à la porte. Alors que cette dernière s'ouvrait, il offrit sa paume à son interlocuteur.

— Monsieur Hess, je vous suis très reconnaissant, au nom de toute mon organisation, de votre dévouement. Je vous tiens au courant dès que je reçois de nouvelles instructions.

Une chaleur intense s'empara des tempes du nazi. Il avait réussi ! Non seulement nulle nation ne pourrait se lever contre un axe regroupant Allemagne et Angleterre, mais en plus l'humanité elle-même s'apprêtait à connaître sa plus significative évolution. Et tout ça, grâce à lui !

La poignée de main fut appuyée. Hamilton sortit de la cellule, la porte se referma. La lucarne coulissa. Le duc y posta sa grosse tête. Rudolf se rapprocha, saisi d'une soudaine angoisse.

— Oh, cela m'avait totalement échappé, mais je crains qu'il me soit impossible de vous emmener à l'Opéra de sitôt.

— Pourquoi donc ?

L'angoisse se mua en panique.

— Voyez-vous, Rudolf, Churchill n'a aucune intention de signer un quelconque accord avec Hitler. En fait, nous espérons convaincre sous peu l'Amérique de rejoindre le conflit. Nous avons pleine confiance en l'arrogance de vos amis japonais pour finir de décider Oncle Sam.

— Comment ? Mais vous me disiez…

— Ts ts ts, Rudolf, un grand garçon comme vous ne devrait pas se laisser berner ainsi. Je comprends mieux comment Himmler vous a poussé sur le banc de touche…

— Vous étiez au courant ?

Hess fulminait. La panique devint rage.

— Bien sûr, le MI6 n'est pas composé que d'incompétents. D'ailleurs, nous avons fait savoir à Hitler que vous étiez porteur d'un traité de paix et il a démenti avoir eu connaissance de votre plan. Il s'est totalement désolidarisé de votre initiative.

— Mais c'est lui…

Il s'interrompit, en proie à un tourbillon de pensées contradictoires. Hamilton s'éloigna de l'ouverture.

— Vos affaires sont mal embarquées, je le crains. Et maintenant que j'ai ceci (le duc tapota sur la poche de sa veste) et le nom du scientifique en charge du Grand Projet, vous nous êtes dorénavant inutile. J'en suis désolé, sincèrement.

Tête baissée, Hess balayait le sol d'un regard désespéré. Il secouait la tête, incrédule.

— Nous allons prendre contact avec ce Bleiberg. Quant à vous, à partir d'aujourd'hui, vous n'êtes plus en possession de vos facultés intellectuelles. Imaginez-vous la beauté de la chose ? Plus vous protesterez, plus votre folie sera reconnue ! Vous serez jugé à la fin de la guerre et croupirez toute votre vie en prison, nous y veillerons. Au fait, je ne suis pas le duc d'Hamilton. Mon pauvre ami, votre naïveté fait peine à voir…

Rudolf se jeta sur la porte. Il hurlait dans un mélange d'anglais et d'allemand.

— Fumier, vous n'avez pas le droit. *Sie sind verrückt !* Soyez maudits, vous et votre Consortium ! Le Führer va raser votre saloperie d'île, vous mourrez sous nos bombes et les panzers écraseront les derniers vestiges de votre civilisation décadente !

Le prétendu Hamilton sourit et referma le clapet. Les bruits sourds des poings s'abattant sur la porte résonnaient. Mais il n'y eut bientôt plus personne dans le couloir pour les entendre.

Rudolf Hess fut mis au secret, dans une prison anglaise jusqu'à la fin de la guerre. En 1946, au cours du procès de Nuremberg, il argua, pour sa défense, de sa tentative de mettre un terme au conflit en proposant une alliance à l'Angleterre. Il fut finalement condamné à une peine de réclusion à perpétuité pour complot et crime contre la paix. Hess deviendra le détenu numéro 7 à la prison de Spandau, à Berlin-ouest. Il restera enfermé jusqu'au 17 août 1987. Ses gardiens le retrouvèrent pendu dans sa cellule. Il avait 93 ans.

Il rédigea de nombreux carnets durant sa captivité. Tous furent brûlés…

Chapitre 10

Comme la plupart des matins, Eytan regardait le soleil se lever. Cette journée serait douce et ensoleillée. Les premières grosses chaleurs ne tarderaient pas. Il priait pour en avoir terminé avec cette mission avant que le thermomètre ne dépasse allègrement les trente degrés. Les abords du parc voyaient déjà défiler une multitude de touristes, mélange de couleurs, d'origines et de langues. À sa connaissance, aucun autre endroit au monde ne méritait mieux le titre de *melting pot.* Ce n'était pas pour lui déplaire. Il éprouvait un réel plaisir à observer l'humanité. À force de tuer, toujours et encore, il avait craint d'y laisser une part de lui-même. Mais, finalement, le job lui donnait plus la sensation de s'accomplir que de se perdre.

Un gobelet de cappuccino en main, il surveillait l'entrée de l'immeuble où résidait Corbin. Eytan passait les alentours au scanner de son regard acéré. Il se remémora les événements des dernières semaines. Une certitude l'habitait : le dénouement de cette histoire approchait, enfin !

L'hypothèse qu'on eût déjà buté son « client » lui traversa l'esprit. Il la chassa à grande vitesse. En l'état actuel, il devait avoir une bonne demi-journée d'avance sur l'invisible ennemi contre lequel il se battait depuis plusieurs mois.

Après avoir attendu trois heures adossé aux murs du parc, l'agent fit deux constats. Un, ce quartier était peuplé de gens bardés de fric. Si un tueur voulait passer inaperçu dans un des immeubles du coin, il lui fallait porter un costume cravate. Deux, la cible n'était pas le genre à partir bosser aux aurores. Donc, Morg attendait. La patience faisait partie intégrante du métier. Par bonheur, la presse était l'amie du barbouze en planque. Eytan fouilla ses poches, en tira de la monnaie et l'introduisit dans un des distributeurs de journaux qui lui faisaient de l'œil. Son choix se porta sur le *New York Times*, le mieux renseigné à ses yeux. La mise en page était aberrante. Seul un américain pouvait s'y retrouver au milieu d'une telle confusion de colonnes, de titres et de mots. Mais il fallait souffrir pour s'informer !

Comme toujours, les nouvelles décrivaient un monde en plein chaos. La débâcle économique s'était transformée en crise sociale, et si les places boursières du monde entier affichaient un optimisme mesuré, le *vulgum pecus* en prenait plein la gueule dans les grandes largeurs : chômage, paupérisation, expulsions… Les journalistes semblaient redécouvrir des fléaux qui avaient toujours égayé le quotidien des pauvres gens, bien avant les cracks financiers. Rien de neuf sous le soleil, donc ! Côté basket et foot US, la période des transferts battait son plein, mais cela n'intéressait guère Eytan. Au Moyen Orient, la situation demeurait instable ; en Afrique, l'Occident continuait à piller les richesses locales, une gigantesque réserve de pétrole cette fois. La réforme du système de santé avançait bon train sur le territoire américain.

Les Mexicains se payaient une nouvelle alerte sanitaire après la grippe porcine. Cette fois, le reporter évoquait une forme virulente de choléra. Les autorités locales et internationales, OMS en tête, mettaient en place une zone de quarantaine pour circonscrire blablabla…

Morg sourit. C'est formidable comme on peut resservir les mêmes conneries aux gens sans qu'ils s'en rendent compte. D'ici trois mois, des masques de protection fleuriraient un peu partout, puis des laboratoires pharmaceutiques vendraient un vaccin providentiel par paquets de millions à des gouvernements trop inquiets, ou corrompus.

Au bout d'une vingtaine de pages, un strabisme divergeant le guettait tant il promenait son regard du papier à l'entrée de l'immeuble. Le canard atterrit dans la poubelle voisine rejoignant les restes de son petit déjeuner.

Vers dix heures, les trottoirs se remplirent à vue d'œil, la circulation se densifia. L'observation à distance devenait difficile. Eytan envisagea un instant de traverser l'avenue, mais se ravisa, n'ayant aucune envie de terminer aplati sur le revêtement goudronné !

Il se dirigea vers le feu de signalisation piéton le plus proche et attendit qu'il veuille bien passer au vert.

Alors, il aperçut une limousine Chrysler noire en train de se garer devant l'entrée de l'immeuble de Corbin. Le véhicule en lui-même ne jurait pas dans le paysage cossu du quartier. La plaque minéralogique attira plus son attention. Marquée « New York » sur sa partie supérieure, elle était de couleur bleue surplombée par un arc rouge. Une plaque diplomatique. Eytan mémorisa le numéro :D PR08-68 UN.

Intrigué, il fit appel à sa mémoire. D pour Diplomate, pas de problème de ce côté-là. UN pour Nations Unies, simple aussi. Le PR correspondait au pays.

La fiche de renseignement ne mentionnait aucun lien entre la cible et une ambassade, ni même la présence de diplomates dans l'immeuble. De plus, cette immatriculation lui procurait un mauvais pressentiment. Merde, PR, il connaissait. C'était qui déjà ?

La circulation s'arrêta. Les piétons commencèrent à traverser. Deux hommes à forte carrure sortirent de la Chrysler, qui repartit aussitôt se fondre dans le trafic, et s'engouffrèrent dans l'immeuble. Eytan accéléra le pas, puis se lança dans un sprint effréné.

PR : le code d'identification de l'Argentine…

***

Information capitale : je peux m'endormir sans me déchirer la gueule. Voilà une perspective des plus encourageantes. Bernard m'a sacrément secoué hier soir, mais comment lui en vouloir ? Je me retrouve plongé au milieu d'une histoire d'espionnage sortie tout droit de chez Ian Fleming.

Compte tenu des circonstances, cette pensée me surprend, la soirée de la veille me laisse d'excellentes sensations. J'ai l'impression de me réveiller d'un long sommeil, de quitter une torpeur et de reprendre pied dans la réalité. Mais de quel réel s'agit-il ? Je me sens paumé, rien d'anormal à cela. Le voyage en Suisse devrait faire toute la lumière sur cette étrange histoire. Je passerai embrasser maman avant de partir. Je lui dois bien ça.

Le téléphone sonne. Bizarre : je me lève, mais quelque chose ne colle pas. Les murs sont droits, le sol plat. Je ne titube pas ! J'avais presque pris l'habitude de marcher de biais… En empruntant la ligne droite, le combiné est nettement moins loin. Je décroche. Une voix de femme me demande si je suis Jay Novacek. J'ai envie de l'envoyer promener. Je m'appelle Jeremy Corbin. Mais j'ai l'impression que ce nom n'est pas sûr. Alors, j'acquiesce. Elle me parle. Plus elle en dit, moins je comprends. Le téléphone m'échappe des mains. Mes jambes me lâchent. Je me retrouve par terre, à genoux.

Je remets les mots dans l'ordre. « J'ai le regret de vous annoncer le décès de votre mère ce matin des suites d'une attaque cardiaque. Je vous présente mes condoléances. Pourriez-vous passer dans la journée pour régler les démarches administratives ? »

Plein la gueule pour pas un rond ! Je pensais qu'il faudrait plus de temps au monde pour s'écrouler. Mon père, puis ma mère dans la foulée. Un séisme se déclenche dans mon ventre et me fait trembler de la tête aux pieds. Une éruption de larmes jaillit de mes yeux. Je pourrais tout foutre en l'air dans l'appart', défoncer les murs à coups de poing. Une seconde plus tard, je chiale, à quatre pattes sur la moquette. L'intensité de la douleur me submerge. Pas maintenant, pas elle…

Soudain, une pensée m'envahit : je suis le prochain.

Mon portable vibre. Je sursaute. Machinalement, je l'attrape. C'est Bernard. Je prends.

— Bernard, Maman…

— Je sais, mais nous devons agir vite. Tu es en danger, alors tu as intérêt à faire exactement ce que je vais te dire.

Il me parle, me dit quoi faire. Il a peur, je le sens. J'ai peur aussi. Depuis hier, je ne suis plus sûr d'avoir envie de crever, du moins, pas avant d'avoir tiré cette histoire au clair. Et en plus, j'ai de la monnaie à rendre.

J'esquive la douche et m'habille vite fait. Sans perdre une seconde je remplis mon sac de voyage en cuir noir de fringues piochées un peu au hasard. Passeport en poche, j'enfile un blouson, visse une casquette des yankees sur ma tête, et sors de mon appartement.

Bernard m'ayant interdit l'ascenseur, je prends la direction de l'escalier sans attendre. La clope au bec, je dévale les marches. Douze étages à ce rythme : rien de tel pour dérouiller les mollets. Je regarde rapidement le cadran de ma montre : il est dix heures du matin. Je manque glisser sur l'épaisse moquette rouge jugée indispensable par le décorateur de la résidence. Cela fait cossu, mais c'est gravement casse-gueule.

Je jette un coup d'œil plus bas dans la cage d'escalier. Un mec monte les marches en courant. Costard noir, lunettes, cheveux coupés au ras du crâne, il a tous les attributs des services spéciaux version *Men in Black*. Je ne sens pas ce type. Je fais demi-tour et me précipite en sens inverse vers mon étage. Je lève la tête. Putain, un autre gars, quasiment le clone du premier, descend vers moi. Je suis coincé. Pas le temps de réfléchir, seul l'escalier de secours extérieur pourra me sortir de là. Inutile d'espérer une aide quelconque, l'immeuble n'héberge que des fanatiques du pognon, et à cette heure ils sont déjà au bureau. J'atteins un palier, je cavale dans le couloir, les deux croque-morts ne vont pas tarder à me tomber dessus. En cinq secondes chrono, j'arrive à la fenêtre.

Oh merde! Un troisième gus a eu la même idée, et il est en train d'ouvrir la lucarne pour entrer. Comme un con, je me dirige droit vers lui. Je suis cuit. Bizarre, il n'est pas fringué comme ses potes. Eux se la jouent caricature de garde du corps de la présidence. Lui porte un pantalon de treillis, des pompes de bûcheron canadien, un tee-shirt vert ras du cou et une veste assortie au futal, mais pas de lunettes. L'homme n'a pas un poil sur le caillou et doit bien mesurer deux mètres. Il fait la tronche, pas bon signe. Avec une certaine classe, il dégaine deux pistolets équipés de silencieux.

Je le regarde dans les yeux. On dirait qu'il voit à travers moi. Il saute à pieds joints dans ma direction et envoie son corps en arrière. Je ramasse au passage une paire de panards pointure 48, au moins, dans le bide. Le souffle coupé, je m'effondre sur le dos. J'ai tendance à observer le sol de trop près en ce moment!

Deux détonations feutrées claquent. Puis deux autres. Rassurant, mourir ne fait pas mal. La tête un peu dans les vapes, je me redresse pour constater les trous dans mon ventre. Aucune trace de sang. Le chauve est allongé en face de moi, les yeux rivés au-delà de ma petite personne, flingues en main. Quatre douilles finissent de rouler sur la moquette. Je risque un coup d'œil par-dessus mon épaule. Dupont et Dupond gisent face contre terre. Je pivote pour guetter la réaction du géant. Sans s'aider des avant-bras, il s'arc-boute et se remet sur ses pieds : impressionnant. Le type semble presque détendu. Il me tend une paluche de basketteur. Je la saisis et me redresse à mon tour, péniblement. Ses capacités chorégraphiques surpassent les miennes!

— Vous êtes qui?

Cette question ou une autre…

— Tu ne me reconnais pas? répond-il, surpris.

Je cherche. En vain.

— Non, je devrais?

Cette réponse ou une autre…

— Je suis ton meilleur pote!

Yul Brynner se fend d'un grand sourire, et me colle une praline.

Retour sur le cul.

Mais cette fois tout devient noir…

Chapitre 11

Bernard Dean affichait une humeur maussade. Ces dernières vingt-quatre heures, il avait encaissé plus de mauvaises nouvelles qu'en trois décennies de service actif. La mort de Daniel Corbin ne laissait rien présager de bon. Le décès d'Ann, dans la foulée, en était la tragique démonstration. À ce drame personnel s'ajoutait la disparition d'un officier de liaison de Langley, William Pettygrow, en charge des programmes de protection. Ces types centralisaient les données sensibles sur les agents nécessitant des changements d'identité. Une rapide vérification avait confirmé l'intuition première de Bernard : Pettygrow traitait le dossier Corbin. La visite des militaires à Jeremy pour lui annoncer la mort de son père s'expliquait. Le secret, gardé depuis vingt ans, était éventé. Restait à découvrir pour le compte de qui et dans quel but. Le coffre en Suisse, la clef conservée par Ann, tout participait d'un obscur et sinistre puzzle.

Dean repensa au coup de fil reçu cinq minutes plus tôt. La teneur de la conversation suffisait à l'énerver encore un peu plus. Savoir, en prime, que l'appel émanait d'un téléphone modulaire crypté, donc non détectable, n'arrangeait rien. Pourtant, la voix à l'autre bout du fil résonnait comme l'écho d'un lointain souvenir. Il en mettrait sa tête à couper, son interlocuteur ne lui était pas inconnu…

Les doigts crispés sur le volant de sa berline, Bernard tentait de rallier au plus vite le nord de Central Park. Il lui fallut un gros quart d'heure pour rejoindre l'immeuble de Jeremy. Une fois garé, il sortit de la boîte à gants un pistolet petit calibre qu'il garda à la main, puis enroula son manteau autour de son bras, couvrant ainsi l'arme. En ces jours troublés, une prudence absolue s'imposait.

Il franchit à grandes enjambées les quelques mètres qui le séparaient de l'entrée du bâtiment, scrutant les alentours à droite et à gauche. Fidèle aux enseignements de l'Agence visant à garantir le maximum de mobilité et d'options de déplacement, Dean emprunta l'escalier et atteignit l'étage de Jeremy sans croiser âme qui vive. Il profita de la situation pour maudire le poids des ans. Ses poumons le brûlaient et ses cuisses souffriraient de sérieuses crampes dans la soirée. Seules lui restaient, aujourd'hui, son étonnante force physique et une solide expérience du terrain. La dénomination « Agent Non Opérationnel » prenait tout son sens. Vieillir ne provoquait pas de traumatisme existentiel, mais soulevait, chez lui, une question capitale : si l'auteur du coup de fil anonyme lui tendait un piège, Bernard pourrait-il se défendre ?

Perdu dans ses pensées, il arriva devant la porte de l'appartement de son protégé. Il balaya le couloir du regard et avisa les petites lampes encadrant l'ascenseur. Appliques murales imitation or, abat-jours en fin tissu beige, elles incarnaient une ode à la banalité : du pain béni pour les barbouzes. Conformément aux indications reçues par téléphone, Dean examina le luminaire sur sa gauche et entreprit de palper l'objet. Sous l'ampoule, à l'arrière de la douille, il sentit une masse molle enserrant ce qu'il devina être une clef. Après plusieurs tentatives pour décoller le tout, il retira effectivement une clef et constata, écœuré, que le mystérieux informateur l'avait enroulée dans un chewing-gum encore humide.

Dégueulasse, et bonjour l'humour de cours de récréation, pensa-t-il.

La confiserie échoua sur la moquette du couloir. Bernard se posta ensuite contre le mur à droite de la porte d'entrée de l'appartement. Aucun bruit n'émanait de la garçonnière. En silence, il ouvrit la porte dévoilant un salon dont le propriétaire possédait un sens douteux de l'ordre et de la propreté. Les reliefs d'un snack traînaient sur la large table basse en verre. Les grandes baies vitrées prodiguaient une lumière tamisée par les stores baissés. Quatre hautes enceintes trônaient à chaque coin de la pièce. Une chaîne hi-fi dernier cri et un téléviseur à écran plat imposant ornaient le mur de droite. Des affiches de jazzmen des années cinquante côtoyaient des peintures modernes. Un bataillon de bouteilles d'alcool, vides, était aligné en rang d'oignons sur le sol, près du canapé de cuir beige. Un cendrier en verre débordait de mégots de cigarettes. Certains avaient fini à même la moquette. Ce devait être un espace de vie, conçu pour la convivialité. La place n'était plus qu'un autel élevé au désespoir et à l'abandon. L'odeur de tabac froid saisit Bernard à la gorge.

Le vétéran de la CIA emprunta un petit couloir en direction de la chambre. Par la porte ouverte, il aperçut le bas d'un lit, et, dessus, les pieds de Jeremy.

***

Eytan traversa le hall de son hôtel avec sa décontraction habituelle. Après à peine une nuit passée dans l'établissement, il était déjà connu comme le loup blanc. *Pour un agent secret, se rendre visible est le meilleur moyen de passer inaperçu*, plaisanta-t-il intérieurement. Pour autant, l'envie de rire ne l'étouffait pas.

Quand un agent du Metsada croisait une voiture portant une plaque diplomatique argentine, il avait toutes les raisons de s'inquiéter. Le pays servait de base arrière à une flopée de nazis en fuite depuis les années 50, et pas franchement du menu fretin. Au moins avait-il liquidé deux types aux intentions visiblement peu sympathiques.

Mais la vraie cause de son mécontentement tenait dans

le face à face avec Corbin. La filature s'annonçait plus délicate maintenant que l'autre guignol avait vu son visage. Poussé par l'urgence de la situation, le tueur israélien s'était retrouvé contraint à l'action. Les conséquences sur la discrétion imposée par sa mission s'avéraient désastreuses. La rencontre changeait radicalement la donne.

Le coup de fil à Bernard Dean couronnait le fiasco. Mais il fallait s'assurer de la mise en sécurité de Corbin. Eytan n'aurait jamais pensé croiser à nouveau la route du vétéran. Mais, à la rigueur, c'était certainement la seule bonne nouvelle de la journée.

Morg rejoignit sa suite. Il jeta sa veste de treillis et son tee-shirt sur le lit King Size et ouvrit la valise « high-tech » déposée l'avant-veille à son intention.

Chapitre 12

— Loin de moi l'idée de vous contrarier, Monsieur, mais êtes-vous certain qu'il n'existe aucune alternative ?

La jeune femme affichait une moue oscillant entre l'irritation et la crainte.

— Jacqueline, en règle générale votre goût pour l'insubordination m'amuse, mais pas aujourd'hui. De grâce, ne m'obligez pas à me comporter en supérieur hiérarchique.

Bernard Dean n'arrivait pas à se mettre en colère. Tout autre agent que Jacqueline Walls aurait eu droit à une remontrance plus musclée. La petite blonde avait toujours obtenu de lui ce qu'elle désirait. Il en était pleinement conscient et, d'ordinaire, s'en satisfaisait.

— Monsieur, je ne suis pas experte en protection des personnes. Je ne souhaite pas désobéir, je crains juste de ne pas me montrer à la hauteur de vos attentes.

« La poupée », comme la surnommait ses collègues à Langley, s'avérait décidément coriace et d'une mauvaise foi étonnante.

— Jacky, ne me servez pas ce numéro, pas à moi…

Elle afficha un sourire plein de naïveté soulignant sa petite bouille ronde.

— Ah oui, j'oubliais. Suis-je distraite, je ne peux me jouer de l'homme qui m'a formée.

Elle prit un air contrit parfaitement caricatural.

Désarmé, Dean leva les yeux au ciel.

— Et pour la dernière fois, défaites-moi ces couettes,

vous êtes ridicule.

— Vous devriez lire la presse féminine, Monsieur, vous sauriez que c'est très tendance cet été, protesta Jacky.

D'un signe de tête, il lui indiqua la salle de bains dans laquelle elle s'engouffra en maugréant.

Bernard se pencha sur Jeremy. Ce dernier ouvrait péniblement les paupières.

***

Révélation de taille : Saint Pierre est noir ! Et il m'observe avec des yeux inquiets.

Ce n'est pas Saint Pierre, c'est Bernard. Donc, je ne suis pas mort. À première vue, je peux tourner la tête. Les doigts de pied répondent, les mains aussi. Par contre, j'ai mal au pif. Un scan rapide des alentours m'apprend que je me trouve dans ma chambre, sur mon lit.

Qu'est-ce que je fais en caleçon et en chaussettes ? Réfléchis, Jay. Je devrais me trouver dans un avion en route pour la Suisse avec Bernard à mes côtés. Au lieu de cela, je suis à moitié à poil, chez moi, et l'autre me regarde comme si je venais de naître. Il doit me manquer un bout de l'histoire.

Oh putain ! Ça me revient. Les types qui me courent après, le géant chauve, le pain dans la tête. Petit à petit ma vision redevient nette. Bernard parle, mais pas à moi. Une minette sort de ma salle de bains. Blonde, pas plus d'un mètre soixante, mignonne, petits seins on dirait, mais elle est jolie. La trentaine tout au plus. Mais que fait-elle chez moi ?

Elle secoue ses cheveux dans tous les sens. Son jean et sa chemise rouge la moulent. J'aime bien. Je tends l'oreille.

— Et voilà, Monsieur est satisfait ?

C'est moi ou elle se moque ouvertement du vieux ?

— Oui, merci. Notre Belle au Bois Dormant a terminé son somme.

Hé ! J'ai reçu bien des surnoms, mais celui-ci est inédit et heurte ma sensibilité de mâle dominant !

La fille me reluque comme un chien mate un steak saignant. Rince-toi les yeux ma grande, profite de la vue.

— Plutôt bien gaulée, la Belle.

Bon, on va arrêter de parler de moi au féminin, ça me fatigue. J'entre en scène.

— Pourquoi suis-je sur mon pieu ? Où sont les deux mecs qui me chassaient ? Comment se fait-il que tu sois chez moi, Bernard ? Et Buffy là, qui c'est ?

— Quatre questions à la suite ! Je suis heureux de voir que tu retrouves tes esprits. Permets-moi de te répondre dans l'ordre. Tu es sur ton lit parce qu'un type t'y a posé après t'avoir assommé. Tes deux agresseurs sont morts, les corps ont disparu, comment, je l'ignore. Je suis chez toi, car ton « sauveur » m'a prévenu par téléphone. Il a trouvé mon numéro dans le répertoire de ton portable. Et quant à « Buffy » comme tu l'appelles, elle se nomme Jacky et sera ton chaperon pour le voyage en Suisse.

Bernard parle plus vite qu'à l'accoutumée. Aurait-il peur ? Et si oui, pour lui ou pour moi ?

— Ton sac n'a pas été défait. Tu prends une douche et un Advil et vous filez à l'aéroport, Jacky et toi, direction Zurich. Je reste à New York pour superviser vos agissements.

Je me lève. Bon sang, Jacky ne mesure pas plus d'un mètre soixante. Je pensais les services secrets plus exigeants sur la sélection des gabarits.

— Pardon mademoiselle, mais… Bernard, tu es certain qu'elle va assurer ma protection ? Non, parce que les deux gus et le Géant Vert tiraient plutôt dans la catégorie poids lourds.

Je lui livre une description rapide de mes poursuivants et de l'intervention de mon étrange sauveur.

— Tu peux m'en dire plus sur ce fameux « Géant Vert » ?

— Michael Jordan, mais blanc, pas loin de deux mètres, baraqué et diablement agile pour son format. Je n'étais pas dans les conditions idéales pour te faire un compte rendu anthropométrique.

Bernard dodeline de la tête mais ne bronche pas. La minette passe nerveusement sa langue sur ses lèvres en m'examinant du haut en bas.

— Jacky prendra soin de toi, ne te laisse pas abuser par sa taille, tu aurais de mauvaises surprises. Fin de la discussion, à la douche et go. Vous prenez le vol de 17h25 au départ de JFK. Vous atterrissez à 7h25 heure locale.

Encore une fois, je n'ai pas le choix. C'est lourd à force. Je chope un paquet de clopes planté sur la table de chevet et dégaine une cigarette que j'allume dans la foulée.

— Et pour Maman ?

Je tire une bouffée avec nervosité.

— Je t'en parlerai dans la voiture, promis. File.

Vingt minutes plus tard, je me retrouve dans la caisse à Bernard. Mes chaperons sont devant. Les deux parents trimballent le gosse à l'arrière, sympa. Avec un nounours à mes côtés et un livre à colorier, je serais paré pour rejoindre une colonie de vacances.

Dean démarre et, à peine la voiture lancée sur l'avenue, il tient sa promesse et me déballe tout.

Maman aurait été empoisonnée, à l'hôpital, par une femme déguisée en infirmière. Les enregistrements des caméras de surveillance sont encore à l'examen pour identifier la suspecte. Il m'en dira plus dès qu'il recevra les informations. Il récapitule les faits : mon père décède on ne sait comment, ma mère est assassinée, et des types pas nets s'intéressent à moi. Le constat de Bernard est sans appel.

La chasse aux Corbin est ouverte…

***

Eytan poireautait depuis dix bonnes minutes au volant de son pickup, à une centaine de mètres de la Série 7 de Bernard Dean.

111a : filature.

111b : protection.

Tuer, il connaissait. Enlever et exfiltrer, il adorait. Protéger, c'était la première fois. Les interrogations s'amoncelaient dans son esprit, mais ne débouchaient sur aucune réponse. Depuis plusieurs semaines, il rassemblait des bribes d'informations qui formaient un vaste puzzle, mais dont les pièces semblaient ne jamais vouloir s'emboîter.

Cependant, une certitude germait en lui : Jeremy se trouvait au centre de toute cette histoire. Et il servait d'appât pour un gros, un très gros gibier.

Chapitre 13

Château de Wewelsburg, Westphalie, janvier 1938

Caché derrière de petites bésicles, il observait l'aréopage de scientifiques, paléontologues et autres historiens se chamailler. Le thème central de la réunion était : « le manteau d'Odin, dieu des dieux d'Asgard, se trouvait-il en Finlande ou en Norvège ? »

La question s'avérait cruciale au point que certains contradicteurs semblaient décidés à en venir aux mains. La situation ne déplaisait pas au *Reichsführer-SS*. Voir s'agiter une bande de cancrelats inutiles l'amusait au plus haut point. Depuis la fondation de l'ordre, trois ans auparavant, les débats stériles succédaient aux projets les plus farfelus.

L'*Ahnenerbe Studiengesellschaft für Geistesurgeschichte*, l'Héritage des Ancêtres et Société pour l'Étude des Idées Premières, représentait une étape capitale dans l'avancée du programme de purification ethnique et assurerait, sans nul doute, une supériorité absolue au *Reich*.

Hélas, de la volonté initiale à la gabegie actuelle, rien de bon n'en était sorti. Les missions, périlleuses et coûteuses, s'étaient enchaînées à travers le monde. Et toutes avaient débouché sur des échecs retentissants. Heinrich Himmler se remémorait son rêve de retrouver le marteau du dieu nordique de la foudre, Thor. Quel imbécile ! Et voilà que, dans le seul but de faire plaisir au chef SS, tout un tas d'abrutis s'enferrait dans le même type d'erreur. Navrant !

Les derniers espoirs du deuxième personnage du *Reich* portaient désormais sur la mission d'exploration du plateau tibétain menée par Ernst Schäfer. Ce zoologue allemand, muni d'une solide expérience du Tibet, et d'une réelle dévotion au nazisme, correspondait plus à l'idée que Heinrich se faisait d'un scientifique : audacieux, serein, travailleur. Avec un peu de chance, l'expédition trouverait des traces de la race aryenne, et on pouvait l'espérer, la cité mythique de Shamballah et sa myriade de trésors.

La pression du Führer s'accentuait de mois en mois. Heinrich ne savait plus quelles idioties lui débiter pour gagner du temps. Fort heureusement, l'*Anschluss*, planifiée pour mars, donnerait un os à ronger à Adolf. Sans parler des conséquences de cette annexion de l'Autriche à l'Allemagne. La communauté internationale réagirait, d'une façon ou d'une autre, et les « travaux » de l'*Ahnenerbe* cesseraient d'obnubiler Hitler. Et par-dessus tout, les rencontres abrutissantes avec les illuminés en tout genre ne seraient plus qu'un mauvais souvenir.

Deux archéologues s'empoignaient par le col. Autant d'historiens tentaient de les séparer. C'était pathétique. Heinrich réprima à grand mal un bâillement aux conséquences désastreuses. Briser tant de motivation n'amènerait rien de bon, mais la canaliser s'avérait indispensable. À ce stade d'ennui profond, nettoyer ses binocles avec un mouchoir restait l'activité la plus distrayante. Lunettes en main, le *Reichsführer-SS* n'y voyait goutte. Il haïssait cette myopie, et d'une manière générale, ce corps fragile si loin de l'idéal teutonique après lequel il courait. Sur son ordre, la SS ne recrutait aucun homme de moins d'un mètre quatre-vingt. Lui ne dépassait pas le mètre soixante-quinze. Le sort lui avait joué un mauvais tour, mais l'acharnement industrieux et méthodique de son esprit affûté compensait cette injustice.

Les verres de nouveau devant les yeux, Himmler scruta la grande pièce. *L'Obergruppenführersaal*, la salle des généraux, l'emplissait de fierté. Il avait voulu faire du château, loué une bouchée de pain pour une période de cent ans, un centre d'excellence pour la formation des cadres de la SS. Les travaux avançaient bon train et, sous peu, toutes les ailes grouilleraient d'une activité décisive pour l'avènement de l'Ordre.

Le sol, orné d'un disque d'or incrusté au coeur d'un cercle de marbre, et les colonnes de pierre usées par le poids des ans conféraient à l'endroit la solennité mystique souhaitée. Les fenêtres, cachées au fond d'alcôves profondes, laissaient entrer la lumière de l'astre lunaire.

D'ici trois ou quatre ans, la rénovation de Wewelsburg toucherait à sa fin. Himmler lèguerait un chef-d'œuvre architectural et une merveille d'organisation aux générations futures.

Mais, pour le moment, les parasites souillaient les lieux.

Heinrich était maintenant au bord de l'explosion. Il songeait que seules une ou deux exécutions pour sédition soulageraient son irritation quand il entendit un toussotement sur sa droite. Il tourna la tête, prêt à en découdre avec un autre raseur. Hermann Müller, engoncé dans un uniforme trop petit pour son obésité, se tenait au garde à vous. Son cou adipeux dégoulinait sur le col de sa chemise. Au moins son teint rougeaud permettait-il d'espérer une défaillance cardiaque prochaine. C'est bien simple, on aurait dit Goering. Müller était responsable de la coordination interservices pour la gestion de transmission des messages dans l'enceinte du château. Un poste que lui seul jugeait capital.

Aux côtés de l'amas de graisse, un jeune homme sautillait d'un pied sur l'autre. Envie pressante ou impatience face à un personnage de marque, Heinrich n'aurait su choisir. Un claquement de botte, un bras tendu.

— *Heil Hitler*! hurla le pachyderme, sans pour autant interrompre l'enthousiasme collectif à cinq mètres de là.

— *Heil Hitler*!

La réponse vint sans entrain.

— *Herr* Himmler, puis-je vous présenter un scientifique du plus grand intérêt ?

— Tout dépend de votre capacité à distinguer l'utile du superflu…

— Vous ne serez pas déçu, Excellence, croyez-moi !

Pour un peu il aurait eu l'air outré ! Tant d'audace, de la part d'un lèche-bottes notoire, ne manqua pas de piquer la curiosité d'Heinrich. Un coup d'œil rapide par-delà ses interlocuteurs, en direction de la mêlée, confirma le passage de la discussion au stade « pugilat ».

— Bien, je vais l'écouter. Je n'ai guère mieux à faire pour l'instant, dit-il entre deux soupirs. Mais pimentons l'entretien si vous voulez bien. Hermann, vous êtes responsable sur votre vie de la pertinence des propos de cette personne.

Le gros s'étrangla et l'infarctus fut évité par miracle. *Dommage*, pensa le *Reichsführer-SS, cela aurait économisé une balle*.

Heinrich examina le jeune homme. Il ne semblait pas intimidé le moins du monde par la menace.

— Nom et qualifications.

L'ordre claqua dans un regain d'énergie.

— Bleiberg, Viktor, chercheur en physique nucléaire et chimie. J'étudie aux côtés d'Otto Hahn à l'Université de Berlin.

Formidable, un étudiant maintenant !

— Quel âge avez-vous ?

Le désarroi couvait sous le ton affable.

— Vingt-et-un ans, Monsieur, répondit le garçon, peu impressionné en apparence.

— De mieux en mieux…

Müller transpirait à grosses gouttes.

— Monsieur…

— Votre Excellence ! Si vous voulez bien…

Le sourire glaçant promettait des lendemains qui déchantent.

— Oui, pardon, Votre Excellence. Ne laissez pas ma jeunesse masquer l'importance de mon propos. J'ai intégré l'Université à quinze ans, et le professeur Hahn me considère comme son meilleur élève. Je possède mon propre espace de travail, vous savez !

La fierté se lisait sur le visage juvénile.

Himmler sentit son intérêt s'éveiller. Le reste de la salle disparut dans le néant. Seule existait la voix du jeune chercheur. Les signes ne trompaient pas. Son instinct lui soufflait que le jeune homme recelait des informations décisives.

— Sur quoi vous fait-il travailler ?

— Les conséquences de l'exposition aux radiations à courte portée sur le corps humain, Votre Excellence.

— Continuez.

Le chef incontesté des SS se redressa sur son fauteuil.

— J'ai repris les travaux de madame Curie sur le polonium et le radium, notamment ceux de la période 1909-1914…

— Épargnez-moi le cours magistral. D'avance merci.

Un geste de la main balaya toute possibilité d'aller plus loin dans l'historique scientifique.

— Oui, heu, alors voilà. Nous savons que le corps humain réagit mal à l'irradiation. Mais si nous arrivions à maîtriser la nécrose des cellules, nous pourrions envisager des modifications importantes sur le plan biologique.

— J'ai lu les travaux de Marie Curie, et je suis Otto Hahn depuis un bon moment. Votre hypothèse est intéressante, mais elle demeure purement spéculative. Les expériences menées jusqu'à présent n'ont donné aucun résultat probant, ou du moins positif dans le sens qui m'intéresse. De plus, les règles de l'éthique médicale freinent les recherches.

— Sauf votre respect, Excellence, imaginez que l'on

passe outre les problèmes éthiques édictés par les vieilles barbes de la faculté. Les chances de succès s'en trouveraient décuplées. Naturellement, il faudrait fermer les yeux sur des pratiques, comment dirais-je... pénibles.

Un rictus pervers accompagna la proposition déguisée. Ce garçon pouvait être un illuminé, mais il n'avait rien d'un enfant de chœur.

Himmler croisa les doigts devant sa bouche.

— Jouons cartes sur table, voulez-vous ? Je n'ai guère de temps à perdre et je ne suis surtout pas d'humeur aujourd'hui. Alors, professeur Bleiberg, qu'attendez-vous de moi ?

— Je demande à votre Excellence de me nommer à la tête d'une unité de recherches sur les mutations humaines. J'ai rédigé une liste de besoins au cas où vous accepteriez ma requête. Par ailleurs, je souhaite exercer selon des critères moraux dont je serai seul maître. En matière de science, je pense que nécessité fait loi.

— Je vois. Et que puis-je espérer en retour ?

— L'*übermensch*, votre Excellence.

Le *Reichsführer-SS* soupira derechef.

— Vous pensez créer un surhomme grâce à vos expériences ? Je vous l'ai dit, mon jeune ami, les bases scientifiques sont hypothétiques.

— Elles ne le sont plus, votre Excellence. Plus depuis le mois dernier.

Nul sourire n'aurait pu paraître plus satisfait !

Himmler se leva brusquement.

— Seriez-vous en train de me dire...

— Oui, Excellence. Il me faut encore améliorer ma formule, mais grâce à une exposition contrôlée aux radiations et avec un additif chimique, je peux accroître, de façon permanente et stable, les performances du corps humain !

Chapitre 14

Une salope a tué Maman. Bernard m'a montré les photos des caméras de surveillance de l'hôpital envoyées sur son portable. Il attend le résultat de l'autopsie pour confirmer son intuition. Pendant que cet avion m'emporte vers le vieux continent, un médecin découpe ma mère pour fouiner dans ses organes. L'envie de vomir me vrille les tripes.

Étrangement, aujourd'hui, le cœur au bord des lèvres, les sanglots bloqués au fond de ma gorge, je me sens entier. Malgré le chagrin, au-delà de la culpabilité, et en dépit des tueurs à mes trousses, je dois vivre. Je veux vivre.

Il me faut découvrir les secrets de mon père, massacrer la femme qui a tué ma mère et démasquer les commanditaires tapis dans l'ombre. Ah, et, j'oubliais, coller mon poing dans la figure du géant imberbe !

— C'est agréable la business class.

Ma voisine s'étire comme un chat. Elle semble minuscule dans ce grand fauteuil. Aïe, elle attend une réaction, je le vois dans ses yeux.

— À trois mille dollars l'aller simple par personne, on est en droit d'espérer un peu de confort.

Elle fait la moue, ça lui va bien.

— Oh, toujours l'argent. Les hommes ne pensent qu'à ça, pas vrai ?

Je mate sa chemise gonflée par sa petite poitrine ferme.

— Pas exclusivement… Vous seriez surprise du nombre de jeunes femmes qui partagent cette passion.

— Pas moi.

Ah bon ? Une exception…

— Tiens, et qu'est-ce qui vous fait vibrer ? Les bagnoles de sport, les villas en Floride, les gros abdos ?

— Rien sur votre liste. J'aime les flingues. Le moment où la balle jaillit, le léger recul qui résonne dans mon poignet et remonte vers mon épaule… hmmm.

Une dingue !

— Chacun s'amuse comme il peut…

Je joue nerveusement avec les boutons pour régler l'inclinaison de mon siège.

Elle laisse échapper un petit rire mélodieux.

— Allez, je plaisante. Bernard m'avait prévenu que vous n'étiez pas drôle, mais je ne m'attendais pas à voyager avec un croque-mort !

Et elle se tourne vers moi. Vautrée dans ma direction, elle me donne l'impression de vouloir arracher ma chemise.

— Dites donc, je vous refais le film de ma vie ? Dean vous a briefé sur moi, non ?

— Bien sûr. Il a un sens de l'organisation gé-nial, et ses fiches sont super complètes. La vôtre bat tous les records d'événements pas marrants et tordus, vous avez raison. Je n'arrive pas à choisir le plus triste : le départ de votre père ou l'accident de voiture avec la mort de la petite fille.

La ligne rouge vient d'être franchie. Au diable les fantasmes : soit je lui mets un pain, soit je saute de l'avion pour ne plus voir sa gueule. Pas le temps de réagir, elle remet le couvert.

— Impossible de fuir ma présence, contrariant n'est-ce pas ? Et difficile de me frapper dans un espace aussi réduit. Comme je vous plains…

Elle lit dans mon esprit ou quoi ? Je me rapproche d'elle, inutile d'alerter toute la cabine.

— Écoute-moi bien, Buffy, il nous reste cinq heures de

vol. Si tu peux la mettre en veilleuse, tu nous rends service à tous les deux. Tu es censée assurer ma sécurité ou tu es ici pour m'emmerder ?

Tiens, elle arrête de sourire bêtement. Elle se penche à son tour. Sa bouche se colle à mon oreille. Petit frisson.

— Il y a deux cas dans lesquels un agent de protection rapprochée ne sert à rien : quand un assaillant est prêt à crever pour tuer sa cible et quand ladite cible ne demande qu'à mourir. Ta fiche démontre ta fragilité et tes pulsions de mort. Dean m'a confié une mission et j'entends la mener à bien. Je ne pourrai pas le faire malgré toi.

— Je ne vois pas le rapport avec tes vannes douteuses.

— Un suicidaire ne se met pas en rogne si on l'asticote…

Cueilli ! Psychologie simpliste estampillée CIA, mais trace de vie intelligente détectée. Balles neuves.

***

À bord du même vol, Eytan maudissait la classe économique et ses fauteuils frappés de nanisme.

Par bonheur, les compagnies aériennes ne mélangent pas torchons et serviettes, et les passagers de la Business Class ne croisaient pas la route de la plèbe entassée plus en arrière dans l'avion.

Déplier les genoux, une fois en Suisse, lui demanderait un effort surhumain.

En attendant, le sale gosse qui lui tirait la langue tout en jouant avec sa console portable ferait un défouloir acceptable…

JOUR 3

Chapitre 15

Prison de Landsberg, Bavière, décembre 1924.

Obtenir un rendez-vous s'était avéré une tâche des plus ardues. L'agenda du prisonnier s'affichait rempli à ras bord. Dire qu'il purgeait une peine pour tentative de putsch en Bavière... Autant lui faire tenir meeting sur la place principale de Munich. Un comble !

Christian Delmar observait, effaré, la file d'attente des visiteurs. Les circonstances semblaient confirmer que son organisation n'avait pas choisi de l'envoyer à la rencontre de cet homme par hasard. Il échangea un sourire narquois avec son acolyte, un Espagnol au nom basque imprononçable, Adamet Epartxegui. Les deux émissaires se connaissaient depuis dix minutes et, une fois leur tâche accomplie, ne se reverraient certainement jamais. Ils partageaient une maîtrise totale de la langue allemande et la même vénération d'un idéal commun. Tous deux n'avaient guère plus de vingt ans et dissimulaient leur jeune âge sous des chapeaux et des moustaches censés les vieillir.

Après une petite heure de patience, un gardien leur demanda de le suivre. L'homme était nettement plus grand que les deux visiteurs. Christian se sentit mal à l'aise face à la montagne de muscles rendue seulement inoffensive par des paupières basses dénotant de capacités de réflexion limitées. Adamet, seul son prénom était mémorisable, se rapprocha d'instinct de son supérieur. La promiscuité, l'éclairage trop puissant et l'odeur de vieille soupe rance renforçaient la nausée des émissaires. La marche les mena, par un dédale de couloirs gris et de grilles en fer, à la troisième aile ouest du bâtiment. Le froid mordait un peu plus à chaque pas. La situation du prisonnier leur sembla, d'un coup, moins enviable.

Le garde s'immobilisa devant la cellule numéro 7 et, à la très grande surprise de Delmar, frappa à la porte. Un long silence s'ensuivit. Puis un ordre retentit de l'intérieur du cachot. La voix portait en elle une autorité naturelle accentuant encore le côté surréaliste de la scène. Un homme aux sourcils incroyablement touffus, à la mâchoire carrée et proéminente, leur ouvrit. Il se tenait dans l'embrasure, raide comme la justice.

— Hess !

Cette habitude des Allemands de se présenter par leur nom sans autre préambule ou forme de politesse…

— Nous avons rendez-vous avec monsieur Hitler. Messieurs Delmar et Adamet.

L'Espagnol ne broncha pas à l'évocation de son prénom. Il sembla à Christian que rester anonyme convenait à son collègue.

— Veuillez entrer, messieurs. Adolf Hitler vous attend.

D'un geste martial, le dénommé Hess invita les visiteurs à pénétrer dans la cellule. Ne s'étonnant plus de rien, Christian avisa l'ameublement de l'endroit. Contre le mur de gauche trônait un large bureau orné de deux vases remplis de fleurs, dont le nom lui échappait. Sur la droite, collé sous la double fenêtre faisant face à l'entrée, un lit en métal blanc parfaitement ordonné. Soit il restait à Hitler des souvenirs de son éducation militaire, soit la prison mettait à sa disposition une femme de chambre. Delmar retint de peu un éclat de rire du plus mauvais effet. Au pied de la couche, un tapis jouxtait la table de chevet surplombée d'une lampe « Art déco ». Il régnait dans la pièce une chaleur contrastant avec la température glaciale qui avait pris possession du reste du pénitencier, et de la Bavière toute entière.

Accoudé au rebord de la fenêtre, un homme de taille moyenne observait l'horizon à travers les barreaux gris. Son bras gauche en écharpe témoignait de son arrestation musclée par les autorités loyalistes. En toute logique, Hitler aurait dû périr suite à l'échec de son coup d'État. Ce qui se passait ici augurait d'un avenir radieux pour le prisonnier.

Christian dévisagea la figure de marbre. Cheveux ras sur les tempes et la nuque, petite mèche retombant sur son front, nœud de cravate impeccable sur un col de chemise fraîchement repassé, pantalon militaire retenu par une paire de bretelles noires. Le prénommé Adolf ressemblait à un comptable. Au premier coup d'œil, on aurait trouvé ce personnage insignifiant, sans relief. La courte moustache plantée sous son nez, son menton en galoche et sa bouche évoquant une cicatrice ne démentaient pas cette impression. Mais les yeux de cet homme… on y sentait une volonté peu commune. De celle qui habite les personnages convaincus de la portée de leur inéluctable destin. Christian Delmar connaissait l'Histoire, et la constante de ce type d'individu : la folie s'imposait comme leur seule compagne.

Durant une longue minute, un silence assourdissant envahit la chambre. Hitler semblait ailleurs, inconscient de leur présence sans doute trop négligeable pour qu'il y prête la moindre attention. Alors que les deux visiteurs, soumis au regard intense du sieur Hess, fixaient leurs pieds, une voix ferme et définitive claqua.

— Votre société souhaitait que j'accorde audience à ses émissaires. Vous êtes là. Je vous écoute, messieurs.

Peu de place pour les politesses… Christian prit la parole.

— Vous avez dans votre entourage des membres de notre organisation. Ils nous ont relayé vos idées, votre… comment dirais-je… vision du monde futur.

— Épargnez-moi les fadaises, et allez à l'essentiel. D'autres attendent leur tour.

Le geste de la main balayant l'air vexa profondément Delmar. Le Français s'éclaircit la voix avant de reprendre.

— Bien… Donc nos supérieurs sont disposés à vous apporter le soutien nécessaire à votre accession au pouvoir.

— Là, vous m'intéressez.

Hitler savait sourire. Au moins l'atmosphère se détendit-elle.

— Vous aurez les finances, les appuis industriels, un support logistique et organisationnel pour la constitution de votre appareil politique. Le cas échéant, vos adversaires ou rivaux pourront être court-circuités voire éliminés.

— J'anéantirai mes ennemis ! Le tribunal pouvait m'envoyer au peloton d'exécution. Il a préféré saluer mon patriotisme, mon amour de la Grande Allemagne. Je n'ai que faire d'un appareil politique. C'est une armée qu'il me faut, pas des lâches drapés dans des discours ampoulés, édulcorés de toute ambition. Le peuple allemand mérite mieux que la paix misérable à laquelle le traité de Versailles nous a contraints.

Les paroles s'accompagnaient de gestes brusques. Les avant-bras de cet homme semblaient dotés d'une vie propre. Il pointait ses interlocuteurs de son index menaçant.

Le jeu était lancé.

— Soyons clairs. Nous ne lèverons pas le petit doigt en votre faveur si vous ne respectez pas les règles politiques en vigueur dans votre pays. Vous suivrez une voie légale pour accéder au pouvoir où vous ne bénéficierez pas de notre aide. Nous n'éprouverons aucune difficulté à nous trouver un autre champion pour parvenir à nos fins. Monsieur Hitler, vous êtes avec nous ou contre nous. Il n'existe aucune zone neutre.

Delmar guetta un nouvel accès de fureur. Il obtint un sourire pour seule réponse.

— Votre organisation serait-elle donc aussi influente que Rudolf le prétend ? Je vous prenais pour des illuminés fascinés par l'ésotérisme, mais il m'apparaît aujourd'hui que vous cherchez bien plus que des sensations fortes.

Et maintenant il était affable. Imprévisible et insondable. Un réel danger.

— Nous n'avons rien à voir avec les clubs pour aristocrates émoustillés par des tables qui tournent. Nous partageons des valeurs communes, monsieur Hitler. Notre objectif et le vôtre sont liés par la même quête de la supériorité de la race aryenne. Travailler ensemble s'avérerait fort profitable pour nos deux causes.

Rudolf Hess et Adolf Hitler se lancèrent un regard entendu qui trahissait leur intérêt croissant envers Delmar.

— Imaginons que j'accepte votre proposition. Quelles en seraient les contreparties ?

— Rien d'insurmontable…

— C'est à moi d'en décider !

Encore un hurlement inattendu. Les émissaires restèrent de marbre.

— Rien d'insurmontable, disais-je. Vous prendrez le pouvoir par voie légale, vous en ferez ensuite ce que bon vous semblera. Vous appliquerez le programme en 25 points que vous avez fait adopter par le NSPAD en 1920. L'avenir des Juifs nous importe peu. Tuez-les, emprisonnez-les, cela est sans importance. Seuls les articles anticapitalistes seront abrogés ou désavoués par vous-même.

— L'économie n'a aucun intérêt. L'État doit tout contrôler.

— Lourde erreur, monsieur. Il vous faudra l'appui du patronat, des banquiers, et des industriels pour développer votre Grande Allemagne. Cet aspect de notre accord n'est pas négociable.

Hess voulut s'exprimer, mais ne broncha pas. Hitler se tenait le menton en fixant le sol.

— Je vais y réfléchir. Quoi d'autre ?

— Vous mettrez en place des programmes de recherches scientifiques dans les domaines militaires, industriels et, notez bien mes paroles, médicaux. Vous financerez ces programmes avec notre soutien tant en matières premières qu'en monnaie sonnante et trébuchante. En échange, nous recevrons la totalité des plans, formules et inventions. Là encore, nous ne transigerons pas.

— Sur ce point nos intentions convergent. Par contre, j'ai du mal à saisir le rapport entre votre demande et votre intérêt pour la race germanique.

— Notre organisation poursuit le même objectif que vous, monsieur Hitler.

— Donner un nouvel élan à l'Allemagne ?

— Non, monsieur Hitler, au monde…

Chapitre 16

Zurich, 8h00 du matin.

Le débarquement à l'aéroport de Zurich fut un long supplice. Non seulement Eytan avait lutté contre l'envie d'emplafonner son petit con de voisin, et au passage il aurait volontiers assommé sa laxiste de mère, mais en prime il était descendu en dernier de l'avion pour ne pas risquer d'être repéré par Jeremy Corbin. Moralité, il avait les nerfs à fleur de peau, les genoux concassés, et dix bonnes minutes de retard sur le blondinet. Autre motif de frustration, les flingues étaient restés à New York et ne seraient pas remplacés avant un passage à l'hôtel où ses services lui avaient réservé une chambre.

Dieu merci, sa filature était facilitée par un atout de poids : la prévisibilité d'un agent américain. La jeune femme accompagnant Jeremy ne manquerait pas de suivre à la lettre les consignes de sécurité gravées dans le marbre par la CIA. Elle refuserait donc de prendre un taxi et louerait une voiture qu'elle conduirait elle-même. Logique : en cas de poursuite, elle serait maîtresse de sa conduite. De plus, elle pouvait stocker des armes dans le coffre. Il suffirait de se rendre aux comptoirs des agences de location pour retrouver leur piste.

Un sourire goguenard accroché au visage, Eytan traversa l'aérogare, son indispensable sac militaire sur l'épaule. Il se demanda pour quelle raison il sifflotait *La marche du colonel Bogey*.

Arrivé en vue des guichets, il s'adossa à un pilier, légèrement en retrait. La foule des voyageurs ne tarderait pas à envahir les allées du terminal international. Pour l'instant, seuls quelques groupes disséminés déambulaient sans hâte. L'observation n'en fut que simplifiée.

Blondinet et Blondinette remplissaient des documents au guichet.

Inutile de rester à faire le pied de grue ici. Eytan sortit du bâtiment. La douceur de l'air l'apaisa. La température atteindrait les vingt degrés dans l'après-midi. L'été n'était pas sa saison préférée. Les grosses chaleurs convenaient moins à son gabarit massif que la froidure. Il s'engouffra dans un taxi et expliqua au chauffeur, dans un allemand parfait, que sa femme était en escapade amoureuse avec un bellâtre et lui refila une liasse d'euro. Le regard complice du chauffeur ne trouva pas d'écho.

Tout en guettant la sortie du parking des voitures de location, Morg naviguait d'une hypothèse à une autre. Les helvètes étaient réputés pour leurs montres, leurs fromages, et surtout leurs banques. Se pourrait-il que Jeremy et son chaperon soient en Suisse pour récupérer les documents après lesquels le Metsada courait depuis des semaines ?

Un coupé Lexus gris se présenta devant la barrière du parc de stationnement. Les vitres teintées empêchaient l'identification des occupants. Eytan hésitait à lancer le taxi à la suite du véhicule sans certitude absolue. La fenêtre passager descendit. Une cigarette à peine entamée vola puis rebondit sur le bitume. Avant que la vitre ne fût relevée, il entrevit la chevelure blonde de Jeremy. L'agent israélien se sentit rassuré.

Une simple tape sur l'épaule du chauffeur marqua le début de la filature.

***

— Et gna gna gna, railla Jeremy.

— Non seulement tu es un porc, mais en plus tu es puéril.

Jacky affichait un ton sérieux qui tranchait avec la jovialité dont elle avait fait preuve jusque-là.

— Ah non, mais écoutez qui parle ! Je viens de me taper une demi-journée de vol, j'ai bien le droit de me faire une clope. Merde à la fin !

— Tu attendras que nous soyons arrivés. En ce qui me concerne, tu ne fumeras pas dans cette voiture. Discussion close.

Résigné, Jeremy descendit la vitre de sa portière, et jeta, avec une pointe de tristesse et non sans avoir tiré une rapide bouffée, la cigarette honnie.

— Et maintenant quoi ?

— Passage éclair par l'hôtel, récupération du matériel déposé par….ça ne te regarde pas, un grand café, et direction la banque. Si tout se passe bien, nous serons dans l'avion de 13h00 pour rentrer.

— Nickel. S'attarder ici est inutile et je souhaite être présent à l'enterrement de Maman.

Jeremy se contracta pour ne pas laisser le chagrin le submerger.

— Je comprends. Mais… (Jacky hésita, semblant sincèrement désolée de ce qu'elle allait dire.) … il y a peu de chances que Bernard t'autorise à assister à une quelconque cérémonie. Ceux qui en veulent à ta famille n'attendent que ça. Bernard souhaite la plus totale discrétion autour de ma mission à tes côtés. Il ne mettra donc pas en place des mesures de grande ampleur pour te protéger ou même monter un piège pour tes ennemis.

— Je ne peux pas la laisser partir sans un dernier au revoir, Jacky, c'est impossible. Elle m'a élevé seule, et je ne concours pas vraiment pour le prix du fils idéal. Cet adieu, je le lui dois.

Jacky resta silencieuse. Jeremy l'interpréta comme une

marque de compassion, inattendue du reste, de la part de la jeune femme. Elle reprit vite la parole, mais son intonation avait changé.

— Nous sommes suivis.

— Hein ?

— Une Mercedes noire, elle ne nous lâche pas. J'ai testé des changements de file et je ne suis plus le trajet indiqué par le GPS depuis un moment. Je navigue un peu au hasard. On n'a pas affaire à un génie, mais il sait conduire.

— Tu as un plan ?

Jeremy réalisa à quel point elle avait l'air minuscule devant cet énorme volant.

— Sans arme je préconise d'éviter l'affrontement direct. Fait chier ! On rate une occasion en or de les coincer et d'en apprendre plus.

— Les ? Tu ne penses pas qu'il pourrait s'agir de mon géant ?

— D'après ce que tu as dit, et vu l'attitude de Bernard, je ne vois pas ce mec se laisser griller aussi facilement.

— On fait quoi alors ?

— Qu'ils nous suivent. Nous sommes prévenus et sur nos gardes. Nous avons donc une longueur d'avance…

***

Un taxi, de marque Peugeot, filant une Lexus suivie par une Mercedes. La situation confinait au ridicule. Eytan s'en satisfaisait. À croire que tout était fait pour lui simplifier la tâche. La blondinette surveillerait les occupants de la voiture allemande, et ne s'occuperait pas de lui. Les poursuivants, maladroits au demeurant, ne prêteraient pas non plus attention à sa présence.

Jusque-là, tout allait bien. Une petite voix intérieure susurrait pourtant une question à Eytan : pour combien de temps encore ?

Chapitre 17

Ils ne nous ont pas lâchés d'un pouce. Jacky ne juge pas utile de les semer. Je me sens tel un asticot au bout d'une canne. J'aimerais ne pas finir comme lui. Note mentale : c'est sympa une Lexus. Si je m'en sors, et que j'arrive à tenir à nouveau un volant, j'en achèterai une pour remplacer mon Aston.

Les mecs nous ont filés jusqu'à l'hôtel. Dieu merci, le parking y est souterrain. Ils n'ont pas poussé le vice au point de descendre avec nous. Blondie a raison, ils attendent qu'on ait récupéré le contenu du coffre pour nous tomber dessus comme une volée de perdreaux sur un champ de blé. À tout prendre, je préfèrerai me ramasser un vol de piafs sur la gueule. Mais bon, on n'a pas toujours ce qu'on veut.

Aussi, j'ai pris le parti de laisser venir les événements. Si on a décidé de me tuer, on me tuera. Je ne sais pas comment mon garde du corps de poche pourrait empêcher un mastodonte de me mettre une bastos. On verra bien... En tout cas, elle est fortiche pour ce qui est de la surveillance discrète des alentours. Chapeau.

Le palace est superbe. Pour la ville c'est difficile à dire, je ne l'ai vue que dans les reflets du rétroviseur. Au moins, ai-je un tampon suisse sur mon passeport. Maintenant je peux démarrer une collection.

La sortie de l'ascenseur débouche directement dans le hall. C'est grand, propre et ça brille de partout. Dans le genre contemporain, vitré avec des miroirs aux murs, j'ai connu moins classe. Moi qui espérais séjourner dans un chalet suisse, je ne vois ici que modernité. L'accueil de cet hôtel pourrait se retrouver n'importe où dans le monde. Pour un peu cela m'attristerait… Guichet standard, avec un réceptionniste déjà vu mille fois. Jacky nous présente comme un couple, monsieur et madame Ingalls. L'employé ne remarque pas mon air surpris. Charles et Caroline Ingalls : un trader alcoolique et une tueuse de la CIA. Il va y avoir du rififi dans *La Petite Maison dans la Prairie*! Petite inclinaison en retrait à 6° pour lui mater les fesses. Jolies. Va pour le couple, mais il ne faudra pas compter sur moi pour couper du bois. En plus, la CIA paye la note. Sans les tueurs à mes trousses, mes parents morts, et la sensation d'être un rat dans un labyrinthe, je me croirais en vacances.

Un bagagiste déboule avec une valise noire. Jacky sourit. Elle a son matériel. L'employé se propose de nous accompagner à la chambre. Je profite du trajet vers les ascenseurs pour regarder la faune qui squatte l'endroit. Mieux, je la dévisage. Lequel de ces clients va me poignarder dans le dos ? La pute qui a tué ma mère est-elle parmi eux ? Et lui là, le petit gros avec son costard mal taillé et ses cheveux gras, pourquoi il me mate comme ça ? Je transpire. Ma main droite est prise de tremblements. Ils pourraient installer une climatisation ici, la chaleur est insupportable. J'ai dû bouffer un plat frelaté dans l'avion, mon ventre me fait un mal de chien.

Putain, mais il va arrêter de me regarder ce connard ? Il s'approche, il attrape quelque chose sous sa veste. C'est un tueur ! Jacky est partie devant. Je hurle, mais elle ne se retourne pas. Le bagagiste lui a mis la main au cul. Elle commence à se dessaper en public. Une chaude, je le sentais. Tu prendras Jay sur le râble après ma belle ! Pour l'instant, je me rue sur le gnome avant qu'il ne me flingue. Je le plaque au sol. Il se débat avec ses tentacules. Bordel, il a la peau bleue ? Le monde tourne autour de moi, et une nouvelle fois, tout devient noir…

***

— Hé !

Une sensation de brûlure me réveille brutalement.

— Voilà, Jeremy, tu vas te sentir mieux dans quelques minutes.

Jacky est penchée au-dessus de moi. Je ne lui connaissais pas cette douceur dans la voix. Elle tient une seringue vide dans la main.

— Mieux ? Que m'est-il arrivé ? Je marchais dans le hall, et puis… je ne sais pas, tout a déconné d'un coup.

— Tu es en manque d'alcool. Avec le stress et le décalage horaire, tu viens de faire une crise proche du delirium tremens. Je t'ai injecté un dérivé de benzodiazépine et tu vas boire de l'eau sucrée, il te faut du glucose. À partir de maintenant, et jusqu'à notre retour à New York, tu devras avoir en permanence une bouteille de flotte avec toi.

Elle presse un morceau de coton sur mon avant-bras. Le contact de nos peaux est furtif, mais propage d'étranges remous dans tout mon corps. À moins que ce ne soit le produit fraîchement injecté.

— Tu te balades toujours avec ça sur toi ?

— Pas vraiment. J'avais juste prévu le coup. Bernard m'avait signalé ton problème d'alcoolisme. Étant donné les circonstances, je préférais avoir une solution sous la main, au cas où. Anticiper fait aussi partie de notre métier.

— Félicitations.

— Je ne te renvoie pas le compliment. Tu as attaqué un client de l'hôtel. Le faire taire va coûter cher au contribuable américain. Accessoirement, tu m'as aussi traitée de salope et indiqué publiquement tes intentions à mon égard. La classe quoi !

Aïe… Je saisis l'oreiller, le cale contre la tête de lit et me redresse jusqu'à me retrouver assis. Le gyroscope donne encore des signes de fatigue et la pièce tangue comme un voilier en pleine tempête.

— Pas question de te lever pour le moment, les produits vont calmer ta crise, mais pas la soigner.

Mes doigts viennent machinalement me masser les tempes. Je ferme les yeux pour apaiser le mal de crâne naissant. Lorsque je les rouvre, Jacky se tient dans l'embrasure de la salle de bain, une serviette mouillée à la main et un sourire plein de tendresse sur les lèvres.

— Y a des effets secondaires à la benzomachin ?

Sans un bruit, elle s'approche et applique le linge humide sur mon front. Les gouttes fraîches dévalent la pente de mes pommettes, suivent les contours de ma mâchoire, puis chutent sur mon torse.

— En temps normal oui, somnolence, perte de l'équilibre, accoutumance. Mais rien de méchant avec la dose que je t'ai refilée. Tu vas juste réussir à me compliquer un peu plus la tâche.

Je pose une main hésitante sur son poignet et plante mes yeux dans les siens. Prendre un air sérieux ne me demande aucun effort.

— Je suis désolé, Jacky. Pour les insultes et tout ce que j'ai pu dire.

Elle ne répond pas et se contente de me renvoyer un regard aussi intense et sincère que le mien. Le trouble qui m'envahit au contact de sa chair, elle le partage. En temps normal, j'en abuserais sans vergogne, mais pas avec elle.

Mon chaperon se relève brusquement et semble se ressaisir.

— Ne t'inquiète pas. Les fantasmes sexuels sont causés par le delirium. Je ne t'en veux pas. Mais maintenant nous avons un autre problème sur les bras.

— Lequel ?

— Il faut t'hospitaliser sous quarante-huit heures pour un accompagnement médical. Sinon, tu risques de crever.

Nous resterons ici ce matin, le temps que tu récupères, et nous irons à la banque en début d'après-midi.

L'univers me déteste…

Une petite vingtaine de minutes plus tard, je retrouve la station debout, non sans un léger trouble de l'équilibre, fort heureusement momentané. Du coup, je me grille une cibiche à la fenêtre en observant l'avenue en contrebas. Jacky s'est enfermée sous la douche peu après m'avoir injecté sa merde. Je suis injuste, je le sais : le décalage horaire, sans doute.

La porte de la salle de bains s'ouvre et ma naïade en sort rafraîchie, les cheveux humides, moulée dans un jean gris anthracite et une chemise bleu pâle. Des baskets blanches à bandes roses soulignent la petitesse de ses pieds. Elle porte un maquillage discret et a même appliqué une touche de gloss sur ses lèvres fines. Je devrais me sentir flatté et lui sourire, c'est toujours bon signe quand une femme se pomponne, mais je suis morose. Ce moment de solitude, un luxe depuis hier, m'a permis de faire le point. Je me suis trompé sur tout, tout le temps : mon père, ma mère, Bernard. L'accident que j'ai provoqué est l'acte le plus réel qui me caractérise. Pas de quoi se marrer.

— Pourquoi te punir ainsi, tu crois vraiment que ça la ramènera ?

Cette fille lit sur mon visage et maîtrise l'art du contre-pied. Pour masquer mon mal-être, je joue avec ma cigarette.

— Au risque de passer pour un salaud, enfin un peu plus que je ne le suis déjà, je t'avouerais que le but n'est pas de la ressusciter. Je n'en ai, hélas pas le pouvoir, personne ne l'a. Jusqu'à cette nuit de merde, j'avais pris deux, trois cuites grand maximum de toute ma vie. À jeun, j'évitais l'accident. Bourré, j'ai réagi trop tard. Et c'est ça qui me fout en rogne. Des types se cuitent tous les week-ends sans autres conséquences que de cramer leur foie à petit feu.

Moi, il ne m'a fallu qu'une soirée trop arrosée, dix secondes d'inattention pour tuer un enfant. Je dois vivre avec ça sur la conscience, je ne peux pas faire autrement. Je ne prends pas l'alcool pour une échappatoire, mais pour la sentence adaptée à ma faute. Mais sois sans crainte, je ne conduis plus.

Mon sourire ne semble pas la convaincre ni doucher ses intentions inquisitrices. Normal, je ne suis pas convaincu moi-même. Elle veut en savoir plus.

— Comment t'en es-tu sorti ? Tu ne devrais pas être en taule ?

Il me faut une grande bouffée de nicotine, alors je tire nerveusement sur ma clope.

— Bernard a claqué un paquet de pognon pour apaiser les parents. Un privé engagé par la firme a découvert que la mère n'avait pas de papiers en règle. Fric plus silence et Jeremy évite la case prison. Et ça me fait gerber.

Le dégoût déforme mes traits. Je me ressaisis comme je peux. Elle me regarde et perçoit le mal qui me ronge. Sa voix s'adoucit

— Tu n'en parles jamais, n'est-ce pas ?

Perspicace en plus. Je ne sais pas combien de temps il me reste à vivre, alors autant que ça sorte.

— Non, jamais sérieusement. Tu sais, Jacky, se détester ne rend pas la vie facile, et l'avouer ne règle rien.

Elle s'approche, me donne un coup d'épaule, accompagné d'un grand sourire, et se penche à la fenêtre à mes côtés. Je me tasse pour la laisser s'installer. Elle s'en fout et se colle à moi sans vergogne. Le contact de sa cuisse contre la mienne trouve une bonne place dans la colonne « grands moments de l'existence ».

— Tu te trompes sur deux points.

— Ah oui ? Lesquels, Mademoiselle Freud ?

Elle lisse ses cheveux mouillés, secoue la tête de droite et de gauche.

— Quand ils boivent, certains ne se contentent pas de

flinguer leur foie. Mon père me l'a démontré à plusieurs reprises.

Buffy ne me regarde pas, ses yeux se promènent sur le toit des immeubles face à nous. Je m'attends au pire...

— Il a commencé à me frapper peu de temps après mon entrée au lycée. Des raclées sporadiques, suivies d'excuses et de pleurnicheries à n'en plus finir. Pourtant, nous n'étions pas à plaindre. Il était médecin dans un patelin paumé de l'Arkansas, un notable apprécié, fréquentant le Temple avec assiduité. Il avait de l'argent, une femme aimante et une fille sérieuse. Mais il buvait, sans raison apparente. Ce connard me reprochait d'être trop jolie, aguicheuse même. Crois-moi, il était difficile pour les garçons de m'approcher tant j'étais farouche.

Je lance un long sifflement.

— Houla, j'imagine le tableau, oui.

Elle lève un sourcil narquois et me fait des yeux de biche.

— D'une certaine façon, ce traitement a déterminé le reste de ma vie. Pour masquer les traces de coups, le mieux me semblait de leur donner une justification. Je me suis donc inscrite à un cours de taekwondo qu'un allumé avait ouvert dans ce trou perdu. J'y ai pris goût et d'après l'instructeur je présentais des prédispositions intéressantes. Un jour, je suis rentrée pour découvrir que ma mère subissait les mêmes violences que moi. Il n'a pas vu venir le premier coup, ni aucun autre. Je lui ai collé une dérouillée terrible. J'ai arrêté peu avant de le tuer. Je ne le détestais pas assez pour me retrouver avec un homicide sur le dos et croupir en taule à perpétuité. Il se traînait au sol, misérable, la gueule ensanglantée, me suppliant, m'expliquant que ma mère, elle, comprenait. Depuis combien d'années acceptait-elle les gifles et les coups de ceinture ? Je ne lui ai pas laissé le temps de se justifier, je ne voyais pas l'intérêt d'écouter ses minables excuses. J'ai rassemblé à la hâte quelques affaires et je suis partie de la maison. J'ai intégré l'armée, puis les services secrets et pour finir Bernard m'a recrutée à la CIA, dans le département « action», après avoir repéré mon dossier suite à un conseil de discipline pour insubordination. J'ai du mal avec l'autorité. Et voilà, depuis, chaque adversaire possède le visage de mon père. J'ai fait de la colère ma plus grande motivation.

— J'en déduis qu'il ne faut pas te chercher des noises.

— Ce n'est pas forcément une bonne idée, non. Et inutile de faire une gueule de six pieds de long, mon histoire n'est pas si dramatique.

Ah bon, je fais une gueule de six pieds de long, moi ? Je dois me surveiller alors, mais imaginer qu'un mec frappe cette fille me révulse. La prendre dans ses bras me semble plus naturel. Bon, une seule chose à faire : rebondir.

— Et l'autre point ?

— Quand tu te comportes comme un être humain, tu n'as rien de détestable. Maintenant, prépare-toi, j'ai commandé un room service. Nous partons à la banque après le déjeuner.

J'aime être près de cette femme, je me sens bien à ses côtés. Avec elle, je n'éprouve aucune angoisse. Je ne la laisse pas indifférente et j'en suis heureux. Au moins une bonne nouvelle cette semaine…

***

Eytan remonta jusqu'au coude la manche droite de sa veste aux motifs « camouflage». Il la laissa retomber sur son poignet dans un soupir. La vision de sa peau marquée le déprimait depuis toujours. La chirurgie moderne le débarrasserait sans difficulté de ces tâches immondes. Mais alors serait-il encore lui-même ? Cette question, il se l'était posée des dizaines, voire des centaines de fois. Elle reviendrait sans cesse, aussi longtemps qu'il lui serait donné de vivre. Voilà pourquoi il détestait l'inaction. Les réminiscences du passé trouvaient leur chemin dans l'attente, s'insinuaient dans les interstices de l'ennui. Et, effectivement, depuis deux heures, Morg s'ennuyait ferme.

Comme à l'accoutumée, il avait récupéré son matériel dès son arrivée à l'hôtel, le même que l'improbable couple qu'il suivait. Les armes et les chargeurs répondaient présents. Il s'était rasé le crâne, la barbe et les sourcils après une douche rapide. Une discussion avec le réceptionniste lui permit de confirmer le numéro de la chambre des tourtereaux et d'apprendre que monsieur Ingalls avait fait un malaise étrange dans le hall de l'établissement provoquant une semi-panique.

Sans pouvoir dire pourquoi, Eytan commençait à éprouver une certaine sympathie envers le blondinet. Une telle catastrophe ambulante l'amusait et le changeait des salopards qui peuplaient son quotidien : agents doubles, terroristes, diplomates véreux....

La Mercedes noire restait garée sur la grande artère longeant le cinq étoiles. De sa position, la vue sur la sortie du parc de stationnement souterrain de l'hôtel était imprenable. À priori, les vitres teintées garantissaient le parfait anonymat de l'équipage. À priori seulement. Deux heures à poireauter, cela ne représentait rien pour la patience insondable d'Eytan. Mais il fut pris d'une furieuse envie de s'amuser un peu. Il se dirigea donc d'un pas décidé vers la voiture. Arrivé au niveau de la portière conducteur, il se pencha et toqua à la fenêtre. Celle-ci mit vingt bonnes secondes avant de s'entrouvrir de quelques centimètres, trop peu pour voir l'intérieur.

Une voix de baryton basse s'éleva.

— Vous voulez quoi ?

La langue employée était celle du canton de Zurich, un alémanique spécifique à l'endroit, dérivé étrange de l'allemand. Par bonheur, Eytan en connaissait quelques subtilités.

— Excusez-moi, je cherche la cathédrale Grossmünster. Quelle direction dois-je prendre ?

Encore une poignée de secondes sans réaction.

— Aucune idée, demandez à l'hôtel. Bonne journée.

Poli, mais frisquet. La vitre remonta, marquant la fin de la conversation. Alors qu'il se redressait, Eytan vit son portefeuille tomber sur le bitume et glisser sous la voiture. Il pesta et se baissa pour le ramasser.

Ainsi agenouillé, il passa la main sous le véhicule. Ses occupants ne pouvaient voir que le large dos de l'importun. Ses papiers récupérés, Morg se releva, et adressa un salut amical vers son discret et taciturne interlocuteur.

Tout en retraversant l'avenue, l'agent sourit de toutes ses dents.

— Faut pas me faire chier…

Chapitre 18

Le coup de poing fouetta l'air. La petite blonde virevoltait, esquivant les droites et les crochets avec une facilité déconcertante. L'homme n'était pas maladroit non plus, mais elle le battait en vitesse. Emporté par son élan, l'attaquant se rétablit d'un pivot tout en souplesse et lança un coup de pied pour déséquilibrer la jeune femme. Elle bloqua l'attaque du tibia et balança deux directs qui firent mouche à la face de son adversaire.

Planqué derrière une des nombreuses poubelles de la ruelle sombre, Eytan appréciait les qualités athlétiques du feu follet. La maîtrise des techniques de combat était totale, la belle faisait montre d'une très bonne coordination corporelle. Bien sûr, la situation où elle se trouvait découlait directement d'une grossière erreur dont elle n'aurait, en toute logique, jamais dû réchapper. Se laisser coincer dans cette impasse par ses poursuivants lui vaudrait de sévères remontrances de la part du plus nul instructeur de la pire armée qui soit. Heureusement que les deux pingouins n'étaient pas décidés à la flinguer une bonne fois pour toutes. Leur mission était, sans doute, de capturer la jeune femme pour lui soutirer des informations. Pas si simple, visiblement…

Les deux types appartenaient à la catégorie des « toniques ». Nerveux, élancés, rapides, ils s'étaient approchés de leur victime supposée avec trop d'assurance. Avant d'avoir terminé une phrase, inaudible pour l'exécuteur du Metsada placé trop loin, le premier agresseur s'était mangé un bourre-pif plein pot. Depuis, il gisait au milieu de sacs de détritus, le nez en sang. La surprise éventée, le second belligérant menait l'assaut, sur ses gardes.

Le ballet continuait. Les coups de la blondinette portaient, mais perdaient en puissance. Elle n'avait pas affaire à un débutant. Pied à pied le combat changeait d'âme. Eytan se demanda pourquoi elle n'avait pas dégainé le pistolet qui apparaissait et disparaissait sous sa veste. Les deux camps s'étaient fourvoyés, cherchant à faire un prisonnier pour obtenir d'hypothétiques renseignements. Pas de quartier était la seule règle qui prévalait. Un vrai professionnel blesse, interroge puis achève. Mépriser les fondamentaux du métier assurait aux apprentis agents secrets une fin pénible et précoce. Combien en avait-il vu partir la fleur au fusil, enorgueillis d'un titre trop lourd à l'aune de la réalité du terrain ?

L'homme au nez cassé retrouvait ses esprits. Et tout portait à croire qu'il avait tiré les enseignements de sa légèreté. Allongé derrière la blonde, il dégaina un flingue. Avisant le mouvement, Eytan bondit hors de sa planque, défourailla deux couteaux de l'arrière de sa ceinture de pantalon et se lança dans une course effrénée. Attaquer de sa position, avec deux fous furieux en train d'en découdre à grand renfort de bonds et rebonds, tenait de la gageure, même pour un expert de son calibre. Tant pis pour la discrétion, laisser la jeune femme mourir ici n'apporterait rien à l'enquête et serait un déshonneur.

La vingtaine de mètres fut couverte en un rien de temps. La première lame se planta dans le cou de l'adversaire de Jacky, qui, stupéfaite, le regarda tomber et s'étouffer dans de grandes gerbes de sang. La deuxième termina son vol au milieu du front du blessé qui s'effondra de nouveau dans les ordures, mais cette fois, sans espoir de se relever.

Eytan se posta face à Jacky. Elle le dévisageait sans savoir qui de la confiance ou de la crainte devait l'emporter.

— Agent Jacqueline Walls, je ne vous félicite pas.

— Vous me connaissez ? Qui êtes-vous ?

Passablement essoufflée, elle séparait chaque mot d'une respiration pénible.

— Un ami, pour le moment. Vous avez fait n'importe quoi en laissant Jeremy entrer seul dans la banque. J'ignore qui sont vos agresseurs, mais ces hommes ne viennent pas pour plaisanter. Vous pensiez vraiment qu'ils ne vous repéreraient pas ? Vous espériez les surprendre en surveillant Corbin à distance ?

Elle afficha une moue décontenancée.

— Heu oui, je suppose…

Eytan l'interrompit sans ménagement.

— Incompétente et stupide ! Vous auriez dû anticiper la présence d'une seconde équipe de filature.

Elle voulut protester, mais n'en eut pas le temps.

— Se faire discret est un art dans lequel il vous reste tout à apprendre. Maintenant, filez et rejoignez votre protégé. Je m'occupe des macchabées.

— Vous êtes de l'Agence ?

— Pas vraiment…

Sans sourciller, Jacky dégaina et pointa son flingue sous le nez d'Eytan.

— Dites-moi qui vous êtes, et vite ! Je suis énervée, et pas à prendre avec des pincettes…

Morg dépassait la jeunette de quarante bons centimètres. Il la fixa dans les yeux.

— Mon enfant…

Il saisit le canon à la vitesse de l'éclair, et d'une torsion du poignet le retourna vers Jacky. Le geste était si rapide et maîtrisé qu'elle ne put résister.

—… frapper vite…

Il avança brusquement, déséquilibrant la jeune femme qui partit à la renverse sous l'impact. Dans le mouvement, il percuta la main tenant le pistolet qui vola en l'air. Le temps que Jacky termine sur les fesses, l'arme était pointée sur elle.

—… tuer sans un regard…

Eytan balança l'automatique dans les sacs poubelles.

—… constituent les fondamentaux de notre profession. Reprenez votre surveillance et restez sur vos gardes. Il me sera difficile de rattraper chacune de vos bourdes. Démerdez-vous donc avec les cadavres. Amitiés à Dean.

Il releva la tête et prit la direction de la rue à grandes enjambées. Il lança un coup d'œil par-dessus son épaule. Jacky se redressait, téléphone en main, sans doute étonnée de respirer encore.

***

Les sous-sols de la banque ressemblent assez à l'idée que je me fais de Fort Knox. Des gardes armés à chaque porte, et du blindage en veux-tu en voilà. En gros, l'architecte a conçu un bunker en marbre. Le Suisse sait recevoir, mais verse un peu trop dans l'obséquiosité. La richesse suscite ce genre de comportements. Je n'ai pas compris son nom, ce n'est pas bien grave. Klavtich, Kravitch, enfin une consonance en provenance directe des pays de l'Est. Le mec est coincé, sa démarche l'atteste à chaque pas. Pieds vers l'extérieur, genoux serrés, il ressemble à un maître de cérémonie type Louis XIV.

Je profite du trajet pour offrir un petit « coucou » à toutes les caméras. C'est con, mais cela me fait hurler de rire. Je me sens un peu euphorique, effet collatéral du produit que Jacky m'a administré. L'idée d'aller à l'hosto devrait me faire flipper, mais je n'arrive pas à m'angoisser. En fait, je plane un tantinet. Retour au présent. Une grande porte, deux gardes et trois caméras plus tard, nous pénétrons dans la salle des « petits coffres » comme l'appelle l'autre. Tant mieux, ça m'évitera de traîner un colis énorme. Il me fait rentrer, et passe après moi. Des centaines de petits tiroirs tapissent les murs. Boris, j'ai décidé que le prénom lui correspondait, ouvre un compartiment et en dégage un coffret marron, rectangulaire d'une trentaine de centimètres. Il se tire, non sans me signaler au préalable un bouton à presser pour indiquer mon intention de sortir de la pièce. Je me demande si les chiottes fonctionnent de la même manière.

J'ôte le couvercle de ce qui pourrait être une vulgaire boite à chaussures. Dedans, un dossier gris, fermé par une languette rouge, une carte routière pliée en quatre, et ce qui pourrait ressembler à un paquet de clopes enveloppé dans du papier kraft. Je fourre le tout dans mon sac à dos. J'examinerai l'ensemble plus tard, avec Jacky.

J'appuie sur le bouton. En avant pour la sortie. Vais-je me prendre une balle dans la tête en posant le pied dans la rue ?

Chapitre 19

Obersalzberg, Alpes Bavaroises, Résidence du Berghof, janvier 1943.

— Mon fidèle Heinrich, je suis soulagé que vous ayez survécu à cet ignoble attentat.

— Merci mon Führer.

— Asseyez-vous, je vous en prie.

Himmler s'exécuta et s'installa confortablement dans un des huit fauteuils entourant la petite table ronde où des tasses de café attendaient les deux hommes les plus puissants d'Europe. Pourtant, la scène était grotesque. La Grande Salle de la résidence aurait accueilli sans difficulté une centaine de personnes. Heinrich eut la sensation d'être une figurine de plomb abandonnée dans une maison de poupée démesurée. Il détestait l'endroit. De tous les hauts dignitaires nazis, lui seul avait refusé d'occuper une demeure alentour. Tous les lèche-bottes patentés s'étaient empressés de prendre leurs quartiers pour rester dans les bonnes grâces du Führer. Ce porc morphinomane de Goering, le compétent, donc dangereux, Goebbels, Jodl, le militaire rigide, et bien d'autres se retrouvaient en compagnie d'Hitler pour ramasser les miettes de sa versatile affection.

Comment diable pouvaient-ils supporter cette décoration ignominieusement chargée ? Les tapisseries des Gobelins décrivaient des scènes rupestres grossières. Les fauteuils verts juraient sur la moquette rouge. Le plafond aux lourdes poutres apparentes semblait vouloir s'effondrer à tout moment sur les occupants. L'ambiance martiale de son quartier général de Westphalie lui manquait déjà. Au moins, y régnait-il en monarque absolu, sans crainte de remontrances. Ce qu'il devait annoncer au Führer augurait un sale quart d'heure. Pour l'instant, les principales assurances d'Heinrich restaient l'indéfectible dévouement de ses troupes, et l'avancée prometteuse de son programme d'extermination.

— Combien d'hommes avez-vous perdus ?

— Quatre membres dans ma garde personnelle et deux soldats du camp, le bilan demeure raisonnable.

— C'est l'œuvre des communistes !

Hitler frappa le sol du pied à plusieurs reprises. Il hurlait à tout rompre.

— Il faut les anéantir, eux aussi, les éliminer sans merci, un par un jusqu'au dernier !

— Mon Führer, les communistes n'y sont pour rien. Goebbels vous a fourni une version des faits visant à remobiliser l'armée et le peuple dans notre marche vers Moscou. Blâmer les bolchéviques sert notre cause. Je suis venu vous présenter les conditions réelles de l'explosion.

Hitler se figea. Il replaça sa mèche, un signe de contrariété récurrent chez lui.

— Qu'est-ce que vous dites ? Pourquoi ne m'a-t-on pas informé ? Comment voulez-vous diriger une nation ainsi ?

Là encore, fidèle à lui-même, Hitler prit une voix dépitée et se laissa tomber dans un fauteuil face à Himmler. Ces maudites attitudes d'enfant gâté se multipliaient depuis quelques temps.

— Je suis justement ici pour vous en parler, mon Führer. Nous traquons actuellement des agents séditieux au sein de l'*Abwehr*. Compte tenu de la nature sensible de mes informations, vous les apporter en personne s'avère plus judicieux que l'envoi d'un télégramme.

— Des traîtres dans les rangs de l'*Abwehr*, rien d'étonnant à cela. Ils me mettent des bâtons dans les roues depuis le début. Vous les démasquerez Heinrich, n'est-ce pas ?

Malgré les apparences, ce n'étaient pas une question, mais bien une requête.

— Je pense confondre Wilhelm Canaris sous peu. Dans l'immédiat il nous faut agir avec prudence et remonter la filière en totalité avant d'envisager une quelconque action. Le problème sera réglé dans les jours à venir, n'ayez crainte.

— Bien… Bien… Alors, dites-moi, que s'est-il vraiment passé en Pologne ?

Jusqu'ici, l'entrevue se déroulait comme prévu. La suite promettait cependant de voir le temps tourner à l'orage.

— Il y a cinq ans, j'ai fait la connaissance d'un jeune scientifique nommé Bleiberg. Il travaillait sur les effets biologiques des radiations et la chimie du corps humain. Les perspectives méritaient d'être creusées, la SS a investi une somme colossale dans la constitution d'un laboratoire secret dans les sous-sols du château de Wewelsburg. Dans les deux années qui suivirent, l'équipe de recherche accomplit des percées spectaculaires et, très vite, dut recourir à des tests sur des prisonniers. J'ai donc ordonné le déplacement du centre d'expérimentation dans l'hôpital du camp de Stutthof à proximité de Dantzig.

— Vous avez bien fait. La racaille communiste et israélite ne mérite aucune mansuétude. À ce propos, le nom de votre scientifique, ce Bleiberg, sonne juif, n'est-ce pas ?

— J'ai diligenté une enquête qui a démontré que cet homme est un bon Allemand, mon *Führer*.

Heinrich avait préféré ce mensonge à un débat sans issue. Oui, Bleiberg était Juif, et son cas serait réglé par les SS une fois les recherches terminées.

— Bien, bien. Que s'est-il passé ensuite ?

— Les tests humains se sont avérés instables et…

Hitler interrompit son lieutenant d'un geste de la main

gauche. Heinrich crut voir celle-ci trembler.

— De quels tests parlez-vous ? Quel était donc le but de ces mystérieuses recherches ?

— Le professeur Bleiberg se prétendait capable de modifier la nature même du corps humain pour recréer la race aryenne pure décrite dans les anciens récits.

— Les hyperboréens ? Quelle ironie... Nous avons envoyé des expéditions en Orient, à la recherche de Shamballah, dans le Grand Nord, et où sais-je encore, à la poursuite de traces des origines de la race germanique, et vous m'assénez que la Science aurait résolu la question ? Pourquoi ne m'avez-vous rien dit plus tôt ?

— J'attendais des certitudes, mon *Führer*. De plus, entre la campagne en France, la mise en place et les... difficultés de l'opération *Barbarossa*, je ne désirais pas rajouter un poids quelconque sur vos épaules.

— Je reconnais bien là votre sollicitude, Heinrich.

Himmler répondit par un sourire triste dont il maîtrisait la pratique en toutes circonstances. Derrière ses petites lunettes, nul ne pouvait savoir quelles idées germaient, quelles ambitions il nourrissait. Dieu qu'il aimait cela !

— Ma charge de travail était conséquente également. Les complots ne manquent pas, et la mise en place de la solution finale demande une grande concentration pour ne laisser échapper aucun point logistique capital. Les responsables de la *Degesh* ont bien travaillé et ont pu fournir plus tôt que prévu les doses de Zyklon B. Du coup, nous étions en retard sur la construction des chambres à gaz. Nous avons évité une désorganisation préjudiciable à la tenue de nos objectifs, mais seulement de justesse. Enfin bref, nous étions tous les deux trop occupés pour perdre du temps en conjectures. Je souhaitais vous amener du concret ou annuler l'opération et passer à autre chose.

— Je vois... je vois... Continuez, je vous prie.

— Durant deux années, les sujets tests n'ont pas survécu au processus de mutation. Certains mouraient des suites des radiations, d'autres ne supportaient pas l'injection suivant l'exposition. Petit à petit l'équipe médicale a réussi à stabiliser chacune des étapes, mais les cobayes développaient des cancers galopants. Et puis en fin d'année dernière, le professeur Bleiberg a sollicité ma présence au Stutthof afin de m'annoncer une grande nouvelle. L'homme me connaît bien et sait que je réponds rarement quand on me siffle.

— Sauf quand le sifflement provient de votre maître…

Rappel à l'ordre délicat, mais lourd de sens. Heinrich sourit derechef.

— Oui, Mon Führer. Hum… Donc je fus vite convaincu qu'une bonne surprise m'attendait en Pologne.

— Passez à la conclusion voulez-vous, Jodl attend son tour pour examiner la carte du front russe.

Jodl… qu'il patiente…

— Bien. Un des sujets a survécu aux radiations, toléré les injections et n'a pas développé de tumeur foudroyante. Bleiberg évoquait un risque de cancer sur le long terme, mais pensait pouvoir mettre au point un sérum pour bloquer la nécrose des cellules. Le patient 302 me fut amené. Une pure merveille, mon Führer. D'un enfant juif chétif aux caractéristiques raciales archétypales, le professeur a fait un être solide, blond. Même son nez n'était plus crochu !

— Êtes-vous certain de la véracité de l'opération ? Il aurait été facile de vous leurrer, je présume. Nous savons tous deux que les artifices sont monnaie courante chez les scientifiques.

— C'est la raison pour laquelle tout le processus a été filmé et photographié à ma demande. Il n'y a aucun doute possible. Le sujet 302 est le premier prototype fonctionnel de l'*übermensch*.

— Pourquoi n'est-il pas ici avec vous ?

Heinrich prit une longue inspiration pour se donner du courage.

— L'enfant se présenta à moi, docile, et accomplit un parfait salut. Sans doute pour mieux endormir ma vigilance. Je me suis approché de lui et tandis que je passais la main dans ses cheveux, il s'est saisi de mon arme à feu. Avant que nous puissions intervenir, il vida le chargeur dans les différentes cuves de produits chimiques entreposées dans le laboratoire. De multiples explosions ont commencé à détruire l'édifice. Il a profité de la confusion pour s'enfuir. J'en ai réchappé de peu. Bleiberg et son équipe ont tenté de sauver leurs dossiers. Leurs cadavres doivent geler sous les décombres.

Adolf Hitler, las, se frotta les paupières.

— Et vous n'avez pas retrouvé le sujet ?

— Non, mon Führer. Deux de mes escadrons d'élite quadrillent encore la région. Il ne peut être que mort, ou avoir bénéficié d'une assistance sur place. Nous mettrons la main dessus coûte que coûte.

— Pour un peu vous m'apportiez une bonne nouvelle. Je vous suis reconnaissant de votre franchise, Heinrich. Tenez-moi au courant de la suite des événements. Avant de vous libérer, donnez-moi quelque raison de me réjouir…

— Les camps de Treblinka et Sobibor atteignent un régime de croisière. Auschwitz-Birkenau tourne au maximum de sa capacité. Le Zyklon B s'avère décidément une alternative efficace au monoxyde de carbone. Je table sur 60% de Juifs européens éliminés sous deux ans. Nous pourrions certainement accélérer le rythme, mais je souhaite conserver les valides comme main d'œuvre pour l'effort de guerre.

— Bien… excellent… Laissez-moi maintenant, Heinrich, et dites à ma secrétaire de faire entrer Jodl. Nous avons une contre-offensive à préparer sur le front russe.

En silence, Himmler obéit à l'injonction. Après un salut impeccable, pour lequel il obtint une réponse distraite mais aucun regard, il s'éloigna à grands pas, franchit les deux séries de marches menant à la lourde porte de bois. La voix d'Hitler le freina dans son élan.

— Heinrich, par simple curiosité, comment se nomme toute cette opération autour de l'*übermensch* ?

— Le Projet Bleiberg, mon Führer.

Chapitre 20

Eytan se positionna à une table collée à la baie vitrée du bar faisant face à la banque. Le flot des voitures était important, mais la vue suffisamment dégagée. De plus, aucune ligne de visée directe n'était nécessaire. De toute façon, le déroulement des cinq prochaines minutes ne réserverait aucune surprise.

En un quart d'heure, il avait déjà fait connaissance avec Bart, le serveur, et Léon, haut cadre retraité de l'administration postale. Veuf depuis peu, ce dernier passait invariablement ses après-midi au café. Les deux hommes s'apprêtaient à partager un expresso autour d'une partie de dés quand, du coin de l'œil, Eytan aperçut Jeremy. Il sortait de la banque et guettait les voitures à la recherche de la Lexus conduite par Jacky. Une cible parfaite…

Le premier coup fut remporté par Léon, aguerri aux stratégies du 421.

Le vieux chauffait les dés dans ses mains au moment où le véhicule piloté par Jacqueline chargeait Corbin. Vingt mètres en retrait, la Mercedes noire ne lâchait pas sa proie. À la première occasion, l'interception aurait lieu, de cela Eytan était certain. Et cette fois, pas de tentatives d'interrogatoire. Deux balles dans chaque tête, les documents envolés et l'affaire serait réglée.

Triple un. Léon était très fort. Eytan sortit d'une poche un petit rectangle noir, à peine plus grand qu'un briquet. Il joua avec de sa main droite tout en balançant les dés dans sa paume gauche et les jeta sur le tapis vert posé entre les deux joueurs. Une pression du pouce s'exerça sur le boîtier. Une explosion assourdissante retentit dans la rue, suivie par un concert de freins et de klaxons. Les clients du troquet, dont Léon, sortirent en trombe et tombèrent nez à nez avec une berline noire en flammes. Des débris virevoltaient dans les airs et s'écrasaient, pathétiques feuilles mortes de métal, sur la route.

Triple six.

Je vous avais prévenus, les gars. Faut pas me faire chier…

***

Au cinéma, une voiture qui explose, c'est joli. Eh bien en vrai aussi. Sauf pour les occupants de la bombe à roulettes, il va sans dire. Je n'ai pas sursauté au moment de la déflagration. Mes veines contiennent assez de calmants pour que je ne me fasse pas de mouron avant quelques heures. Jacky, par contre, a fait un bond sur son siège. Elle me semble vraiment très nerveuse.

Quand je suis monté dans la voiture de location, elle était déjà en sueur, débraillée, et l'air un peu paumée pour tout dire. Bon sang, décoiffée elle est encore plus mignonne. Buffy me colle son téléphone portable sous le pif.

— C'est lui ton Géant Vert ?

La photo est floue. La CIA pourrait quand même payer à ses agents des appareils plus sophistiqués. Ils ne sont pas aidés les pauvres. Alors, voyons ça de plus près : dos large, veste avec motifs camouflage, pompes de bûcheron, pantalon de treillis…

— Goûts de chiotte, crâne d'œuf, deux mètres et un humour à la con. Oui mademoiselle, c'est notre homme. Mais comment…

— Il m'a sauvé la vie dans une ruelle à côté de la banque. Je voulais faire diversion et m'occuper de deux types qui nous suivaient. J'ai foiré mon coup. Il a planté les deux mecs et m'a infligé la honte de ma vie. J'ai transféré le cliché à Bernard pour identification.

— Ne te plains pas. Au moins, tu n'as pas fini sur le cul et inconsciente.

Elle range l'appareil. Sa bouche prend un petit air pincé. Héhéhé, je commence à mieux décrypter ton fonctionnement, ma grande.

— Il t'a collé sur les fesses ?

— Ta gueule !

Je la ferme. Mais je me marre et bruyamment encore. Pas elle.

— On file à l'hôtel. On regarde ce que contenait ce coffre, on débriefe avec Dean et l'histoire s'arrête là en ce qui te concerne.

— Cette décision ne t'appartient pas. Ne me sors pas le coup de la raison d'État et des Secrets Défense à la con. Je flaire un loup. Une mission officielle me vaudrait une escorte de combien, cinq, dix hommes ? Bernard joue en solo. Pourquoi, je l'ignore. Et toi aussi je pense. Alors Chauveman t'a peut-être ridiculisée, mais merci d'avance de ne pas te défouler sur moi.

Elle s'apprête à répliquer, mais la sonnerie de son téléphone interrompt l'engueulade. La musique de *Mission impossible*. Nouvel éclat de rire…

— Bon, ça suffit maintenant. T'es lourd !

— Jacky ?

— Oui, Monsieur. Excusez-moi, je papotais avec Jeremy.

Non, Jeremy vient de t'envoyer promener, nuance…

— J'ai reçu la photo. Quand et où l'avez-vous prise ?

— À Zurich, monsieur, il y environ quinze minutes. Vous avez pu identifier la cible ?

Long silence.

— Oui. Comment l'avez-vous repéré ?

Nouveau silence. Un partout, balle au centre. À ce rythme, on n'est pas sortis du sable.

— Je ne l'ai pas repéré, il m'est venu en aide. Qui est ce type, Monsieur ? Il m'apparaît très au fait de l'Agence et d'une rare efficacité.

Je la savais taquine et sûre d'elle. Je la découvre sérieuse et angoissée.

— Il se nomme, ou se fait nommer, Eytan Morg. Bon sang, je comprends pourquoi sa voix me semblait familière au téléphone. S'il ne vous a pas encore tuée, c'est qu'il est là en ami. Le ciel en soit remercié.

— Ce Morg… il m'a demandé de vous passer le bonjour. Monsieur, vous le connaissez personnellement? Pour qui travaille-t-il ?

— Oui, je le connais, j'ai collaboré avec lui. À l'époque, c'était un agent du Mossad. Aujourd'hui… je dois faire des recherches. Les documents sont en votre possession ? Vous les avez examinés ?

— Nous détenons le contenu du coffre, nous procéderons à l'examen dès que nous aurons rallié l'hôtel.

Ah, les joyeusetés rhétoriques de l'éducation militaire…

— Je veux un premier compte-rendu dans une heure. Sautez ensuite dans le premier avion et rentrez sans tarder.

— Bien, Monsieur. Je n'ai rien trouvé sur les deux individus qui ont tenté de m'éliminer. Une autre équipe nous suivait, mais leur voiture a explosé en plein milieu de la circulation. Sauf votre respect, c'est quoi ce bordel ?

— À vous de me le dire, Jacky. Vous avez une heure.

Chapitre 21

Jérusalem, Mémorial de Yad Vashem, six mois plus tôt.

La verdure embrassait le bleu immaculé d'un ciel sans nuage. Le contraste apparut plus violent que jamais. Le wagon d'acier et de bois, supporté par un tronçon de chemin de fer dévoré par la rouille, jurait, insultait l'endroit. Ode mécanique à la folie des hommes, son horreur résonnait à l'infini. Les ombres des arbres jouaient au chat et à la souris sur le sol rocailleux parsemé de milliers d'épines versées, comme autant de larmes, par les conifères qui peuplaient le jardin. Les plus audacieuses des branches effleuraient le métal. La fraîcheur hivernale laissait peu à peu place à une douceur annonciatrice du printemps à venir. Le chant des oiseaux flottait sur une brise bienvenue.

L'agent ne connaissait pas le nom des arbres. Une insondable tristesse l'envahit. Par quelle ironie pouvait-il citer la moindre pièce composant un fusil et se retrouver perdu devant cette nature qu'il côtoyait depuis si longtemps ? Sans doute était-ce le prix du dévouement absolu à sa mission.

Eytan ramassa ses jambes contre son torse. Pourtant si grand, il mesurait son insignifiance face au symbole. Mais son action participait du devoir de mémoire. Savoir pour ne pas oublier. Comprendre pour ne pas reproduire. Le Jardin des Justes le rendait plus fort, le confortait face à l'ampleur de sa tâche. Nul ne pouvait ramener les victimes, mais lui avait le pouvoir de châtier les coupables. Depuis de nombreuses années, il pourchassait et éliminait la pire des engeances. À plus d'un titre, Morg appartenait, à son corps défendant, à l'Histoire. Ainsi, sa propre tragédie prenait un sens. Elle devait avoir un sens. Pour les morts passés. Pour les générations à venir.

Deutsche Reichsbahn, Münschen, 11689. Un wagon à bestiaux. Combien d'êtres humains terrifiés entassait-on dans les trains de la mort ? Le nombre ne suffisait pas pour appréhender l'enfer. Il fallait le ressentir, éprouver la pression des corps emboîtés, enchevêtrés, entendre les pleurs des enfants écrasés contre les jambes des adultes incrédules. L'air, effrayé, fuyait, s'évadait vers cette liberté que les malheureux ne connaîtraient plus jamais.

L'odieux container surplombait la falaise, en route vers le précipice.

Eytan connaissait la souffrance et y puisait l'indéfectible force de continuer. Renoncer équivaudrait à tuer les martyrs du peuple juif, mais aussi toutes les autres victimes de la Shoah, une seconde fois. Comme il s'en voulait de ne pouvoir pleurer.

Une voix rauque de fumeur indécrottable le tira de ses réflexions.

—Plus vous saurez regarder loin dans le passé, plus vous verrez loin dans le futur

Graves et profonds, les mots semblaient monter du sol. L'homme vint se camper derrière le géant assis. Eytan répondit sans quitter le wagon du regard.

— Churchill savait et comprenait tout. Il m'arrive de penser qu'il observait le monde depuis le ciel pour avoir autant de recul.

— Il le voyait surtout à travers sa bouteille ! Comment allez-vous, mon ami ?

L'agent se redressa, époussetant son inséparable pantalon de treillis. Il dévisagea le vieil homme à la recherche de nouvelles rides sur son visage buriné. Le poids du temps accentuait sa pression à chacune de leurs rares rencontres. Âgé de soixante-cinq ans, l'érudit en paraissait quatre-vingts. Sous d'épais sourcils blancs, ses petits yeux bleus restaient vifs et perçants et n'avaient rien à envier à la curiosité d'un regard d'enfant.

— Bien, comme toujours. Et vous, Eli ?

— Mieux, dès que les médecins me laissent un peu de répit. À les écouter, je suis déjà mort. Mais les vieilles branches ont la vie dure. Pas vrai, mon ami ?

— À qui le dites-vous...

Eli tendit un bras vers Eytan et le prit par l'épaule. Cette proximité était le privilège du conservateur des archives du Mossad.

— Comment s'est déroulée votre mission en Islande ?

— Kurt Wetenhauser n'a plus besoin de ses trois sessions de dialyse hebdomadaires.

Eli Karman fouilla dans les poches de son pantalon noir et dégaina un paquet de cigarillos. Eytan siffla entre ses dents pour marquer clairement la réprobation. Son ami rangea ostensiblement son briquet et souffla une bouffée de tabac doucement, avec un grand sourire.

— Allez-vous intervenir physiquement, agent Morg ?

— La violence, et les cigarettes d'ailleurs, n'ont pas leur place dans le Jardin des Justes.

Eli prit un masque de gravité.

— Pourquoi toujours nous retrouver en ces lieux, Eytan ? Quel besoin avez-vous de vous torturer ?

— Ici, je me sens bien. Je suis moi-même. Entier, comme nulle part ailleurs. Ici, je me souviens de qui je suis.

— Je comprends... Donc, Wetenhauser, l'un des bourreaux de Dachau, n'est plus. Je déplore de n'avoir pu le faire juger.

— Il ne m'a pas laissé le choix.

Eytan lança un caillou. Il le regarda dévaler le long de la pente aride, rebondir contre les pierres.

— Bien sûr… Tous craignent plus les procès que la mort. Leur raisonnement restera éternellement un mystère à mes yeux.

— Ce sont des monstres, Eli. Nous ne pouvons pas les comprendre.

— Ne tombez pas dans ce piège, Eytan. Les bourreaux sont des hommes et seulement des hommes. Les considérer autrement reviendrait à nous affranchir de notre responsabilité en tant qu'espèce. C'est pourquoi nous préférons les prendre vivants. Afin de les exposer dans toute l'horreur de leur vraie nature : la nôtre.

— Vous ne les avez pas côtoyés comme j'ai pu le faire. Vous avez raison, j'en suis conscient. Mais la conviction de leur monstruosité m'empêche de sombrer dans le fatalisme sans espoir de retour. Je veux croire en la bonté. Je l'ai connue. Elle m'a sauvé. Laissez-moi croire qu'elle est ancrée dans l'âme humaine. Laissez-moi espérer que le mal est l'exception.

Karman inspira profondément. Il écarta les mains en direction des arbres.

— Le Jardin des Justes en atteste. Mais je ne suis pas venu pour philosopher avec vous, Eytan. Je crains que vos services ne soient de nouveau requis.

— De quoi s'agit-il cette fois ?

— Un de nos agents londoniens a été contacté par les Anglais suite à un trafic d'archives au MI6. Un mystérieux acheteur acquiert, depuis des mois, des documents confidentiels sur les contacts entre les services anglais et l'*Abwehr*, les bureaux du renseignement nazi. L'officier en charge des dossiers de la Seconde Guerre mondiale, dossiers qui n'intéressent plus guère le gouvernement britannique, possèderait un compte dans une petite banque luxembourgeoise. D'importantes sommes d'argent y ont été virées. Le Mossad aura très vite identifié la source. Dès que ce sera fait, vous irez à la rencontre de l'acheteur pour découvrir ses motivations. Vous emploierez les moyens que vous estimerez nécessaires.

— Si vous pensiez à un collectionneur, vous ne solliciteriez pas mon intervention. L'affaire est donc jugée sérieuse en haut lieu. Je me trompe, Eli ?

Eytan connaissait Karman depuis trop longtemps. Il captait le moindre rictus, le moindre tic d'expression du vieil homme. Jamais encore une telle gêne n'avait à ce point envahi le supérieur de Morg.

— Certains documents disparus concernent des opérations secrètes menées par la SS au camp de Stutthof. Cela vous rappelle-t-il quelque chose ?

Plus d'un demi-siècle s'était écoulé depuis la chute du Troisième Reich et le monde était entré dans un nouveau millénaire. Et pourtant, l'histoire se répétait encore et encore dans un bégaiement morbide.

Eytan baissa la tête et cracha un rire empli de tristesse. Tant de souffrance, tant de blessures pour, au final, voir ressurgir les fantômes d'un passé peu enclin à disparaître. Sa mâchoire, puis ses poings se crispèrent.

Comment garder foi en l'âme humaine…

Chapitre 22

Buffy fait des bonds dans toute la piaule. Il faut dire que traverser l'Atlantique, échapper à deux tueurs, au moins, je ne sais pas combien ils étaient dans la bagnole pétard, pour se retrouver devant des bilans comptables, ça peut légitimement créer une certaine frustration.

— Zut, zut et re zut !

Voire une frustration certaine…

— Cent vingt pages de nombres incompréhensibles, c'est pas vrai ! Nous risquons notre vie pour des chiffres à la noix et une boîte pourrie. Qu'est-ce que je vais bien pouvoir raconter à Bernard ? Je dois l'appeler dans dix minutes…

De rage, elle se jette sur le lit et se prend la tête à deux mains. C'est la troisième fois en une heure. Énervée, elle m'affole. Allongée, elle m'excite. Je ne sais pas pourquoi, mais c'est un fait. Cela dit, je partage sa frustration. Se coltiner des milliers de bornes pour des documents incompréhensibles n'a rien de satisfaisant, sans compter les filatures et les agressions. Il va nous falloir rentrer au pays et confier le tout à des comptables de la CIA. Je ne serais pas surpris que l'enquête traîne des mois durant.

En gros, nous l'avons dans l'os.

Et pendant ce temps-là, l'assassin de ma mère court toujours. Mais j'ai quand même du mal à croire que mon père nous ait envoyés ici par simple humour mal placé. Le cynique de la famille, c'est moi et personne d'autre.

Le tas de papiers gît sur le couvre-lit, à côté de ma blonde.

Je me penche et ramasse les documents que je compulse vite fait. Jacky est jolie, mais un peu con…

Vissé dans le canapé, stylo en main, je tourne les pages une par une depuis cinq minutes. La pleurnicheuse daigne revenir à la réalité.

— Je dois appeler Bernard. Tu fais quoi ?

— Ça ne se voit pas ? Je lis.

— Laisse tomber, nous allons demander à Dean de confier le tout à des professionnels.

Hou, qu'elle est bête !

— Ben justement, c'est ma spécialité.

— Hein ?

— Je te dis : éplucher des bilans comptables, c'est ma spécialité. Et pour examiner les chiffres, il me faut du calme. Alors si tu avais la gentillesse de passer en mode « silence », tu nous rendrais service !

Elle se relève et se recoiffe, puis vient se coller debout à côté de moi.

— Tu comprends quelque chose à ce… ce fatras ?

Elle m'épuise…

— Je suis trader ! J'ai fait fortune grâce à ce genre de fatras comme tu dis. Ton métier c'est les armes, le combat rapproché. Le mien, ce sont les prévisionnels, les transferts de fonds. Capone est tombé pour une histoire de fraude fiscale, je te rappelle. Tout ne se règle pas à coups de pétoires.

Elle reprend vie et s'assied en tailleur sur le lit, en face de moi avec un grand sourire.

— Alors, tu as trouvé quoi ?

Je lâche un soupir…

— Pour le moment, des virements importants sur des comptes bancaires en Virginie, Californie et à Washington DC. Des sommes rondelettes, plusieurs dizaines de milliers de dollars à chaque fois. Au total une bonne trentaine de destinataires. L'argent provient de plusieurs sources : Argentine, Brésil, Allemagne et Japon. Les dates courent du début d'année à fin juin, donc les derniers sont récents. J'ai isolé les noms des bénéficiaires. Je vais les noter à part.

— J'envoie un message à Bernard pour lui demander un peu de temps.

Je hoche la tête. Enfin une bonne initiative.

— Oui et prévois large, car nous avons un autre problème sur les bras. Après les relevés de transferts de fonds, il y a un extrait de bilan comptable pour le premier semestre 2010. Des sociétés ont acheté des stocks faramineux de différents produits chimiques. Les noms ne me parlent pas, mais en cherchant sur le web nous devrions en apprendre plus assez vite.

— Faramineux comment ?

— Ça se compte en centaines de millions d'unités sur six mois. Si de tels volumes étaient fréquents, ça se saurait...

Quel con... Mais quel con...

— Jay ? Houhou ?

— Oui, pardon Jacky. Mais quelle andouille je fais !

— Tu le découvres seulement aujourd'hui?

— Tu es adorable...

Les pommettes de Jacky rosissent. Elle minaude comme une écolière recevant une bonne note.

— Les quantités, les produits chimiques, je sais d'où ça vient.

— Et comment, Monsieur Je-sais-tout ?

— Tout simplement parce que j'ai acheté une tonne d'actions dans le pharmaceutique en début d'année. Des boîtes ont enregistré un accroissement gigantesque de leurs commandes, générant de gros besoins en investissement. Leur cours n'a cessé de monter depuis. Donc je connais les vendeurs. Et trouver les acheteurs ne va nécessiter qu'un coup de fil. Nous tenons un début de piste, mais pourquoi mon père s'est-il intéressé à ces sociétés ? Et quel rapport avec la croix gammée sur la clef? Et elle ouvre quoi cette clef d'ailleurs ? Difficile d'y voir clair. Il me reste une cinquantaine de pages à examiner. D'ici une ou deux heures, dès que j'aurai étudié tous les documents, je passerai mes appels.

Elle émet un long sifflement, entre moquerie et admiration. M'en fous, je suis super fort !

— Bernard m'avait prévenu que tu étais bon dans ton domaine. Je suis impressionnée. Tu as deux heures au maximum pour obtenir les informations et nous l'appelons pour faire le point. Au travail, beau blond.

Je tiens un bout de la ficelle. Vais-je réussir à dénouer toute la pelote ?

Chapitre 23

Les sons provenant des écouteurs solidement vissés sur ses oreilles distrayaient Eytan. La protégée de Dean était certes inexpérimentée, mais elle l'amusait. Jeremy recelait des talents cachés. Leur rôle dans l'histoire était celui de victimes, certainement pas de coupables. Les « méchants » n'avaient pas fait montre d'une grande efficacité jusqu'ici. Mais, cela ne durerait pas. En se rapprochant de la vérité, les obstacles deviendraient plus difficiles à surmonter et les dangers plus radicaux. Son expérience du terrain en attestait. Cette affaire n'échapperait pas à la règle.

Le micro ventousé au mur séparant les deux chambres transmettait le moindre froissement de papier avec une qualité parfaite. Le numérique avait révolutionné la société, mais aussi le métier d'espion, grandement facilité par les avancées technologiques. D'ailleurs, nombre d'entre elles dérivaient d'applications militaires avant d'arriver entre les mains du grand public. À ce titre, Eytan disposait des derniers gadgets high-tech bien avant que le commun des mortels n'en entende parler.

Il mit à profit un moment de silence pour rassembler les informations dont il disposait et celles nouvellement glanées. Il fit défiler mentalement tous les morceaux du puzzle. Une forme commençait à se dessiner mais elle restait trop floue pour être identifiée. Tout ceci avait un sens. Tout a toujours un sens. Mais lequel ? Par quelle aberration les échos d'un passé douloureux, indélébile cicatrice apposée sur l'ensemble de l'espèce humaine, résonnaient-ils dans le présent, soixante-dix années plus tard ?

Il déposa son casque, se leva et enfila son tee-shirt kaki. Puis il en tira les manches, aux poignets serrés, sur ses avant-bras dont la vue le dégoûtait. Il traîna des pieds jusqu'à la salle de bains et se pencha pour mieux s'observer dans la glace. Fraîchement rasé, la couleur de sa pilosité faciale demeurait insoupçonnable. Son visage dénué de rides, et à la symétrie parfaite, lui valait de passer pour un trentenaire. De longues minutes durant, il resta plongé dans son reflet, le cœur au bord des lèvres.

Il sentit les vibrations de son téléphone dans une des poches de son pantalon. Saisissant le combiné, Eytan lut sur l'écran le message qu'il espérait depuis sa dernière communication avec Eli, dix minutes plus tôt.

— Nouvelles données transmises sur serveur. Prendre connaissance. Autorisation de passer en phase 2. Fin des transmissions.

Là, on allait rire…

***

— Jeremy, non seulement Bernard doit ronger son frein, mais nous n'aurons jamais de vol ce soir si tu ne termines pas dans les cinq minutes.

Je prends une dernière série de notes. Je raccroche le téléphone. Trois coups de fil pour autant d'informations, c'est rentable.

— C'est bon Jacky, j'ai tout ce qu'il nous faut. C'est complètement dingue.

— Raconte.

Elle vient s'asseoir à mes côtés.

— Alors, voilà l'histoire. Au mois de janvier, plusieurs laboratoires pharmaceutiques ont passé commande de millions de doses de produits nécessaires à la fabrication de vaccins. Pour faire simple, des diluants, stabilisants et adjuvants. Rien que sur les données collectées par mon père, j'ai trouvé la trace de cinq cents millions d'unités.

— C'est énorme, non ?

— Pas si tu considères le nombre d'habitants des pays développés. Jusque-là, ça ne me semblait pas délirant. Rien de significatif en tout cas. J'ai appelé des collègues en salles de marché, à Londres, des types avec qui je travaille au quotidien. Les comptes des fournisseurs des grands labos explosent. Les quantités commandées sont éclatées entre différentes sociétés et sur diverses périodes pour ne pas attirer l'attention. Mine de rien, en additionnant les volumes des commandes enregistrées depuis six mois à celles de janvier, on atteint le nombre délirant de deux milliards de doses.

— Et là, c'est beaucoup ?

— Oui Jacky, c'est gigantesque. Surtout qu'aucune alerte sanitaire n'a nécessité une telle fabrication de masse depuis le début de l'année.

— Faux…

La voix est grave et vient de la porte de la chambre. Dans un superbe mouvement type nage synchronisée, Buffy et moi tournons la tête. Je m'en doutais. Je ne sais pas pourquoi, mais je m'en doutais.

Chauveman, les mains dans les poches. Il porte les mêmes fringues que lors de notre rencontre à New York. Jacky dégaine et le met en joue.

— Ne bougez pas ! Pas très prudent de se pointer désarmé, surtout pour un grand pro !

Je sens comme un parfum de moquerie revancharde dans la voix de la petite.

Cet homme produit un effet similaire sur tout le monde, on dirait. La menace ne l'émeut visiblement pas. Au contraire, il sourit.

— Mains en l'air !

Il s'exécute. Les mains sortent des poches et s'élèvent doucement vers le plafond. Avec son air espiègle, j'ai l'impression qu'il nous prépare une mauvaise surprise.

Bingo ! Il ouvre ses paluches et tient une grenade entre ses doigts. Elle tire, nous sautons tous.

— Je suis plus prudent qu'il n'y paraît. Allons, je viens pour discuter, pas pour chercher la bagarre. Posez votre flingue, je ne vous veux aucun mal.

Jacky me regarde. Elle attend une approbation. Je ne suis pas agent secret ou garde du corps, moi ! Si ce mec voulait nous buter, ce serait déjà fait, et de la main gauche en prime.

Je fais un signe de tête. Elle baisse son arme, hésitante. L'autre comique arbore une banane et un masque de contentement agaçant. La grenade retourne dans sa poche.

Morg, Jacky l'a appelé ainsi au téléphone avec Bernard, traverse benoîtement la chambre et s'assoit d'autorité dans le canapé, jambes croisées, bras écartés sur le dossier.

— Je vous ai écouté de la chambre voisine. Beau boulot, Jeremy. Si un jour le monde financier cessait de t'intéresser, je te trouverais sans problème une place au Mossad.

— Pourquoi pas, tant que le salaire ne se verse pas à coups de poing dans la gueule…

Jacky me lance un regard de biais, entre surprise et réprobation. J'adore sa jolie frimousse. Le Géant Vert semble avoir plus d'humour.

— Je n'étais pas censé te croiser, juste assurer ta protection. D'où la beigne. Navré.

Il peut. Mon nez s'en souviendra un moment. Jacky intervient.

— Pourquoi avez-vous répondu « Faux » quand Jay a évoqué l'absence d'urgence sanitaire ?

Morg replie ses grands bras et se penche vers nous.

— Vous ne lisez jamais la presse ?

Chapitre 24

Eytan se saisit de la pile de journaux posée sur la table basse de la chambre et mise à la disposition des clients par l'hôtel. Il parcourt les colonnes à grande vitesse, tournant les pages avec frénésie. Enfin, l'article espéré apparaît.

— Voilà, pages internationales du *Times* en date d'aujourd'hui : *La situation au Mexique inquiète la communauté scientifique. Depuis maintenant plusieurs semaines les cas de choléra se multiplient dans un pays déjà fortement affecté par la grippe H1N1 l'année dernière. Cette maladie, endémique au Mexique, se présente sous une forme d'une virulence dramatique. De nombreuses personnes décèdent des suites de diarrhées foudroyantes. Les délais d'incubation du virus semblent bien plus rapides que les cas dits classiques. Selon les autorités locales, on compterait plus de 2 000 morts sur l'ensemble du territoire. Une délégation d'experts de l'OMS est attendue demain à Mexico. Des sources autorisées nous ont informés de possibles mesures de quarantaine à l'échelle nationale.* Je vous passe les détails géopolitiques de l'article, l'auteur s'y perd en conjectures, conclut Morg en jetant le canard à mes pieds.

— Nous avons donc bien une urgence sanitaire, soupire Jacky, sourcils froncés.

— Remarquez, je préfère ça. Au moins, nous savons à quoi serviront les vaccins.

Vu la manière dont l'audience m'observe, j'ai dit une connerie.

— Ben quoi ?

— Des labos commandent de quoi faire des tonnes de vaccins des mois avant le déclenchement d'une épidémie super virulente, et tu trouves ça rassurant ?

Bon, là, faut bien admettre...

— Attendez, avant de s'engouffrer dans la théorie du complot, l'industrie pharmaceutique possède des observatoires, des épidémiologistes à travers le monde. Le système équivaut aux études de marché de n'importe quel autre secteur économique. Ils ont eu le nez creux... Vous ne m'avez pas l'air convaincus.

Morg s'apprête à répondre. Jacky l'interrompt.

— Avant de débattre du pourquoi du comment de l'histoire, vous seriez bien avisé de nous expliquer qui vous êtes et pourquoi vous assurez la protection de Jay ? Et pour le compte de qui ?

Pragmatique, efficace : j'aime.

— Mon nom est Eytan Morg, j'agis pour le compte de la Metsada, une branche du Mossad. Pour être précis, je suis un agent du Kidon.

— Le Kidon ?

Regards en coin. Bon sang, mais je ne débite que des imbécillités ou quoi ?

— Cette section mène des opérations spéciales depuis le début années 70. Le grand public en a entendu parler quand Spielberg a réalisé le film *Munich*.

Voilà qu'elle me cause comme au dernier des débiles.

— Désolé, Jacky, pas vu.

— Le Kidon est la branche «kidnapping et exécution» des services secrets israéliens. En hébreu Kidon signifie «Baïonnette». Nous étudions leurs techniques au sein de la CIA. En règle générale, ils fonctionnent en équipes de quatre personnes. Trois hommes et une femme séduisante, dans l'éventualité où la cible serait un mâle. Donc, Agent Morg, «kidon» Morg, devrais-je dire, où sont vos trois collègues ?

— Je possède la particularité, et le privilège, de travailler seul.

Il répond, serein et imperturbable. Jacky mène la danse.

— Comment connaissez-vous Bernard Dean ?

— Je l'ai rencontré à l'occasion d'un programme de coopération entre nos deux pays. Cette information est sans rapport avec la situation actuelle.

— Et pourquoi vous présenter à nous maintenant?

Cette fois, Eytan semble un peu déstabilisé.

— Pour la bonne raison qu'il nous faut collaborer en toute transparence si nous voulons survivre.

— Et qui nous garantit que vous ne nous éliminerez pas une fois l'affaire réglée ?

Bonne question !

— Le Mossad ne gagnerait rien à vous voir morts. Les options ne se bousculent pas à votre portillon. Vous pouvez faire équipe avec moi et bénéficier de mes talents. Ou vous pouvez la jouer solo et là…

Il n'a pas besoin de finir sa phrase, nous saisissons le sous-entendu. Le silence s'installe, pesant. Nous nous regardons en chiens de faïence. Une clope ne serait pas de refus, le stress sans doute. Trépidante la vie d'espion : tuer ou être tué. Simple et cruel. Je comprends pourquoi mon père s'est tiré de la maison. Comment mener une vie normale dans de telles conditions, sans compromettre sa famille ?

Une interrogation me vient à l'esprit.

— Eytan ? Pourriez-vous… Pourrais-tu répondre à la question de Jacky : pourquoi le Kidon veut-il me protéger ? Et pourquoi sauver Jacky, dans la ruelle ?

— Mes supérieurs semblent penser que tu possèdes des éléments susceptibles de nous mener à un gros poisson. D'où mon intervention. (Il se tourna vers la petite blonde). En ce qui concerne l'agent Walls, tu ne craignais rien dans la banque, donc en voyant les types la suivre il m'a paru opportun d'intervenir.

Buffy lui adresse un signe de tête en guise de remerciement. Génial. J'ai une nounou du Mossad rien que pour moi ! La fête…

— Cela vous embêterait de tout nous raconter depuis le départ ?

Toujours pragmatique, Jacky n'est pas du genre à lâcher prise. Elle me file des suées.

— Vous avez raison. Je dois tout vous expliquer. Mais cela va prendre pas mal de temps. Ne pourrions-nous pas, d'abord, examiner le contenu de ce fameux paquet ? Je ne serais pas étonné qu'il corrobore une de mes théories. Auquel cas mes explications n'en seront que plus claires.

Le paquet… Je l'avais oublié celui-là. Je m'empare de la chose et défais l'emballage kraft.

Morg se rapproche brusquement de la table.

Nous voici devant une minuscule boîte noire, à l'aspect bien inquiétant…

Chapitre 25

Comme possédé, l'agent israélien se lança dans un véritable cours d'histoire.

— En avril 1945, Hitler démit Himmler de ses fonctions après avoir appris que ce dernier négociait avec les alliés par l'entremise du vice-président de la Croix-Rouge suédoise. Le chef de la SS s'engagea à ne pas accélérer les exécutions dans les camps de concentration et autorisa les organisations humanitaires à y faire parvenir des vivres. En échange, il espérait obtenir l'impunité et la possibilité de diriger l'Allemagne. Mais les alliés, et personne ne peut les en blâmer, décidèrent de le pourchasser.

Après le suicide d'Hitler, Himmler tenta de rejoindre le gouvernement de l'Amiral Dönitz, en vain. Ce dernier le détestait cordialement et l'éjecta comme un malpropre. Commença alors une fuite effrénée vers l'Autriche pour y trouver refuge. Il se déguisa en sergent major de la sûreté militaire allemande. Son unité fut faite prisonnière par les Anglais le 22 mai 1945. L'ironie du sort voulut que les faux papiers d'Himmler, qui portait un bandeau sur un œil pour ne pas être reconnu, le trahissent. Les soldats les jugèrent en trop bon état et trop complets en période de débâcle.

Un agent canadien se trouvait avec le bataillon anglais. Les alliés s'espionnaient mutuellement. John Stewart se signala discrètement à Himmler. Quand le *Reichsführer-SS* comprit que sa supercherie était éventée, il tenta une nouvelle fois de négocier. Son talent de manipulateur faillit lui sauver la vie. Il remit à Stewart, sans que les Anglais s'en aperçoivent, une clef ornée d'une croix gammée ouvrant un coffre contenant des informations cruciales pour les SS. En gros, sa dernière monnaie d'échange. Mais Stewart, jugeant trop dangereux de se commettre avec un tel personnage, se fondit, clef en poche, parmi les soldats.

Himmler fut présenté à un médecin pour un contrôle de routine. Un des gardes le reconnut malgré son déguisement. Himmler, acculé, essaya d'obtenir un entretien avec les services secrets britanniques. Il remit aux gardes une petite boite noire, guère plus grande qu'un étui à cigare, marquée du symbole SS, la tête de mort. Personne n'y prêta attention. L'examen médical commença. La suite est connue. Il hurla « Je suis Heinrich Himmler » et croqua une capsule de cyanure. Il mourut, trahi, déchu, abandonné de tous. Juste retour des choses, bien que le châtiment paraisse clément à la lumière des crimes commis.

Peu de temps après, la clef prit la direction du Canada avec son porteur. La boîte fut archivée par le MI6 à Londres, avec des tonnes de documents saisis durant l'occupation de l'Allemagne.

Cette boîte, cette clef.

Trois regards convergèrent vers le petit coffret à l'aspect inquiétant. Deux initiales en lettres gothiques entouraient une tête de mort gravée : HH. Heinrich Himmler…

— Mais que peut-elle contenir ? Elle est minuscule, demanda Jacky, hypnotisée par l'objet.

— Bon, ben comme on dit, y a plus qu'à ! lança Jeremy avec un enthousiasme palpable.

Il inséra la clef dans la petite serrure. Un bruit de ressort retentit. Le couvercle se souleva brusquement.

— Oh putain !

Jeremy extrait une photo en noir et blanc jaunie par les années.

— Il n'y a que ça à l'intérieur, dit-il d'une voix atone.

Le cliché, intact mais flou, montrait un homme en blouse blanche, maigre, sans âge, tenant par les épaules un enfant qui devait être âgé de six ou huit ans. Crâne rasé, il portait une sorte de pyjama rayé. Ses yeux contrastaient avec le sourire satisfait de l'homme de science et procuraient une sensation terrifiante, oppressante. Son regard exprimait tout le désespoir du monde. On n'aurait pu dire s'il s'agissait d'un garçonnet ou d'une fillette.

Jay donna la photo à Jacky. Lèvres serrées, elle passa doucement ses doigts sur le papier. Eytan, enfin, reçut l'image. Il la regarda en silence, mâchoire crispée.

— Viktor Bleiberg…, lâcha-t-il en soupirant.

— Pardon ?

Eytan se racla la gorge.

— L'homme en blouse sur la photo est le professeur Viktor Bleiberg, un des pires criminels de la Seconde Guerre mondiale.

— Jamais entendu parler.

Jeremy interrogea Jacky du regard au cas où ce nom lui serait familier. Elle répondit par la négative en hochant la tête. Eytan reprit.

— Il est mort dans une explosion en 1942. Les nazis ont tout fait pour effacer les traces de son existence.

Il retourna le document.

— Nous y sommes. Une phrase en allemand et une suite de chiffres.

— Va nous falloir un traducteur, affirma Jeremy en se tapant sur les cuisses.

— Les faux prophètes réalisent eux-mêmes leurs prophéties, voilà ce que dit l'inscription.

— Tu parles allemand ? s'étonna le trader.

— Je parle français, anglais, hébreu, polonais, russe, allemand et j'ai des notions d'espagnol. Je suis certain que tu te sens plus intelligent de savoir ça !

Rabroué, Jeremy leva les yeux au ciel et se referma comme une huître.

— Le code est plus récent. L'encre n'est pas la même et l'écriture plus moderne que la citation. Et ces trois prénoms me laissent à penser que le message émane de Daniel Corbin… Jacky, tu connais ce genre de codes ?

L'Américaine s'approcha de l'Israélien et examina les inscriptions :

JEREMY
DANIEL J.
ANN

1879141128727914111110112516272526125
1211162716222126111226212216252626121025
22726
DLIH

— Oui, ça ressemble à un chiffre à clef numérique. Ces systèmes ne sont pas forcément compliqués, mais ils deviennent vite pénibles à décrypter quand tu n'as pas la bonne clef. Ce qui est le cas.

— Je pourrais le faire passer à mes services pour obtenir le décodage, mais j'ai reçu l'ordre de cesser toute transmission et nous n'avons pas de temps à perdre.

— J'en parlerai à Bernard lors de notre prochaine conversation, ponctua Jacky.

Jeremy saisit une feuille et un stylo et recopia le message codé. Il la glissa dans sa poche de pantalon. Il déplia alors la carte routière soigneusement rangée à côté des documents financiers. Une flèche tracée au stylo rouge, surmontée d'une annotation indiquant une rue et un numéro, rendait tout doute sur les intentions de l'auteur impossible.

— Mon père a indiqué Zaventem en Belgique. À mon avis, des réponses à nos questions doivent se trouver là-bas.

Eytan se leva brusquement et se dirigea vers la porte.

— Prenez vos affaires, nous avons de la route, direction le patelin indiqué sur la carte.

Jeremy lança un regard interrogateur vers Jacky.

Nous devrions déjà être dans l'avion du retour. Je pense que Bernard va sérieusement nous chauffer les oreilles…

— Présenter des excuses me prendra moins de temps que demander une improbable autorisation. Et je pense que nous n'avons pas de meilleur choix que de suivre Eytan, répondit la jeune femme.

Jeremy se leva à son tour en frappant les mains sur ses cuisses

— Alors, c'est parti pour une traversée de l'Europe à bord du Kidon Airlines !

Chapitre 26

Zurich, 21h00.

Nos affaires sont prêtes. Jacky et moi patientons pendant qu'Eytan vide une grosse valise métallique. Deux silencieux, trois ou quatre chargeurs et un téléphone portable terminent dans les nombreuses poches de sa grande veste de treillis. Il prend également un petit boitier noir. Le truc ressemble à un porte-cigare. Avec un peu de chance, il fume. À deux contre un dans la voiture, je vais peut-être pouvoir cloper tranquille.

Il referme son bagage, exerce une pression sur la poignée et la pivote d'un quart de tour. Un filet de fumée s'échappe par les interstices.

— Cette cassette s'autodétruira dans quelques secondes, Monsieur Phelps.

Je me marre. Je suis le seul.

— Dis donc, si tu détruis tout à chaque mission, l'addition doit être salée pour le contribuable israélien !

Quelles mines déconfites ! Depuis deux jours, tous ceux que j'aime, ou ai aimés, meurent. L'humour est tout ce qu'il me reste…

— On se casse. Je vous raconte ce que je sais dans la bagnole.

Il saisit un sac militaire et ouvre la porte. Il la referme aussitôt.

— Un imprévu !

Il repose son barda. Jacky l'imite.

— Que se passe-t-il, demande-t-elle, inquiète.

— Trois types, ils se préparent à entrer dans votre chambre. Il va falloir prendre des mesures radicales.

— Me défouler ne me ferait pas de mal, annonce Jacky.

— Ok. Trois têtes, trois balles. Tu veux me prouver que je me trompe à ton sujet ?

— Donne-moi un flingue. Si j'utilise mon arme, je devrai remplir des tonnes de paperasses en rentrant.

Elle ne plaisante pas. J'ai quand même une question.

— Vous ne voulez pas en attraper un vivant ? Ils doivent savoir des trucs, non ?

— Pas idiot, mais je te parie ma veste, et Dieu sait que j'y tiens, qu'ils ne disposent d'aucune information valable. En plus, nous n'avons pas le temps pour un interrogatoire.

Il lance un pistolet vers Jacky.

— Bute-les.

— Attendez ! Et si c'était des flics ?

Je demande au cas où.

— Les flics n'utilisent pas de silencieux. Eux si.

Jacky nous adresse un signe de tête et sort de la pièce. Je ne suis pas rassuré. Non, j'ai carrément peur pour elle.

— J'espère que tu ne l'envoies pas au massacre.

— J'en doute…

Grand sourire.

La porte s'ouvre de nouveau. Le flingue vole en sens inverse. Il ne s'est pas écoulé trente secondes. Quand Jacky fait cette bouille, on n'a pas vraiment envie de la chatouiller.

— Tirons-nous d'ici.

Eytan rattrape l'arme et acquiesce en silence. Nous partons. Je profite d'avancer en retrait pour pousser la porte entrouverte de notre chambre. Un mec est allongé sur le lit dans une position improbable, un autre, assis sur le canapé me lance un regard plein d'incompréhension et le dernier git au sol, bras en croix. Trois types, trois balles au milieu du front.

Impressionnant.

Les femmes de ménage vont avoir besoin d'un psy…

Eytan revient vers moi. Il sort une rondelle noire d'une poche de veste. Il exerce une pression et un mouvement circulaire sur l'étrange palet, puis le jette dans la pièce. Une grande pogne me chope par le col et me pousse en avant.

— Viens, nous avons du boulot.

Une explosion étouffée retentit dans la piaule.

Je ne rechigne pas à avancer. Nous procédons vite fait au *check-out* et récupérons la bagnole de location puis nous filons à grande vitesse. Eytan règle le GPS sur l'adresse en Belgique, et intègre la circulation zurichoise en direction des grands axes autoroutiers.

Une fois sur la route, Jacky, décidément têtue, revint à la charge.

— Je crois que tu nous dois deux ou trois explications, pas vrai ?

Sans se faire prier, et comme il l'avait promis, Eytan entame son récit.

— Il y a un peu plus de six mois, la direction du MI6 a lancé une demande d'assistance à nos services. Un agent britannique sortait des dossiers relatifs à la Deuxième Guerre mondiale, entreposés dans les archives du Ministère de la Défense. Certains fonctionnaires arrondissent leurs fins de mois en fourguant de vieux rapports à des collectionneurs, voire des écrivains. Compte tenu de l'espace nécessaire pour le stockage de documents poussiéreux, aujourd'hui dépourvus d'intérêt stratégique, de nombreux chefs de service ferment les yeux, quand ils ne prélèvent pas leur commission. Mais dans ce cas précis, les Anglais jugeaient la nature des documents suffisamment importante pour réclamer notre aide.

Je vous passe les détails, mais suite à un interrogatoire « persuasif » de l'agent anglais incriminé, je me suis très vite retrouvé sur la piste d'un acheteur installé aux États-Unis.

— Persuasif… La perspective d'un tel entretien avec toi ne m'enchante pas trop, raille Jacky.

— Pas mieux, conclus-je, laconique.

— Je vous laisse à vos fantasmes… Bref, je débarquai peu après dans une villa cossue de Miami pour rencontrer un dénommé Robert Delmar, ressortissant américain, la cinquantaine, né de parents français installés en Floride au début des années 70. Les recherches sur le fils, à la tête d'un petit empire immobilier composé d'immeubles construits sur le front de mer, n'indiquaient rien de particulier. Le père, par contre, me valut une note enflammée de nos services de renseignements. Christian Delmar fut un membre éminent du régime de Vichy sous l'occupation allemande. Comme de nombreux collaborateurs, ou supposés tels, il occupa de hautes fonctions dans l'administration française de l'après-guerre. Il prit sa retraite en 1968 et émigra aux États-Unis deux ans plus tard. Jusqu'en 1980, il travailla comme consultant pour une société sud-américaine spécialisée dans le transfert de technologies de pointe. D'après Bob, son père était une belle ordure, cynique, manipulateur, dépourvu d'états d'âme. Le gamin est né avec une cuiller en or dans la bouche, mais s'est construit à la force du poignet, en dépit de l'écrasante figure paternelle.

— Il t'a déballé tout ça sous la menace ? demande Buffy sans se départir d'un sourire désarmant.

— L'entretien fut cordial et souriant. Rassurée ? répond Eytan, taquin.

— À part servir de psy, tu as appris des choses ?

Pour une fois, j'endosse le rôle du pragmatique.

— Bien plus que je ne l'aurais imaginé de prime abord. Mais laisse-moi y venir. Christian Delmar fit une attaque cérébrale en 1985. Il resta paralysé des membres inférieurs. Bob prit soin de lui, sa mère, elle, était décédée deux ans plus tôt. Le vieux tint le coup vingt ans de plus, et mourut en 2009 à l'âge respectable de cent trois ans, au grand soulagement du fils. Bob m'inspirait confiance, je lui déballai donc les soupçons pesant sur son père quant au trafic de documents. Sa réaction dépassa toutes mes espérances. Il m'emmena dans le bureau de feu son paternel, conservé intact à ses dires. La caverne d'Ali Baba ! Ce mec collectionnait les reliques du Troisième Reich. Il y en avait partout, drapeaux, photos, comptes-rendus, jusqu'aux plans de certains camps de concentration.

— Sympa…

Je sens un frisson d'angoisse me parcourir le dos.

— Tu l'as dit. Mais je connais assez les collectionneurs habituels pour affirmer qu'il ne s'agissait pas d'un regroupement d'objets basés sur une simple fascination malsaine. La plupart du temps, cela ne va pas plus loin que des assiettes, des couverts estampillés SS. Parfois, les découvertes sont de nature plus morbide. À titre d'exemple, il y a deux ou trois ans, je suis tombé sur un malade qui conservait des cahiers et des abat-jour en peau humaine… Mais, ici, la démarche ressemblait plus à une analyse systématique des méthodes, évolutions et techniques industrielles mises en place par les nazis. Bob me laissa gentiment explorer l'endroit. J'y passai une nuit entière à compulser les notes personnelles de Christian Delmar. Deux éléments en particulier attirèrent mon attention. Le premier concernait un carnet renfermant la transcription d'une visite à la prison de Landsberg en 1924. Interrogation surprise. Qui y occupait une cellule à l'époque ?

— Je serais tentée de dire Adolf Hitler, non ?

Jacky arbore le petit air de contentement de première de la classe toujours munie de la bonne réponse.

— Exactement. Il a rencontré le futur Führer en compagnie d'un homme, je suppose, dont seules les initiales figuraient dans le texte : A.E. D'après les annotations, ils étaient porteurs d'un message émanant d'un mystérieux Consortium, visant à accompagner Hitler dans sa quête du pouvoir. Vous pouvez imaginer ce qu'une telle découverte peut représenter pour le Mossad.

— Un organisme secret aurait aidé les nazis à mettre la planète à feu à et sang? Et tu y crois?

Je suis sur le cul.

— La question n'est pas d'y croire ou pas. Une piste, même absurde, se remonte, s'explore jusqu'à être validée ou écartée. Dans ce genre d'affaires, supposer est le plus sûr moyen de se faire baiser.

— Je vois…Et ta deuxième découverte?

— Delmar tenait un registre de ses transactions avec différents fournisseurs de « reliques ». La dernière ligne mentionnait mon agent britannique, mais surtout, la nature de l'acquisition. Une boîte ayant appartenu à Heinrich Himmler. Une foultitude d'annotations figurait sur la page. L'écriture du vieillard fut un enfer à déchiffrer. Au final, il apparaît que l'achat était réalisé pour le compte d'un tiers. En remontant un peu dans l'historique des achats, je découvrais une autre ligne similaire, mais cette fois pour une clef achetée à un Canadien nommé Stewart. Celui-là même qui croisa la route d'Himmler lors de l'arrestation de ce dernier. Toujours pour le même tiers.

— Et il s'appelle comment, ce tiers, je demande, au cas où, pour ne pas m'endormir.

— Corbin.

Loupé pour le sommeil…

— Papa?

Mon corps tout entier est secoué par un véritable électrochoc.

— Il était inscrit sur les registres sous le nom de Jeremy Dean. Une recherche effectuée par nos services sur les bases de données de différentes officines gouvernementales a révélé sa véritable identité. Si ton père est bien le lieutenant général Daniel J. Corbin, ancien gradé de l'US Air Force, entré à la CIA en 1986, en laissant derrière lui femme et enfant, alors oui, c'est de lui qu'il s'agit.

— Mais mon père n'avait rien d'un fanatique du nazisme. Enfin… pas dans mes souvenirs en tout cas.

Je me sens aussi mal que devant ma voiture, dans le parking de mon immeuble, et réfrène à grand-peine une terrible nausée.

— Qui a parlé de fanatisme ? Ton père n'a pas abandonné sa famille pour le simple plaisir de vivre une passion trop longtemps refoulée. Laisse-moi te raconter la fin de l'histoire, tu y verras plus clair. Bob m'a autorisé à prendre ce que je voulais. J'ai donc transmis les informations à mon supérieur pour un complément d'enquête mené depuis Tel Aviv. Les rapports privilégiés établis entre la CIA et le Mossad me valurent des réponses rapides, et de nouvelles interrogations. L'entrée de Daniel à l'Agence découlait d'une demande de protection dans le cadre d'une mission d'infiltration.

— Tu peux décoder, je ne comprends pas.

— Ton père est rentré à la CIA en tant qu'agent infiltré. J'ignore pourquoi. Mais il a jugé l'affaire suffisamment importante pour vous laisser, toi et ta mère, derrière lui. Les « infiltrés » bénéficient d'un traitement spécial pour tout ce qui touche à leur affectation et à leurs modes de communication. Ils peuvent disparaître durant un, cinq voire dix ans même, s'ils l'estiment nécessaire et refont surface lorsqu'il devient possible, ou urgent pour eux, d'agir. Tu en trouves dans les cartels de la drogue, dans les organisations terroristes, etc. Ce n'est pas un sacrifice anodin, car ils ne retrouvent presque jamais une vie ordinaire. Impossible, évidemment, de savoir quelle structure Daniel noyautait ou espérait noyauter. Par contre, nos contacts nous ont fait part d'un problème avec la liaison de ton paternel.

— C'est quoi ça encore, une liaison ?

Jacky prend le relais de la première leçon du parfait petit espion.

— On nomme ainsi le membre de l'Agence à qui un infiltré doit transmettre ses informations. Et quel était le souci ?

— Si je te dis importantes rentrées d'argent et sortie de données relatives à Corbin, ça te parle ?

Morg est content de son petit effet. Ce type aime s'écouter parler. Je veux en savoir plus, mais Jacky est plus prompte.

— L'agent a vendu son infiltré ?

— Oui, mais pas seulement. J'ai proposé aux Américains de faire le ménage moi-même en échange d'un rapport détaillé de mes découvertes et de l'assurance que le boulot serait fait proprement. Le mec s'appelait William Pettygrow. J'y suis allé au bluff en prenant contact avec lui dans un bistrot pour chasseurs des environs de Langley. Après quelques bières, je lui ai déballé que j'étais preneur d'informations concernant ton père. Il n'a même pas joué les étonnés et m'a dit qu'une femme lui avait déjà acheté des infos la semaine précédente. À deux mois de la retraite, il considérait que se constituer un petit pécule en balançant un type sans grande importance ne lui vaudrait pas de soucis. Il a fini par m'évoquer un message de Bernard Dean pour ton père confirmant l'ouverture d'un coffre en Suisse. Corbin n'a jamais pris connaissance de ce message.

— Et Pettygrow ?

— Pour une raison que j'ignore, son attitude à mon égard est devenue moins amicale. Le précédent acheteur a dû le mettre en garde sur mes intentions véritables. Aujourd'hui, il sert d'engrais pour conifères quelque part en Virginie. Je ne peux pas vous dire où avec précision, cela dépend des vents dominants. Voilà, vous en savez désormais autant que moi.

Chapitre 27

Quelque part entre Zurich et Zaventem, 23h30.

Nouvelle pause nicotine. À ma grande surprise, Eytan en grille une avec moi. À l'entendre, il ne fume que rarement et plutôt le cigare. Je le regarde, gigantesque, costaud, beau, mais je me demande à quoi il ressemblait enfant. Comment un gamin devient-il un tueur ? Comment franchit-il le pas qui sépare un homme ordinaire d'une machine à assassiner de sang-froid ?

Ses traits anguleux ne me laissent pas entrevoir le garçon qu'il a été. Et pourtant, sur cette aire d'autoroute triste, vide et paumée au milieu de nulle part, il m'apparaît fragile. Il a tombé l'armure, et j'aime ça.

Jacky sort de la voiture, elle baille et entame un étirement langoureux. Elle nous voit et sourit. Une agréable sensation. Une grande main se pose sur mon épaule.

— C'est une belle femme. Elle est drôle et intelligente.

La remarque me surprend, mais je suppose que c'était le but. Et puis, dans le désert affectif que devient ma vie, Eytan est ce qui se rapproche le plus d'un copain. Alors, je réponds honnêtement en laissant de côté mes protections habituelles.

— Je la trouve merveilleuse…

Eytan déguste chaque bouffée de la clope, recrache la fumée au ciel. Il se tourne vers moi et me lance un sourire.

— Elle se bat bien, elle est courageuse, mais elle manque cruellement d'expérience.

— Je m'en fous !

Mon ton outré provoque un éclat de rire complice, presque tendre. Il se penche vers moi et chuchote à mon oreille.

— Jay, je sais ce que tu ressens…

— Tu as quelqu'un, toi ?

Il jette son mégot et l'écrase, les yeux perdus vers l'horizon, puis se dirige vers Jacky. Je n'obtiendrai pas de réponse à ma question.

***

Eytan laissa le volant à Jacky et s'installa d'autorité sur le fauteuil passager. Jay en fut quitte pour s'allonger sur la confortable banquette arrière. Le jeune homme sombra vite dans un sommeil agité.

La route défila au rythme des questions assénées par le vétéran israélien à la jeunette de la CIA. L'interrogatoire portait sur les techniques de combat, les méthodologies de protection, rien moins qu'un contrôle exhaustif des connaissances.

Alors que Jacky répondait du tac au tac avec à propos et assurance, Eytan sentit une goutte de sueur perler sur son front. Il glissa ses mains, tremblantes, dans ses poches, le plus discrètement possible.

— Jacky, arrête-toi à la prochaine station-service, s'il te plait.

— Mais nous venons de faire une pause. Un besoin pressant ? soupira-t-elle.

— On va dire ça, oui.

Une vingtaine de kilomètres plus loin, la Lexus s'engagea sur une voie latérale, longea les pompes à essence, désertées en cette heure avancée de la soirée, et se gara face à l'entrée de la station. Eytan jaillit hors de la voiture et s'engouffra dans le bâtiment.

Jacky ne résista à pas à la tentation de secouer Jeremy qui se réveilla en sursaut et en hurlant « amour naissant ! ». Ce type était beau et pourvu d'un humour parfois drôle, mais souvent pénible. Elle devait l'admettre, elle le trouvait irrésistible.

— Eytan fait une escale technique. Si tu veux en profiter, ne te gêne pas, je vais appeler Bernard.

Il se redressa et étira ses jambes.

— Ça tombe bien, je voudrais lui dire deux mots. Je filerai pisser après.

Face à tant de classe, il devenait plus simple de lui résister...

Jacky saisit son portable et relança le dernier numéro composé. Elle brancha le haut-parleur. Après trois sonneries, la communication s'engagea.

— C'est moi, Monsieur. Les évènements se sont précipités et nous sommes en route pour la Belgique. Je profite d'un arrêt pour venir aux nouvelles et vous donner des informations fournies par Morg.

— Bonsoir Jacqueline. C'est très aimable à toi de m'appeler.

Jacky et Jeremy échangèrent un regard incrédule. Du haut-parleur montait une voix de femme mêlée à un bourdonnement entêtant.

— Qui êtes-vous ?

— Tu peux m'appeler Elena. J'entends un léger écho, j'en déduis que d'autres que toi et moi profitent de la discussion. Jeremy Corbin, ou Eytan Morg, à moins que les deux ne soient présents ?

— Passez-moi Bernard Dean, ordonna Jacky d'une voix blanche.

— Je crains que cela ne soit difficile, ma chérie, je viens de lui tirer une balle dans la nuque. Console-toi, il n'a pas eu le temps de souffrir. Ce fut un travail propre. Comme pour la mère de Jeremy.

Jacky retint un cri. Elle se figea sur son siège, perdue entre la stupeur, la colère et la tristesse. Jeremy s'approcha du combiné.

— Écoute-moi bien, salope. Nous allons mettre fin à tes plans foireux, et je te briserai la nuque à mains nues. Mais je ne te mentirai pas, ça ne sera pas un travail propre.

Un éclat de rire retentit à l'autre bout du fil.

— Monsieur Corbin, il n'y a rien de personnel là-dedans, ce sont les affaires. Mais je serais curieuse de vous voir essayer. Vous en aurez bientôt l'occasion, faites-moi confiance. Si vous survivez à notre prochaine escarmouche, bien entendu. À ce propos, vous ne devriez pas vous arrêter de rouler si longtemps, votre avance sur nos hommes se réduit…

Jacky se ressaisit et raccrocha. Elle laissa échapper une larme silencieuse. Elle tendit son portable, non sans en retiré la puce, à Jeremy.

— File chercher Eytan, et balance ça aux chiottes, grouille. Et dis-lui de jeter son téléphone aussi.

Il acquiesça et se précipita hors de la voiture à la recherche du géant.

Jacky, désormais seule, dégaina son flingue et en vérifia le chargeur. Elle en était certaine, le bruit de fond durant la conversation était celui d'un avion en vol. Alors qu'elle s'apprêtait à remettre le contact, une paire de phares fit briller le rétroviseur…

***

Je traverse la boutique sous les yeux bovins du caissier affalé derrière son comptoir. Il bouquine sans honte une revue pornographique spéciale « Gros Seins », signe évident que la clientèle nocturne se fait rare. Comble du raffinement, les haut-parleurs de la station diffusent *Sweet Emotion* d'Aerosmith.

Je longe trois distributeurs à café abandonnés pour la

nuit, mais certains de bosser dès les premières lueurs de l'aube.

J'ai la tête en vrac. La mort de Dean n'y est pas étrangère. Je n'ai pas vu mon père depuis plus de vingt ans. Je ne rendais visite à ma mère guère plus de dix fois par an. Bernard, lui, faisait partie de mon quotidien, et plus important : je l'aimais. Ma vraie famille, c'était lui.

Un long couloir mène à des tables couvertes des reliefs des derniers visiteurs : tasses en plastique, miettes de pain, emballages de sandwichs. La vaste salle donne sur une sortie arrière bloquée par de solides chaînes. Sur la droite, un corridor encadré de panneaux annonçant les toilettes. Toutes les lumières sont allumées. Il suffirait d'en éteindre la moitié, et de reproduire ce geste dans toutes les stations du continent, pour réaliser de substantielles économies et augmenter les bénéfices des grands groupes pétroliers. Ce qui aurait pour effet de faire grimper le cours des actions. Les réflexes professionnels ont la vie dure, on ne se refait pas…

Les parois au carrelage bleu pâle m'oppressent. Les odeurs entêtantes de nettoyant pour chiottes agressent mes narines. La seule animation sonore émane des filets d'eau clapotant sur la faïence des pissotières, au nombre de quatre sur le mur de droite. Autant de miroirs et de lavabos agrémentent le côté gauche. Et face à l'entrée, trois portes closes délimitent des cabines privées, pour la grosse commission. Pour les utiliser, il faut avoir une envie très pressante, et surtout être inconscient des risques de maladies inhérents à la propreté douteuse de l'endroit.

— Eytan ?

Je parle dans le vide. Je tends l'oreille au cas où des bruits de « tuyauterie » m'indiqueraient qu'il est trop occupé pour répondre. Rien. J'appelle à nouveau. Toujours rien. À la guerre comme à la guerre, je m'accroupis pour regarder sous les portes. Inutile de m'égosiller bêtement s'il n'est pas dans la pièce.

Coup gagnant, je vois ses pompes et son futal au premier essai, porte du milieu. Un truc me chiffonne. Il est là dedans depuis deux ou trois bonnes minutes et son pantalon n'est pas baissé sur ses mollets. En plus, il ne répond pas à mes appels. Pas normal. Pourvu qu'il ne lui soit rien arrivé. Je rentre dans les chiottes de droite et je monte sur le siège des toilettes pour surplomber la séparation. Je crains un instant de le retrouver avec une balle entre les deux yeux.

Eytan est assis sur la lunette. Je fais un bordel de tous les diables à essayer de ne pas perdre l'équilibre, et pourtant il ne bouge pas d'un iota. Dans sa main gauche, il tient une seringue vide. Lentement, il relève la tête et la tourne vers moi. Le moindre geste semble lui peser. Nos regards se télescopent. Ses pupilles sont dilatées, son teint blafard et ses lèvres cyanosées. La vision est glaçante. Je manque tomber et reprends contact avec le sol en évitant de peu de me tordre la cheville. Avant de partir, je balance le téléphone de Jacky dans la cuvette et tire la chasse d'eau.

Et merde, nos vies dépendent d'un camé…

Je ne m'attarde pas avec lui, il est hors service pour un bon moment ; Jacky saura peut-être quoi faire avec cette loque. Les problèmes s'accumulent dans de telles proportions que je n'arrive plus à penser. Tout se bouscule, s'entrechoque, la crainte d'une issue macabre me submerge. Je rebrousse chemin. Cette initiative me sauve la vie.

Arrivé dans la grande salle déserte, deux coups de feu retentissent à l'extérieur du bâtiment. D'instinct, je me courbe. Bonne idée. La troisième détonation fait voler en éclat la porte vitrée menant vers l'arrière de la station. Deux blaireaux, très semblables à ceux qui me couraient après dans mon immeuble, ont fait irruption dans le bâtiment et me visent avec des flingues. Pas le temps de tergiverser, je plonge en direction de la vitre explosée. Je me vautre sur le bitume au milieu des étincelles, des coups de feu et des débris de verre. Je me redresse comme je peux, et cavale comme un dingue vers les arbres qui entourent la station. Les cris derrière moi me laissent à penser que je suis suivi. Tant pis pour Eytan, qu'il se démerde s'il le peut. Quelle idée aussi de se faire un shoot dans un moment pareil !

Au milieu du chaos, une nouvelle chanson d'Aerosmith retentit : *Living on the Edge.* Le hasard fait bien les choses, ma vie tient effectivement sur le fil du rasoir.

Chapitre 28

Jacky louait la chance ainsi que les architectes paysagistes et leur volonté de conserver un espace arboré sur les aires de repos autoroutières. Le petit bois situé derrière la station fournissait une planque bienvenue face aux trois fumiers bien décidés à lui trouer la peau. Elle se jeta entre les arbres et avança accroupie, écartant les branchages à la recherche d'une solide protection. Dieu merci, les hommes n'étaient pas équipés d'armes automatiques. Ils n'auraient plus eu qu'à arroser la zone à la mitraillette pour la dégommer sans même s'en rendre compte. Mais là, une partie de cache-cache commençait, et depuis son plus jeune âge, elle excellait à ce petit jeu…

Deux choix s'offraient à elle : rester en mouvement et espérer que le sort la mette dans des situations favorables, ou bien se terrer et profiter d'une éventuelle désorganisation du commando. Elle se recroquevilla contre un tronc, contrôla sa respiration hachée, et chercha une solution à son problème.

Jacky rampa, comptant sur sa petite taille et sa vélocité pour improviser en cas de rencontre inopinée. À plat ventre sous les feuillages, elle repéra une chaussure et assura son tir. Elle pressa la détente à deux reprises. L'homme s'effondra lourdement au sol et lâcha une série de hurlements. Au mieux la balle avait fracturé le pied, au pire des orteils avaient été arrachés. Les cris du blessé apportèrent à Jacky leur lot de frissons. Dans le cas improbable où ce type survivrait à cette nuit, il demeurerait handicapé à vie. Quand la soif de vengeance vous saisit, une telle information s'avère réjouissante. Il lui restait encore deux ennemis opérationnels à combattre.

La jeune femme se concentra.

Les froissements des branches contre les costumes livraient à Jacky de précieuses indications quant à la position de ses adversaires. Soudain, des brindilles craquèrent derrière elle. Elle pivota, les deux mains sur son arme et tira d'instinct. Toujours en alerte, les abdominaux contractés, elle observa sa deuxième cible : cheveux courts, visage carré, yeux marron, la trentaine, plutôt bel homme. Bien sûr, le flingue qu'il tenait, et avec lequel il visait Jacky, atténuait son charme. Tout autant que la tache rouge maculant sa chemise blanche au niveau du plexus. Il tituba une poignée de secondes, puis bascula vers elle. Une roulade de côté lui évita d'être écrasée par quatre-vingts kilos de viande inerte. Encore un.

***

Saleté de réverbères! Le parking est vide, et sous les lumières artificielles, je fais une cible bien trop facile. Je cours comme un dératé, persuadé que chaque foulée pourrait être la dernière. Je tourne la tête pour voir où en sont mes poursuivants. Personne. Étrange. Deux coups de feu éclatent. Ce charmant regroupement d'arbres verdoyants est cerclé de tables et de tabourets en pierre prêts à accueillir les repas itinérants de vacanciers en transit. En journée, les enfants y batifolent gaiement et les chiens y défèquent avec allégresse. Mais, cette nuit, exprès pour ma venue, ce lieu de repos se transforme en champ de tir. À bien regarder la carrure du type qui me tourne le dos et scrute la végétation, je ne serais pas étonné que Jacky ne se retrouve coincée au milieu des végétaux. En espérant qu'elle ne soit pas blessée, voire pire.

Lancé à pleine vitesse, je prends appui sur le siège en pierre, puis sur la table, et plonge vers le mec. Dans les films, ça a l'air cool, le méchant ne voit rien venir, et tout se termine pour le mieux. Dans mon cas, le méchant m'a entendu arriver et s'est écarté d'un pas. Je me vautre par terre. Il me relève par les cheveux et colle le canon froid de son pistolet contre mon crâne.

— Mains sur la tête, et vite.

Il chuchote. J'obéis. Je reçois un coup de coude viril dans le creux des reins, façon peu cordiale de me contraindre à avancer en direction de la boutique. Je l'ai quittée en courant, j'y retourne en marchant.

Eytan hors service, Jacky aux abonnés absents, Bernard mort, je me sens terriblement seul…

Je traîne des pieds, pour le principe. Mon chaperon me pousse, pour le plaisir. S'il ne m'a pas tué, c'est qu'il veut me poser des questions. Sur le moment, l'idée est rassurante. La perspective d'un interrogatoire musclé m'apaise beaucoup moins. J'espère qu'il est moins compétent qu'Eytan dans le domaine.

Nous traversons la baie plus du tout vitrée et pénétrons dans la grande salle à manger. Le verre brisé craque sous nos pieds. Les haut-parleurs ne diffusent plus rien. À l'autre bout du couloir, le cadavre de l'amateur de revues pornos gît au milieu des présentoirs à sandwichs et friandises. Campé à côté du corps, un de deux tireurs s'apprête à m'accueillir. Devant l'entrée de la station, un 4x4 BMW attend, moteur allumé, portière passager ouverte. Nous passons au niveau des chiottes. J'espère que mon Israélien préféré n'a pas été découvert.

— À terre, Jay !

Un ordre sec claque en anglais. J'obtempère illico presto et plonge sur le carrelage sans réfléchir. En me retournant, je vois l'homme qui me suivait, un couteau planté dans la gorge. Derrière lui, Eytan le maintient avec vigueur contre son propre corps. Le pauvre type tente d'attraper le manche du poignard, sans succès. Le kidon saisit la main tenant le flingue et contraint le bras de son prisonnier à se lever. D'une violente pression sur l'index de la poupée gesticulant vainement, Eytan fait feu. Une fois. Le fracas émanant de la boutique ne laisse aucun doute, le coup a porté. Une seconde balle parachève le travail. Le géant se tourne vers moi. Une poussée vigoureuse sur le manche et la lame traverse le cou du tireur involontaire. Une coulée de sang jaillit de sa bouche.

La voiture garée devant la porte d'entrée démarre dans un crissement de pneumatiques. Eytan pivote vers la sortie arrière, et retire de sa poche un palet identique à celui utilisé dans la chambre d'hôtel zurichoise. Le vrombissement du moteur se fait entendre, la BM passe en trombe, la portière avant droite toujours ouverte. La petite rondelle noire fend l'air et se fixe sur le coffre de la bagnole. Une silhouette bondit des arbres et plonge à l'intérieur du véhicule. Eytan sort la télécommande de son explosif et presse le bouton. Une gerbe de flammes enveloppe l'arrière du 4x4, comme plaqué au sol par une force titanesque. La puissance de la déflagration, alliée à la vitesse du bolide, le soulève comme une fusée. La carcasse de métal monte à la verticale et effectue un salto arrière complet avant de retomber sur le toit.

L'impressionnante carrure d'Eytan et son crâne chauve se détachent au milieu du nuage de feu consumant la voiture. Il se dirige vers l'épave, non sans avoir dégainé son arme, un pistolet équipé d'un silencieux aussi long que la Winchester à canon scié de Josh Randall. Je cours à sa suite, mais le géant semble m'avoir totalement oublié. Il avance désormais, les deux mains sur son flingue pointé face à lui.

Quelqu'un tente de s'extraire par la fenêtre de la portière passager. Cette silhouette, je la reconnaîtrais entre mille.

— Eytan, ne tire pas, c'est Jacky !

Malgré mon avertissement, il ne change pas de position. À une vingtaine de pas, Jacky se traîne sur le bitume, à quatre pattes. Elle a l'air salement secouée, mais ne présente aucune trace de blessure apparente. Elle se redresse avec difficulté et se tourne vers nous. Je distingue mal son visage, mais sa taille et ses courbes ne laissent aucune place au doute.

— Eytan ?

Mais pourquoi il ne baisse pas son flingue, ce con ?

Jacky, adossée à ce qui reste de la voiture, nous regarde sans comprendre. Eytan presse la détente et vide son chargeur. Je n'arrive plus à respirer, Buffy s'accroupit instinctivement. Derrière elle, à l'orée du bois, un homme claudiquant la tient en joue et s'apprête à la plomber dans le dos. Les projectiles le traversent les uns après les autres, l'envoyant valdinguer vers les branchages avant qu'il ne s'écrase contre un tronc.

— Jeremy, tu seras bien inspiré de la fermer quand je vise, tu m'empêches de me concentrer.

Il termine sa phrase sur un clin d'œil à mon intention. Je retrouve mon souffle. Jacky aussi. Elle s'approche, couverte de terre, trempée de sueur. Sa veste en cuir est cramée par endroits.

— J'ai vraiment cru que tu allais me trouer sur place.

Elle vient de sauter avec une voiture, et elle plaisante. Cette fille m'épate.

— Je ne me permettrais pas. Quelle est la situation ?

Lui, par contre, ne rigole pas.

— Trois ennemis sur mon dos. Un descendu dans les arbres, un deuxième blessé au pied et terminé par tes soins à l'instant. Plus le chauffeur que j'avais assommé pour l'interroger. Mais là c'est mal barré. Et vous deux ?

Eytan rengaine son impressionnant pistolet.

— Ils ont abattu le gardien de la station. Un ennemi est mort dans la boutique, et un autre face aux toilettes, plus la voiture *out*. Dieu merci, aucun civil n'a débarqué. Au moins, nous avons évité un carnage.

Je jette un œil à la ronde. Une bagnole à cent mille dollars, garée sur son toit, fume comme une saucisse sur un barbecue. Quelques mètres derrière, un cadavre truffé de balles fait un gros câlin à un tronc d'arbre. Je me retourne vers le bâtiment. Un corps repose sur un tapis de verre brisé dans la cafétéria, un couteau dans la gorge. Mon regard se porte plus loin, vers le fond du couloir. Le malheureux gus qui bossait au mauvais endroit au mauvais moment est allongé à côté du dernier salopard. Autour d'eux, des paquets de chips et de confiseries tapissent le sol.

Et l'autre malade pense qu'on a évité un carnage…

Chapitre 29

Nous filons bon train. Le GPS indique environ quatre heures de route. Je n'aurai rien vu de la Suisse. Dommage, le pays semblait joli. J'aimerais me dire que je le visiterai lors d'une prochaine visite. À supposer qu'il y en ait une.

Jacky dort sur la banquette arrière. La mort de Bernard et la fusillade l'ont sonnée. Nous sommes tous groggy. Même Morg est affecté. Ces deux-là se connaissaient mieux que le barbouze veut bien l'admettre. Il nous en parlera peut-être en temps et en heure. Mais j'aimerais savoir. Et la formidable pause toilettes n'a rien arrangé. Pour le moment, il conduit, concentré sur la route. J'ai besoin de parler. Tant pis pour lui.

— Et à part le boulot et la défonce, tu fais quoi de tes journées ?

Pas de réponse. Pas de bol mon grand, je suis têtu.

— Allez, le temps passera plus vite en papotant, tu ne crois pas ?

Il soupire.

— Quand je ne suis pas en mission, je peins.

Je ne peux pas me retenir.

— Ça te fait rire ?

— Je t'imagine assis sur un tabouret face à une vallée verdoyante ou une montagne enneigée, avec ta palette de couleurs et ton pinceau en main. Excuse-moi, mais vu ta dégaine et ton gabarit, c'est marrant !

— Si le but est de se foutre de ma gueule, le voyage va

te paraître très, très long…

Il se renferme.

— Oh, y a rien de mal à rigoler un peu. Bon, regarde, j'arrête.

J'explose de plus belle. Pourquoi les fous rires frappent-ils toujours quand il ne faut pas ?

— Et toi, à part rentrer de boîte bourré au volant, tu fais quoi ?

Coup bas. Salopard. À bien y réfléchir, je suppose que je l'ai mérité.

— Je tente de survivre. J'ai bien pensé à me flinguer, mais je ne peux pas, trop lâche. Alors je picole, je fume comme un pompier. Je me détruis à petit feu, quoi.

— Le suicide n'est pas une preuve de courage, mais d'abandon. Des erreurs, des fautes, nous en commettons tous. La force d'un homme ne se mesure pas au nombre de coups qu'il peut donner.

— Et à quoi la mesure-t-on, Monsieur Freud ?

— Au nombre de coups qu'il peut recevoir…

Ses mots me frappent comme des uppercuts. Je commence à comprendre.

— Tu en as pris beaucoup, n'est-ce pas ?

Il met de longues secondes à répondre.

— Plus que tu ne saurais l'imaginer.

Pourquoi ne suis-je pas surpris ? J'en aurais mis ma main à couper, ce mec en a vu des vertes et des pas mûres.

— Comment fais-tu ?

— Je te demande pardon ?

— Pour tuer tous ces types aussi facilement. Comment fais-tu ?

— Qui t'a dit que c'était facile ? répond-il dans un long soupir.

Le silence s'installe, pesant et lourd. Mes questions semblent embarquer Eytan sur une mer agitée dont il préférerait certainement éviter les remous. Je remonte à l'assaut.

— Je t'ai vu tuer deux mecs dans mon immeuble. Jacky m'a raconté comment tu avais éliminé les types qui s'en prenaient à elle. Et maintenant, le massacre dans cette station-service. Tu ne trembles pas, tu n'hésites pas. Si mes comptes sont exacts, tu as buté huit personnes en moins de 24 heures…

— À mon avis, le total est plus près de dix, soit un mort toutes les trois heures depuis que tu m'as rencontré.

Il regarde l'horloge digitale du tableau de bord.

— Encore une heure et il me faudra tuer quelqu'un d'autre, pour maintenir ma moyenne.

Eytan pense peut-être que l'humour le tirera de ce mauvais pas. Ma mine déconfite balaye instantanément son fol espoir.

— N'espère même pas t'en tirer ainsi. Je répète ma question. Comment fais-tu ? Et je veux une réponse, j'ai besoin de réponses !

Le ton est monté malgré moi.

— Pourquoi ? Savoir t'avancera à quoi ? Je te fais fantasmer ? La mort te fascine, ou l'idée de tuer t'excite ? À moins qu'elle ne te répugne. Et dans tous les cas, que veux-tu que je dise ? Oui, je tue. La mort est mon métier. Je dois veiller sur toi, c'est ma mission. Estime-toi heureux de ne pas être mon ennemi.

— Tu ne me réponds pas.

— Mais merde, qu'est-ce que ça peut te foutre à la fin ?

— Je veux comprendre qui tu es ! Ça t'étonne ?

Eytan tourne brusquement le volant, dirigeant la Lexus vers la bande d'arrêt d'urgence de l'autoroute. Une fois à l'écart de la voie rapide, il pile et pivote vers moi.

— Écoute-moi bien, ducon. J'ai menti en répondant à Jacky que je bossais seul. Je porte des siècles d'oppression sur mes épaules. Et j'ai une armée derrière moi. Une putain d'armée. Six millions de femmes, d'hommes et d'enfants exterminés en l'espace d'une poignée d'années. Et je ne te parle pas des homosexuels, des tziganes et des autres victimes de la haine et de l'ignorance. Je m'interpose entre les fous et les innocents. Je tue pour qu'on ne meure plus. Voilà pourquoi je ne tremble jamais, je n'hésite jamais et je ne regrette jamais. Si je faillis à ma tâche, les martyrs de la Shoah seront morts en vain. Les loups se tapissent dans l'ombre. Je les débusque, et s'ils désirent en découdre, je règle définitivement leur cas. Tu veux savoir précisément qui je suis, Jeremy ? Je suis un rempart !

Le silence seul subsiste. Eytan déploie d'énormes efforts pour s'exprimer calmement, sans éclat de voix. La gravité du discours se suffit à elle-même. Gêné, je joue maladroitement avec mes doigts, la tête basse, le regard figé sur mes pieds. Le coup a porté.

La voiture reprend sa route. Jacky dort toujours, imperturbable. Elle est jolie.

— Et si il y avait des Pettygrow au sein du Mossad au même titre qu'à la CIA ?

La question se veut provocatrice, mais elle n'est pas si bête. Il hoche la tête.

— Compte tenu des liens semblant exister entre notre énigmatique adversaire et les nazis, je ne vois personne chez nous susceptible de s'allier à lui.

— Bien sûr. Vous formez une grande famille et vous faites front commun face aux agressions, n'est-ce pas ?

— Je ne saurais mieux le dire. As-tu la moindre idée du nombre d'ennemis que possède l'État d'Israël ? Sans une solidarité indéfectible, notre pays serait un champ de ruines.

Eytan me répond avec une pointe d'ironie. Le discours officiel a été bien appris, mais je ne suis pas totalement inculte.

— Rappelez-moi agent Morg, qui a tué Yitzhak Rabin ?

Eytan me jette un regard en coin qui ne trompe pas : je l'ai coincé ! Sa mâchoire se contracte par à-coups.

— Et durant la Seconde Guerre mondiale, certains Juifs n'ont-ils pas collaboré de leur plein gré avec les nazis ?

Il tourne lentement sa tête vers moi. Le mouvement paraît pénible. Ses traits sont tirés.

— Si, Jeremy, et je le sais mieux que quiconque…

JOUR 4

Chapitre 30

Berlin, mai 1945.

Andreï Kourilyenko n'en croyait pas ses yeux. Les notes des renseignements, toujours très laconiques, évoquaient une destruction de Berlin allant de 30 à 70% selon les quartiers de la ville. Mais où se trouvaient donc les zones intactes ? La capitale allemande n'était plus qu'un décor de cinéma où seules restaient debout quelques façades d'immeubles éventrés par les bombardements. Les rues jonchées de cadavres des membres de la *Volkssturm*, les dernières poches de résistance composées de civils, enfants compris, empestaient la charogne.

Le convoi transportant les administratifs soviétiques circulait de nuit. À la lumière des phares des camions, Andreï devinait des silhouettes fuyant devant les uniformes de l'Armée Rouge. Il entendait claquer des détonations dans les ruelles. Le châtiment s'abattait sans distinction sur le peuple allemand. Le tribut serait lourd, douloureux. Les millions de morts causés par l'opération *Barbarossa* ne se relèveraient pas en martyrisant Berlin et sa population. Comme si l'absurdité de la guerre ne se suffisait pas à elle-même. Comme si la sauvagerie des vainqueurs effaçait la barbarie des perdants…

Quelle connerie, se dit-il.

Formulée à voix haute, cette réflexion lui aurait valu le peloton d'exécution dans l'heure. À l'instar de nombre de ses camarades qui n'en pensaient pas moins, il se rappela que Staline partageait avec Hitler un goût prononcé pour les purges. Sous les deux régimes, se taire restait la seule recette fiable pour prolonger son espérance de vie. L'Allemagne possédait son Führer, les Soviétiques disposaient d'un *Vojd*, autrement dit un guide. Trouver une différence relevait de la gageure.

Andreï vivait caché dans les alcôves feutrées de l'administration scientifique. Sa femme Sonya et leur jeune fille ne connaissaient des combats que ce que la propagande d'état voulait bien en dire. À Moscou, sa mission consistait à ficher les noms des chercheurs et à traduire, si possible, la teneur de leur travaux en langage compréhensible pour un néophyte. Dix ans à l'université et de sérieux diplômes lui garantissaient la sécurité de l'emploi. Un œil mort des suites d'une maladie neurologique lui valait de ne pas participer plus activement à l'effort de guerre. Ce handicap était très vite devenu un atout pour sa carrière. Dans un monde de terreur, son allure collait au décor. Toujours tiré à quatre épingles, ses cheveux grisonnants impeccablement coiffés en brosse, il portait des lunettes dont le verre droit noirci masquait son globe oculaire déficient. Il inspirait la peur à ses collègues. Une couverture idéale pour ce grand timide, passionné de musique classique et de littérature française. De tels centres d'intérêt, typiquement « tsariens », nécessitaient la plus absolue discrétion tant ils se devaient de rester secrets.

Enfoncé dans le siège de la voiture noire, Andreï sursauta lorsqu'une femme traversa la route comme une furie, manquant de se faire renverser. Il remarqua ses vêtements déchirés et aperçut un sein. Puis deux hommes passèrent à sa poursuite. Les viols s'ajoutaient aux pillages et aux exécutions sommaires. Vaincre les nazis était une chose, mais le sang versé ici ne ramènerait pas les millions de victimes russes. Comme toujours les services de propagande occulteraient les exactions et transformeraient la réalité en ode à la gloire de Staline.

Il comprenait la soif de vengeance, mais n'avait aucune envie d'en être témoin et encore moins complice.

Mais sa mission ici procédait d'une autre dimension de la guerre. La débandade générale des dignitaires nazis sonnait le début d'une gigantesque braderie planétaire. Les Anglais, via leur MI6 profondément infiltré au sein de l'*Abwehr*, déployaient déjà des ponts d'or aux scientifiques allemands. Rien de comparable cependant avec les moyens colossaux mis en place par les États-Unis dans le cadre de l'opération *Paperclip*. Depuis plusieurs mois, Andreï suivait les actions américaines visant à exfiltrer des « cerveaux » allemands. Le gros coup datait de trois semaines à peine, avec « l'acquisition » de Wernher Von Braun, le spécialiste astronautique, parti pour le nouveau continent avec nombre de ses collaborateurs. Fou de rage, Staline avait ordonné au Département 7 du NKGB, les services secrets soviétiques, de récupérer les scientifiques restants sous peine de représailles définitives. En clair, l'échec vaudrait au mieux un séjour sibérien et au pire, le peloton d'exécution aux responsables de la section.

Et voilà comment Andreï se retrouvait en plein cœur de l'enfer, entouré de soldats rustres et en majorité analphabètes. L'Union Soviétique voulait un coordinateur formé au langage des sciences. Et il avait fallu que cela tombe sur lui !

Les trois voitures et les deux camions poursuivaient leur avancée au cœur des ruines. Enfin, elles arrivèrent en vue du parlement allemand. De puissants projecteurs, posés dans les gravats cernant le bâtiment, balayaient ciel et terre. La magnificence architecturale du Reichstag n'avait su résister au pilonnage de l'Armée Rouge. Andreï avisa un arbre calciné, planté au milieu d'un amas de métal et de pierres. En tournant la tête, il croisa les débris d'un Messerschmitt dont seuls le moteur et l'hélice demeuraient intacts. Il leva les yeux au ciel, et découvrit le dôme du palais, éventré. Hélas, ils arrivaient par le côté sud et n'apercevaient pas le drapeau planté quelques jours plus tôt, symbole de l'absolue victoire. Trois monstrueux blindés stationnaient devant le parvis parsemé d'impacts d'obus et de monceaux de verre brisé, vestiges des gigantesques fenêtres soufflées par les déflagrations.

Le convoi s'immobilisa derrière les tanks. Andreï descendit du véhicule, pas mécontent de quitter le taciturne chauffeur avec lequel il s'était copieusement ennuyé ces dernières heures. Six hommes en uniformes, sa garde personnelle, sortirent à leur tour des deux autres voitures. Quinze secondes plus tard, sept cigarettes s'allumaient quasi simultanément. Quelques minutes après, les mégots s'amoncelaient aux pieds des militaires. Les plaisanteries volaient bas sur la chute du régime nazi. Évoquer les problèmes des autres évitait d'aborder des sujets propres à l'Union, gages de malaise et de suspicion.

Andreï repensa aux termes exacts de sa tâche. Les services secrets rencontreraient une vingtaine de chercheurs et ingénieurs durant la nuit, aux alentours du Reichstag. Les rémunérations et avantages offerts dépendraient de la classification établie par ses soins. À la demande de ses supérieurs, il avait mis l'accent sur les spécialistes de la propulsion. Viendraient ensuite les experts en armement. Le reste bénéficierait de traitements moins confortables. Mais compte tenu de la situation, peu valait mieux que rien. L'anéantissement de l'Allemagne servirait donc à cela : contraindre les survivants à se satisfaire de peu. Et pour les vainqueurs, la récolte s'effectuerait à bon compte. Peu importaient les méfaits des hommes et femmes recrutés, ou leur niveau d'implication dans le régime nazi. Cette pensée glaça Andreï. La vengeance, la soif de liberté et les idéaux s'évanouissaient devant les bénéfices colossaux réalisables. Churchill, Roosevelt, Staline, De Gaulle, aucun n'échappait au pragmatisme désincarné des intérêts économiques et militaires. Un nouvel ordre mondial verrait le jour sous peu. La bataille pour la première place s'annonçait féroce et technologique.

Des hurlements vinrent interrompre les réflexions du commissaire Kourilyenko. Sur le parvis du parlement dévasté, une cinquantaine de militaires en armes organisaient une transhumance malsaine. Les injonctions en allemand claquaient à chaque seconde. Au milieu du parc formé par les soldats, vingt hommes se tenaient serrés les uns contre les autres. Certains portaient des blouses sous lesquelles apparaissaient des uniformes, de la *Wehrmacht* comme de la SS. D'autres étaient en haillons. Tous transpiraient la peur. Tous, sauf un, le plus jeune. Il ne pouvait avoir plus de trente ans. Sa tenue civile, impeccable, tranchait dans ce paysage de désolation. Mains dans les poches, l'incongru personnage toisait l'assemblée avec une morgue surprenante.

Andreï et son cortège montèrent les marches les séparant du troupeau terrifié.

— Messieurs, je vous prie d'excuser la rudesse de nos soldats. Soyez assurés qu'aucun mal ne vous sera fait. À compter de ce jour, vous travaillez pour l'Union Soviétique. Nous tirons un trait sur vos rapports avec le régime nazi. Vos familles et vous-même bénéficierez de conditions de vie confortables tant que vous exercerez vos fonctions sans rechigner.

Andreï parlait un allemand proche de la perfection. Seule l'absence de pratique lui conférait un léger accent russe. L'avantage d'avoir passé ses jeunes années dans la branche bavaroise de sa famille, largement cosmopolite.

Le ton affable, employé à dessein, et l'absence d'hésitation dans le phrasé produisirent l'effet escompté. Les hommes se détendirent.

— Je vais procéder à un appel. Lorsque vous entendrez votre nom, vous irez vers les trois voitures garées en contrebas. Un agent du NKGB vous détaillera les conditions de notre collaboration ainsi que les termes de votre rémunération et le lieu de votre affectation. Vous serez ensuite regroupés dans un camion qui vous transportera vers une base soviétique. J'insiste sur la qualité de l'opportunité qui vous est offerte. Tout refus entraînera une arrestation et vous devrez répondre de vos actes devant les tribunaux. Suis-je clair ?

Une série de hochements de tête vint confirmer la bonne compréhension de l'auditoire. Tout se déroulait pour le mieux et la mission s'avérait moins compliquée que prévu. Les proies n'avaient de toute façon pas vraiment le choix…

L'appel commença. Scientifiques et ingénieurs défilaient à tour de rôle. L'ambiance devint presque cordiale. Andreï se félicita des largesses accordées par Staline et ses sbires. Obliger ces hommes à travailler sous la contrainte absolue entraînerait la perte de leur savoir-faire. Ou pire, les enverrait directement vers les Occidentaux qui les accueilleraient à bras ouverts.

Au fur et à mesure, les camions de transports garés à une centaine de mètres se chargeaient. Enfin, vint le tour de la dernière « recrue ». Un généticien et chimiste, sur lequel Andreï ne disposait de quasiment aucun renseignement hormis son cursus universitaire.

— Bleiberg, Viktor.

Le jeune homme s'avança, sans hâte.

— Vous avez étudié avec le professeur Hahn, impressionnant. Recherches sur les radiations, sujet sensible. Nous vous fournirons de quoi continuer vos travaux.

Ils commencèrent à se diriger vers le convoi.

— Je ne pense pas, répondit Bleiberg sans même un coup d'œil pour Andreï.

— Vous préférez un procès ?

La question lorgnait vers la menace voilée.

— Non plus. Mais voyez-vous, je n'en suis plus au stade des expériences, et d'autres que vous requièrent mes services.

Ils stoppèrent leur marche. Cette fois le duel de regards eut lieu.

— Mais vous êtes entre nos mains. Qui viendrait vous chercher maintenant ?

Bleiberg se fendit d'un sourire mauvais. Et désigna du menton les véhicules.

— Eux !

Tournant la tête, le commissaire Kourilyenko fut pris d'un haut-le-cœur.

Autour des voitures et des camions, des cadavres s'étendaient sur le sol. Ses soldats gisaient dans leur propre sang. Le « butin » se retrouvait tenu en joue par une dizaine d'hommes cagoulés, vêtus de noir de la tête aux pieds. Aucun bruit, aucune agitation n'avait accompagné le carnage.

Andreï posa les mains sur l'étui de son arme, mais ne put dégainer. Il sentit la froideur typique d'un canon presser sa tempe. Bleiberg souriait à pleines dents. Le scientifique se rapprocha d'Andreï et entreprit de réajuster l'uniforme du commissaire politique avec une précision millimétrique.

— J'aimerais vous dire que le hasard vous a joué un vilain tour. Hélas, la fatalité n'entre pas en ligne de compte. Permettez-moi de saluer la pertinence de la liste établie par vos soins en dépit de la razzia effectuée par les Américains. Ils ont su se montrer plus filous et rapides que vous autres Soviétiques. Mais grâce à votre finesse d'analyse, Staline s'apprêtait à poser ses sales mains sur d'éminents professeurs, ingénieurs et techniciens.

Secoué comme une poupée, le Russe parlait d'une voix blanche.

— Vous connaissiez l'opération ? Vous travaillez pour les États-Unis ?

Bleiberg colla ses lèvres à l'oreille d'Andreï et chuchota.

— Je fais partie d'une organisation internationale pour qui les frontières, les drapeaux, et le patriotisme importent peu. Quand nos informateurs nous ont fait part de votre sélection, je l'ai trouvée remarquable d'intelligence. Elle témoignait d'excellents choix militaires et d'une superbe vision industrielle.

— Je suppose que maintenant vous allez m'éliminer ?

— Vous éliminer ? Vous êtes loin du compte, Kourilyenko. Je viens très exactement accomplir votre mission.

Tétanisé depuis le début de la discussion, Andreï manqua tomber à la renverse.

— Plaît-il ?

Viktor Bleiberg saisit la main droite du commissaire soviétique, tétanisé par la surprise.

— Mon cher commissaire, c'est moi qui suis venu vous recruter.

Chapitre 31

Zaventem, Belgique, samedi.

L'adresse indiquée sur la carte correspondait à une étroite rue marchande du centre-ville. Intrigué, Eytan se gara devant une pizzeria dont l'auvent arborait les couleurs du drapeau italien. À cette heure tardive, bientôt quatre heures du matin, le centre bourg ne regorgeait pas d'animation. À deux ou trois voitures près, ils n'avaient pas croisé âme qui vive. L'éclairage urbain ne présentait aucun caractère indispensable tant cette petite ville semblait fantomatique et triste. Coincée entre le Ring, le grand anneau routier reliant Bruxelles et sa périphérie, et l'aéroport international, la cité-dortoir ne débordait guère de charme.

Le décalage horaire, la fatigue nerveuse et physique avaient eu raison de Jeremy. Il dormait à poings fermés depuis deux bonnes heures. La première bourrade assénée par Eytan le tira de son sommeil. Jacky eut droit à un réveil légèrement moins brutal.

Une petite minute plus tard, les trois acolytes arpentaient le trottoir. À l'affût du moindre mouvement, ils progressaient avec prudence. Un guet-apens dans une voie aussi étroite aurait des conséquences moins gérables que l'incident de la station-service. Tandis que Jeremy marchait, encadré par les deux agents, une voiture s'engouffra dans la rue. Eytan agrippa le trader par l'épaule et le tira vers le renfoncement d'un distributeur automatique. Jacky se cacha derrière un véhicule parqué là, une main sur la crosse de son arme.

Oubliée la décontraction de façade affichée par le kidon. Ils approchaient du but, Eytan le sentait, et rien ne devait être laissé au hasard jusqu'au dénouement de cette sinistre histoire.

La petite Toyota rouge tourna à gauche au premier embranchement. Fausse alerte. Ils reprirent leur progression. Enfin, ils s'immobilisèrent face au numéro 22 et échangèrent des regards incrédules devant la nature de l'endroit, une librairie au nom évocateur : « Deep Zone». En devanture, des posters de mangas présentaient des héroïnes futuristes aux courbes avantageuses, quoiqu'un peu exagérées. Des bandes dessinées et des romans se mélangeaient en un patchwork de couleurs, de formes et de titres improbables. La devise inscrite sur la vitrine explicitait sans peine la sélection du libraire : « Le Temple de l'Imaginaire ». La présence de vieilles boîtes de *Donjons et Dragons* n'avait plus rien d'étonnant. Un rideau empêchait toute visibilité vers l'intérieur. Eytan vérifia trois fois les coordonnées figurant sur la carte, recula dans la rue pour confirmer le numéro de l'immeuble, chercha du regard la plaque indiquant le nom de la voie et dut se rendre à l'évidence : ce rendez-vous pour adolescents attardés jouerait probablement un rôle déterminant dans leurs trois existences.

Jeremy, lui, était au comble de l'excitation. Il pointait du doigt les boîtes de jeux de rôles, véritables collectors des années 80 à l'en croire, et infligeait à Jacky un exposé détaillé sur l'historique d'un jeu qu'il avait lui-même pratiqué avec assiduité dans sa prime jeunesse. Ne sachant trop quoi faire, la jeune femme hochait poliment la tête, priant en silence pour que le kidon décide au plus tôt de la marche à suivre.

— On entre! ordonna Eytan, tout en se penchant sur la serrure de la porte.

Jeremy répondit par un cri de joie, preuve de son

assentiment.

Jacky remercia le ciel de lui offrir une pause dans la logorrhée verbale du *geek*.

Quinze secondes plus tard, le mécanisme rudimentaire cédait sous les assauts répétés de la carte de crédit maniée par les doigts agiles de l'agent israélien. Il entra seul, examina le pourtour de la porte et suivit des yeux le trajet des fils reliés au contacteur fixé sur le chambranle. La conclusion de l'expert arriva vite. Le semblant d'alarme installé dans ce magasin devait être hors service depuis plusieurs années. Le rideau, un simple pan de tissu noir et épais, n'offrait aucune sécurité. En même temps, qui aurait l'idée de venir dérober quoi que ce soit dans un tel capharnaüm ? Quant au tiroir-caisse, il ne voyait sans doute passer que peu de monnaie.

L'autorisation de pénétrer dans la boutique se matérialisa par un sifflement strident. Jacky se posta aux côtés d'Eytan et, tout comme lui, posa les mains sur les hanches. Peu large, l'échoppe s'étendait en longueur sur une vingtaine de mètres. D'immenses étagères couvraient les murs, regorgeant toutes de romans, BD, jeux et figurines hétéroclites, de *Star Wars* au *Seigneur des Anneaux*. Les livres se comptaient par milliers. La centaine de mètres carrés comptait plus de documents qu'une salle d'archives du Mossad !

— Voilà. Nous ignorons quoi chercher dans un bazar qui renferme, au bas mot, un million de pages. Sept heures de route pour se retrouver dans cette situation…

— Eytan, on pourrait peut-être fouiller un peu, regarder si nous ne trouvons pas une cache. Il y a une porte au fond, c'est certainement une réserve. Allez, on se bouge. Jeremy, tu fais quoi ?

Le trader, excité comme une puce, sautait sur place à pieds joints et brandissait un petit livre.

— C'est de la folie cette boutique, j'adore ! Tenez, ils ont même la première édition des *Livres dont vous êtes le*

Héros en anglais. Il y en a pour une fortune ici. Je n'ai pas vu tous ces machins depuis que j'étais môme. Le délire!

Eytan se pencha vers Jacky.

— Si je lui en colle une, ça te dérange beaucoup?

Elle fronça les sourcils et serra les poings.

— Tu veux que je le tienne?

Une heure et un gros recadrage verbal plus tard, tout le monde s'affairait dans ce qu'Eytan appelait affectueusement « le temple des débiles ». Pendant que les deux agents secrets fouillaient un peu au hasard à la recherche d'une cache, Jeremy, assis derrière le comptoir, mâchonnait un stylo les yeux fixés sur une feuille de papier. Il y avait recopié la suite de chiffres constituant le code noté à l'arrière de la photographie. Des brouillons s'entassaient à côté de la caisse enregistreuse. Jusque-là, les colonnes, tableaux et grilles ne débouchaient sur rien.

Les fins rais de lumière émanant des réverbères plongeaient le magasin dans une semi-pénombre peu propice aux recherches.

Il s'écoula encore un quart d'heure avant que Jeremy ne hèle ses compagnons.

— Hey, les vedettes, stoppez tout, j'ai trouvé! Quel vicelard le paternel…

— Ou sérieusement paranoïaque, comme tous ceux qui utilisent des codes, répondit Jacky.

Agacé par le temps dépensé en vain, Eytan évita toute remarque acerbe ou ironique. L'heure n'était plus à la plaisanterie. Jeremy brandissait une page noircie de chiffres et de lettres dans tous les sens.

— Trois prénoms, Jeremy, 6 lettres, Daniel J. 7 lettres, Ann, 3 lettres, et des nombres à rallonge sur trois lignes. Après m'être trituré les méninges, j'ai appliqué la clef donnée par les prénoms aux suites de chiffres et aux quatre lettres soit : 6 pour la première ligne, 7 pour la deuxième et 3 pour la dernière. Donc, avec la clé « Jeremy », le A, première lettre de l'alphabet, devient un 7 : 1+6. Facile. Et à partir de là, tout colle.

Eytan et Jacky envisagèrent le trader avec des yeux neufs. Décidément, l'esprit de ce garçon était bâti pour les mathématiques.

— Bon, alors, nous cherchons quoi ? demanda la petite blonde.

— *La Chevauchée des Justes*, Éditions des Noirs Secrets, 1965.

— Ah oui, effectivement, nous pouvions tâtonner longtemps, lâcha Jacky avant d'entamer l'examen des tranches de chaque livre présent sur les rayonnages à la recherche de ladite collection et dudit bouquin.

Eytan soupira de soulagement en extrayant de la plus haute étagère, située au fin fond du magasin, trois exemplaires du fameux roman. À moins de mesurer deux mètres ou de disposer d'un escabeau, il était impossible au public d'accéder à l'ouvrage.

— Voilà, j'en ai trouvé trois. Il est signé d'un certain Thomel Gevoust. Jamais entendu parler.

Le papier jauni des couvertures attestait de l'ancienneté des parutions. En ouvrant chaque livre à la dernière page, il ne fallut pas longtemps pour identifier la bonne édition. Le volume fut examiné sous toutes les coutures, sans résultat. Eytan entreprit donc de le feuilleter à la recherche d'un nouvel indice. Il finit par tendre l'ouvrage à Jeremy, et s'adossa à une étagère en se massant la nuque.

— Il va falloir se taper tout le livre pour trouver quoi que ce soit. À supposer qu'il y ait quoi que ce soit à trouver.

— Tu n'aimes pas lire ou tu ne sais pas ? railla Jeremy, tout en compulsant le bouquin.

Eytan, à cran, ne goûta pas le trait d'humour.

— Que tu es drôle…

Le jeune homme ne décollait pas ses yeux de l'ouvrage.

— Oui, merci. Mais je suis surtout très fort, et je vais encore nous faire gagner des plombes !

— Et pourquoi donc ?

— Parce que si tu ne lis que les têtes de chapitre, tu te rends très vite compte qu'à partir de la page 120, ce sont les notes de mon père qui sont imprimées…

Chapitre 32

« 8 septembre 1985. Une mission de routine qui tourne au fiasco n'est pas rare. Mais pourquoi récompenser le responsable de ladite mission au lieu de le blâmer ? Ma hiérarchie me bombarde lieutenant général et me colle dans un service en charge de l'administration des rotations aériennes. En gros, on appelle cela un placard doré. Je ne peux m'empêcher de m'interroger sur ce qui s'est produit ce jour-là.

Les opportunités de prendre les commandes d'un avion de chasse diminuaient à mesure que ma carrière progressait. Les étoiles sur un uniforme ne remplaçaient pas l'excitation du vol, loin s'en faut.

Alors quand ma hiérarchie me demanda de désigner trois pilotes chevronnés de la base de Langley pour une mission d'essai, je ne pus résister à la tentation de me placer d'office sur la liste. Le chasseur F16 représentait le fleuron de la flotte américaine. Et pour l'occasion, il serait équipé d'un système de visée révolutionnaire. Le décollage se faisait de Fort Lauderdale, en Floride.

Après des mois de profond ennui ponctués de luttes politiciennes et de lourdeurs administratives, une telle offre ne se refusait pas. De plus, retrouver la compagnie de coéquipiers potaches, incapables de me saluer sans lâcher une ou deux vannes bien épaisses, me ferait le plus grand bien. Je suis entré dans l'armée par amour de mon pays.

J'y restais pour l'esprit de camaraderie qui prévalait dans l'Air Force. La passion de l'aviation créait des liens forts entre des personnalités non moins fortes. Plus d'une fois les règles avaient été enfreintes, pour tenter une manœuvre audacieuse ou par goût de la compétition. Les huiles nous pardonnaient beaucoup tant qu'aucun dégât n'était à déplorer. En cas de casse par contre…

Plus encore que le modèle de l'avion, le plan de mission me passionnait. Après le décollage, la patrouille devait s'orienter plein sud, accrocher un porte-avion et une batterie de leurres mobiles, et revenir à la base en survolant le mythique triangle des Bermudes. La légende alimentait les blagues de comptoir au mess. Les conditions climatiques instables, et surtout l'incompétence des pilotes, expliquaient à elles seules les disparitions des cinquante dernières années. La crédulité faisait le reste. Il n'empêche, une réelle excitation s'emparait des hommes à l'approche de cette zone.

Le jour J, une malchance invraisemblable frappa la mission. Jake Sokolove et Brian Stabbleford, lieutenants de leur état, amis et surtout coéquipiers, furent interdits de vol. Le contrôle médical décela chez chacun d'eux une arythmie cardiaque incompatible avec le pilotage d'un avion de chasse. Les toubibs décidèrent même de les coller en observation.

Les procédures militaires, particulièrement pour des tests jugés sensibles par le Pentagone, regorgent d'alternatives répondant aux plus improbables scénarios. Comme, par exemple, la défection de dernière minute de deux pilotes chevronnés…

Les « roues de secours » comme la tradition voulait qu'on les appelle, furent donc convoquées. Richard Hoffman et Christopher Durham, fraîchement débarqués d'Edwards, base d'essais implantée au cœur du désert de Mojave, réputée pour ses têtes brûlées, se présentèrent donc sur le tarmac. La prise de contact, cordiale, céda la place à un interrogatoire. Je devais m'assurer de la bonne préparation de mes troupes. Cette rigueur participait, entre autres qualités, à la bonne marche de ma carrière.

Le briefing terminé, les pilotes enfilèrent leurs casques, et prirent place dans leur cockpit. Je fis de même. Le vol pouvait commencer. Je mis les gaz, en dépit d'une inexplicable appréhension.

L'opération se déroula sans difficulté. Je peux même affirmer que ce fut un succès total tant sur le plan matériel qu'au niveau de la coordination. Comme le veut la coutume, Durham et Hoffman me congratulèrent pour cette réussite et nous prîmes le chemin du retour.

Après quelques minutes, nous traversions une zone nuageuse sans danger, quand tout à coup mes deux coéquipiers disparurent de mon radar. Je n'avais aucun contact visuel et mes appels radio restaient sans réponse. Je testai toutes les fréquences de communication sans succès. Puis soudain, au milieu de grésillements et d'interférences, je captai un bout de conversation :

— … qu'ils comprennent… BCI s'en… plein les poches.

— Et… on se… au soleil…

Ce furent les derniers mots que j'entendis prononcer par Durham et Hoffman.

La commission d'enquête n'a pas mis plus de trois jours à rendre son arbitrage et dénoncer une défaillance mécanique ayant entraîné la disparition de deux avions et de leurs pilotes. Je n'y crois pas. Je connais mes gars. Je n'ai pas évoqué la conversation entendue après la perte de contacts radar et visuel. Pourquoi ? Je l'ignore, peut-être une intuition. Ma mutation sera effective sous un mois. Cela me laisse un peu de temps pour fouiller de mon côté. »

« Les check-lists remplies par la maintenance au sol ne sont jamais revenues du bureau des affaires internes au

Pentagone. Personne sur place ne semble savoir où sont passés les documents relatifs à l'instruction de l'affaire. Étonnant vice de procédure... »

« Les dossiers de Sokolove et Stabbleford ne figurent plus dans aucun fichier informatique de la base ni même de l'armée de l'air. Même au service en charge des pensions et indemnités, on ne sait pas qui ils sont. J'ai appelé deux copains à Vandenberg et Edwards. Personne n'a jamais entendu parler de ces deux pilotes... »

« Je prends mes nouvelles fonctions dans sept jours, soit deux semaines plus tôt que prévu. Mes recherches ne plaisent pas en haut lieu. Je dois me faire plus discret et réorienter mes pensées puis quadriller toutes les hypothèses. La panne mécanique est un leurre pour enterrer le dossier. Deux pilotes inconnus au bataillon et munis de faux papiers d'affectation ont volé deux avions de chasse, j'en suis convaincu. Je dois trouver ce que BCI signifie. Mais avant cela, j'ai pu me procurer les dossiers relatifs aux incidents répertoriés au dessus du triangle des Bermudes. Demain dimanche, Jeremy fête ses six ans. Je plancherai dans la soirée. »

« Tout est faux ! Les disparitions enregistrées au dessus du Triangle ne sont pas si mystérieuses mais alimenter la légende permet de constituer un écran de fumée. Je ne peux rien affirmer pour les avions et bateaux civils, mais dans le cadre militaire les informations ont été soigneusement maquillées. Et même là, je ne peux être affirmatif que pour l'Air Force. J'ai mis la main sur une note interne confidentielle faisant état d'une vingtaine d'incidents impliquant les forces aériennes. Une version antérieure de la même note évoque pas moins de trente-cinq disparitions, principalement des bombardiers. Je tiens ma piste. »

« Me voici lieutenant général. Je devrais célébrer l'évènement. Je l'ai d'ailleurs fait avec Ann et Jeremy hier. Ann s'avère d'un soutien admirable. Elle me sait préoccupé, mais n'en fait jamais mention. À moi de surveiller mon comportement. Je dors mal et deviens vite nerveux... »

« Gérer le personnel de la base dépasse mes pires cauchemars. Je n'ai plus une seconde à moi et rentre rarement à la maison avant dix heures le soir. Les deux derniers mois ont été fous, mais pas assez pour me faire perdre de vue mon objectif. Petit à petit, je commence à reconstituer la liste des mystérieux appareils disparus et à retrouver leurs ordres de mission. Mais je sens bien que le nombre de mes amis se restreint... »

« Un vieux copain m'a appelé hier. Nous avons fait l'école miliaire ensemble. Avoir des nouvelles de Bernard Dean m'a fait le plus grand bien. Il passe à la maison ce week-end. Je vais tâter discrètement le terrain, au cas où il aurait eu vent de cette histoire. Son appartenance à la CIA pourrait s'avérer utile. Mais je marche sur des œufs, il me faut rester vigilant. »

« Ann et moi n'avions pas revu Bernard depuis des années et pourtant tout s'est passé comme si nous nous étions quittés la veille. Son charisme croît au fil du temps tandis que je me flétris à vue d'œil. Le manque de sommeil et l'angoisse qui ne me quitte pas n'y sont pas étrangers. Je ne joue plus avec Jeremy. Ses yeux n'expriment aucun reproche, mais j'y perçois une grande tristesse. Quand toute cette histoire sera derrière nous, la vie reprendra son cours. Ce soir, quand Ann et le petit dormiront, Dean et moi aurons une petite discussion. »

« Dean n'a rien voulu savoir. Il m'a conseillé la plus extrême prudence dans mon intérêt et celui de ma famille ;

il m'a enjoint de stopper toute investigation. Mais il est prêt à me soutenir si de gros problèmes se présentaient. Je souhaite de tout cœur ne pas en arriver là, mais je ne suis pas homme à lâcher prise. »

« Les bombardiers disparus transportaient tous, sans exception, de l'uranium enrichi. Outre la dangerosité de déplacer un matériau aussi sensible par voie aérienne, le convoyage de matières radioactives fait l'objet d'autorisations et de contrôles stricts. L'armée organiserait donc des « soustractions » pour se livrer à un trafic d'uranium, sans doute pour alimenter des opérations de nature nucléaire. Jusque-là, je ne suis pas complètement surpris. La raison d'État dépasse les considérations légales, règlementaires, voire constitutionnelles. Mais à partir du moment où les équipages disparaissent, nous entrons dans des eaux encore plus troubles. »

« Un mois entier sans la moindre avancée. Les initiales BCI ne correspondent à rien dans l'administration militaire. Toute cette affaire tourne à l'obsession. Je me méfie de tout le monde à la base. J'en arrive à un point où je photocopie les tableaux de service pour m'assurer que personne ne les falsifie. Je dois me raisonner. Mais je n'arrive pas à m'ôter cette question de l'esprit : où sont passés les bombardiers, les chasseurs et ce maudit uranium ? »

« Je deviens irritable. Jeremy a ramené une mauvaise note en mathématique. Il s'en est fallu de peu que je ne le gifle. Cela ne me ressemble pas. Je vais tourner la page, sous peine d'y laisser ma santé mentale et d'y perdre ma famille. »

« J'avais raison ! Je ne pouvais mettre les mots sur mon pressentiment, mais au fond de moi je le savais. J'ai contacté Ed Jackson, un ami qui travaille au service juridique des

Armées. Il m'a confirmé qu'ils enquêtaient depuis des années sur des trafics de secrets militaires et de matériaux radioactifs. Une cellule spéciale a même été montée pour échapper aux procédures habituelles et limiter les risques de fuite. Les Soviétiques, les Arabes, même les Chinois ont occupé à tour de rôle la première place sur la liste des suspects, sans preuve de leur réelle implication. J'ai plongé tête la première dans un merdier sans nom. J'ai ordre de ne plus bouger. Pourtant, je sais que tout tourne autour de ces trois lettres. Que peut bien vouloir dire BCI ?»

« Ann et moi avons eu une violente altercation hier. Je sais qu'elle s'inquiète, mais elle ne réalise pas l'importance de mon enquête. Elle a utilisé Jeremy pour me culpabiliser de ne pas être plus présent et disponible. Je me rattraperai en temps et en heure. Je devrais peut-être contacter Dean, je sais où chercher ! »

« Je pars à Washington demain pour trois jours. Motif : réunion d'État Major pour évoquer les modifications budgétaires présentées à la Chambre. Il va falloir supporter les politicards de la Maison Blanche. J'emmène mon dossier complet avec moi, Jackson nous a calé une rencontre au bar de l'hôtel Watergate. Je trouve son humour douteux… »

« Le rendez-vous n'a jamais eu lieu. Je suis arrivé en retard à l'hôtel mais juste à temps pour croiser les ambulanciers transportant la dépouille de Jackson. Crise cardiaque. Étonnant pour un grand sportif de 33 ans sans antécédents médicaux. Un des serveurs est venu vers moi avant que je ne m'éclipse. Il m'a tendu un bout de papier qu'Ed lui aurait remis à mon intention avant de mourir. Le message, griffonné à la hâte, ne comportait qu'un mot. Un nom, plus exactement : Icarus. »

« J'ai fait trop de bruit, trop de vagues, et attiré trop d'attention à force de demander des documents et de poser des questions à droite à gauche. Quelqu'un veut m'empêcher d'aller plus loin et ne plaisante pas quant aux moyens mis en œuvre. Je dois redoubler de prudence. »

« La piste BCI ne donne toujours rien. J'enrage, la solution est là, je le sens. J'ai pris le courrier en rentrant à la maison ce soir. Dans une enveloppe qui m'était adressée, j'ai découvert une balle portant l'inscription «Icarus». Je crois qu'il faut que j'appelle Dean. »

« Je suis formé pour la guerre, les décisions cruelles ne m'effraient pas. Mais rien ne m'a préparé à la situation actuelle. Bernard et moi sommes d'accord. Celui qui me surnomme Icare ne souhaite pas me voir arriver trop près du soleil, sous peine de s'en prendre à ma famille. Je suis allé trop loin, je ne peux plus reculer. Bernard me propose de rejoindre la CIA et de placer Ann et Jeremy sous protection. Il ne veut toujours rien savoir sur le fond de l'affaire. Dans les services secrets, l'amitié a ses limites. Je retrouverai les miens dès que j'aurai mis fin à cette folie. »

« J'ai exposé sans détour la situation à Ann. C'est une femme forte, courageuse, en m'épousant elle connaissait la précarité de sa situation face à la puissance de la raison d'État. Je devine sa douleur derrière les discours sur le nécessaire accomplissement de mon devoir. Mais il y a plus que le devoir en l'occurrence. Il me faut les protéger, elle et notre fils. Lui ne sait rien, il ne comprendrait pas. Il ne comprendra pas de toute façon. C'est un déchirement, mais au fond de moi, j'en suis convaincu, ce n'est qu'un au revoir… »

« Deux ans. Deux longues années à rassembler, recouper, examiner des dizaines, des centaines de documents relatifs à la disparition d'uranium. Rien qu'aux États-Unis, les volumes, délirants, se montent à plusieurs dizaines de kilos. Le sol du meublé sordide dans lequel je me terre est jonché de piles de papiers. Les murs sont recouverts de pense-bêtes, d'organigrammes incomplets dont les ramifications aboutissent toutes à de nouvelles cases vides. Seule bonne nouvelle, je possède désormais un début de piste concernant BCI. Un laboratoire pharmaceutique basé en Amérique du Sud porte ce nom. Le lien m'échappe, mais pour mince qu'elle soit, cette voie doit être explorée.»

« J'ai voyagé en Europe, en Afrique, consulté des registres, rencontré des « attachés culturels », dénomination passe-partout de nos agents secrets, dans différentes ambassades et consulats. Le doute n'est plus permis, le réseau de vol de matières radioactives est à prendre en compte à l'échelle mondiale. Mais toujours aucune piste quant à l'identification de ce réseau. »

« La chute de l'Union Soviétique est une bénédiction. Le mur de Berlin est tombé depuis moins de six mois, et déjà les documents secrets sortent par milliers des bureaux du KGB. Et parmi ceux qui sont parvenus à nos services, un bordereau attestant de la réception de deux avions militaires américains équipés d'un système de visée expérimental, en échange... d'uranium. Mes avions. En face du nom du « récipiendaire », pas de patronyme, mais un mot, un seul : Consortium. »

« 1996. Il paraît que les prochains Jeux Olympiques auront lieu à Atlanta. Le monde gardera les yeux braqués sur les performances des athlètes tandis que j'erre seul dans un univers qui m'effraie. Je travaille depuis quelques semaines en tant que manutentionnaire pour une antenne de la BCI en Belgique. La société n'a cessé de croître ces vingt dernières années au point de devenir un géant de son secteur. Mais les quelques registres que j'ai pu compulser ne m'ont rien appris. Les tenants et aboutissants m'échappent et je crains de ne jamais les saisir. Ces gens savent brouiller les pistes. »

« En arrivant à mon travail ce matin, une lettre m'attendait indiquant une adresse à Zaventem, en banlieue de Bruxelles. Je vais m'y rendre, sur mes gardes. Ma couverture est compromise… »

« J'ai rencontré un vieil homme nommé Planic. Il prétend avoir eu connaissance de mon enquête dès la fin des années 80. Il affirme également avoir travaillé pour le Consortium dont la BCI ne serait qu'une des facettes. Cette personne m'inspire confiance.

Selon lui, derrière les gouvernements, au cœur des sphères d'influence, une organisation se tapit dans l'ombre et tire les ficelles de l'Histoire avec un cynisme et une efficacité terrifiants. Mon Dieu, ces hommes sont fous, il me faut rassembler des preuves pour mettre fin à leurs agissements. »

« 2001, changement de siècle, entrée dans un nouveau millénaire. En ce moment, je réside dans un hôtel miteux d'un quartier populaire au cœur de Paris. J'y vis depuis mon retour de Bruxelles. Les révélations et les pistes de Planic ont radicalement changé le cours de mes recherches. Pour comprendre le présent, entrevoir l'avenir, il me faut désormais explorer le passé. »

« Les années passent et je me délabre petit à petit. J'ai croisé mon reflet ce matin en attendant le bus pour un rendez-vous capital avec un antiquaire londonien. Hirsute, barbu, des valises sous les yeux, j'avais l'air d'un clochard dans mon imperméable mangé aux mites. Une cure de remise en forme s'imposera avant de retrouver Ann et Jeremy ! Demain je prends l'avion pour la Floride, pour y rencontrer un spécialiste des objets ayant appartenu aux dignitaires nazis. Sans Planic, je n'aurais jamais emprunté la piste SS. »

« Mes investigations m'ont conduit à entrer en possession d'une boîte et d'une clef, vestiges inestimables de la Deuxième Guerre mondiale! La photo que j'y ai trouvé me glace le sang. Ne me reste plus qu'à boucler mon dossier final, somme de vingt-quatre années de recherches acharnées, de rencontres discrètes, de sursaut au moindre bruit inattendu. Par sécurité, je confierai les éléments les plus importants à Bernard, à charge pour lui de les cacher le temps que le gouvernement fédéral corrobore mes travaux et n'intervienne. Alors, je pourrai reprendre le cours de ma vie et retrouver ma famille. »

« Les murs du meublé que j'occupe désormais à Paris sont tapissés d'articles de presse et de documents d'archives. Le Projet est là, sous mes yeux. Le danger rôde aussi. La boulangère du quartier me lance des regards de plus en plus étranges. Serait-elle avec eux? »

« Ce matin, j'ai arraché le papier peint de ma chambre et percé les parois par endroits. Les murs ont des oreilles, j'en suis sûr. Je reste sur mes gardes jour et nuit et des bruits suspects me laissent à penser que ces démons ne sont pas loin!»

« Je passe mes nuits dans un cybercafé et mes journées à errer dans les rues. Je suis plus malin qu'eux, j'ai caché mes documents dans un caddy recouvert de cartons que je pousse en marmonnant. Les passants s'écartent et me fichent une paix royale. J'ai trouvé la couverture parfaite! »

« Grâce à Internet j'ai pu rassembler des éléments comptables qui attestent de la mise en application du Projet. Jeremy saura les comprendre. Il doit les comprendre! »

« Je suis foutu. Mon propre gouvernement est infiltré. Ils sont partout ! En reprenant contact avec mon agent de liaison à la CIA, j'ai signé mon arrêt de mort. Ce Pettygrow ne m'inspire aucune confiance, il est à leur solde, c'est évident. Il me reste une chance de transmettre mes informations, elle passe par Planic. Deux personnes auront accès aux documents menant à ce livre : Bernard et Jeremy. Si vous lisez ces lignes, je suis mort. Alors, je compte sur vous pour terminer ce que j'ai commencé. Rendez-vous à l'adresse indiquée dans l'index et rencontrez Planic. Il vous mettra sur la voie. N'oubliez pas que le Consortium est une organisation souterraine. Pour la trouver, il faut creuser... »

Les notes s'arrêtaient là, le chapitre suivant reprenant le récit du roman original. Comment Daniel s'y était pris pour incorporer ses notes dans l'œuvre importait peu. Jeremy fixa longuement les derniers mots de son père, froids, impersonnels, à l'image de l'obsession qui s'était emparée de son esprit au détriment des siens. Il avait espéré autre chose. Une phrase, un terme affectueux, n'importe quoi pour se raccrocher à l'amour d'un père absent et se convaincre, même tardivement, que les sentiments l'emportaient finalement sur la raison d'État.

Ce que Jeremy tenait entre ses mains portait un nom : la folie ...

Chapitre 33

Zaventem, Belgique, samedi, 6h30.

Les habitations aux tristes murs de briques rouges m'oppressent. J'aime les immeubles élevés vers le ciel, les reliefs, la foule rassurante dans laquelle on se fond sans crainte. Chez moi, la ville ne dort jamais. Ici les voitures remplacent les hommes, les trottoirs sont dépeuplés. Tout respire l'ennui et la routine des banlieusards bruxellois. Les grosses sociétés ont jugé la zone assez gaie pour y implanter leurs centres de recherche, leurs plate-formes logistiques et parfois même leur siège social. Et il paraît que Manhattan est un lieu inhumain… Tant qu'à choisir, j'aimerais bien crever ailleurs qu'à Zaventem !

Depuis une heure et demie, nous « planquons », comme disent les deux espions, devant le domicile de Planic. Le jour finit de se lever. Jacky et moi sommes épuisés, nos traits tirés en attestent, mais Eytan affiche une forme olympique. Nous observons les fenêtres de la maison dans l'attente d'un signe de vie. Une lumière apparaît enfin à travers les rideaux du premier étage, suivie d'une deuxième au rez-de-chaussée.

Buffy et le Géant Vert ne perdent pas de temps à réfléchir et sortent en trombe de la bagnole. Et moi, je leur emboîte le pas. Forcément. Nous atterrissons dans une longue rue à sens unique située à proximité d'une quatre voies et d'un hôtel pour cadres dynamiques. C'est moche et ça me conforte dans mon idée : vivre ici, c'est con.

Par contre, j'admets que la planque est idéale. Les baraques massives se ressemblent toutes. Quatre fenêtres au premier étage, les mêmes au rez-de-chaussée, un vaste jardin clôturé. Sobre, efficace et gerbant. Je m'allume une tige. Les deux cerbères l'ont joué « union sacrée » pour m'empêcher de fumer dans la bagnole. Eytan pousse le portillon et s'avance jusqu'à la porte d'entrée. Jacky lui emboîte le pas. Et moi, je tire une taffe cinq mètres derrière. New York me manque. Maman me manque. Bernard aussi. Je suis fatigué.

Jacky m'appelle. Je jette la clope au sol et l'écrase du talon. Eytan me fait signe de me dépêcher. Je déboule. La porte s'ouvre sur une femme d'une soixantaine d'années. Son accoutrement colle bien à l'ambiance globale du coin. Gilet noir sur un chemisier gris, pantalon sombre.

— Vous désirez ?

La vieille parle avec douceur.

Jacky est l'interlocutrice appropriée.

— Nous souhaiterions discuter avec monsieur Planic.

— De la part ?

Elle nous dévisage les uns après les autres. La maisonnée me semble peu habituée aux visites.

Eytan intervient.

— Nous sommes des amis de Daniel Corbin.

La dame nous prie d'attendre et referme la porte. Bien joué. Pour les relations sociales, une petite blonde au visage angélique passe mieux qu'un Golem de six pieds de haut. Le Belge est bien élevé. Et parle un anglais propre. Tout ne peut pas être pourri dans le coin.

Dix secondes plus tard, elle réapparaît. Le Belge est réactif. Un peu trop à mon goût.

Les deux autres n'ont pas l'air méfiant. Après tout, ce sont eux les spécialistes.

Nous rentrons en file indienne et débarquons directement dans un grand salon. La baraque est richement meublée. On se croirait dans une de ces demeures d'ancien gradé de l'armée coloniale britannique. Le genre de mec à collecter tout et n'importe quoi au cours de ses voyages pour montrer à ses invités qu'il a vu du pays. Du coup, la décoration est un tantinet chargée. Trois canapés Chesterfield marron au cuir craquelé forment un U autour d'une table basse en teck d'inspiration indonésienne. L'hémisphère nord d'un globe terrestre, soutenu par les épaules d'une statue noire représentant une femme nue à la poitrine arrogante, dévoile un bar bien rempli. Le mauvais goût est indéniable. Les murs regorgent de natures mortes sans réelle harmonie de couleurs ou de style. Les cadres en stuc, dorés et ciselés, témoignent d'un snobisme écœurant. Trois guéridons, dégueulant de bibelots allant de la statuette chinoise à l'horloge ancienne, jouxtent les sofas. Deux baies vitrées quasiment aussi larges que la maison donnent sur un jardin arboré, insoupçonnable de l'extérieur, seule touche de savoir-vivre d'une maison sombre et sinistre. Des lampadaires éclairent faiblement la pièce, sans doute dans le but de créer une ambiance feutrée. Un claustrophobe se serait déjà pendu au ventilateur géant décorant le plafond…

Sans attendre, Eytan se vautre dans un canapé et pose ses beaux brodequins de bûcheron sur la table. La classe, j'aime. Jacky, moins. Elle siffle entre ses dents pour marquer sa désapprobation. Chauveman soupire et replie les jambes. Buffy fait les gros yeux. Je suis cerné par les tarés. Personne ne pipe mot, des fois que briser le silence religieux de la maison porterait malheur.

Un bruit de moteur émane de l'escalier. Je reconnais ce ronronnement. Un siège glisse le long de rails installés à même le mur. Les publicités pour ces saloperies passent en boucle la nuit sur les chaînes de télé-achat. Le propriétaire des lieux est donc grabataire ou paralysé. Dans le fin rai de lumière émanant de l'étage, posé sur un siège gris métallique, un homme à la peau parcheminée, aux cheveux blancs en pagaille, portant des lunettes aux verres fumés, descend lentement vers nous. Arrivé en bas des marches, le moteur se coupe. Papy vacille de droite et de gauche sous l'effet de l'arrêt trop brutal. Ce n'est plus un homme, mais un fétu de paille !

La vieille déboule dans la foulée. Elle s'affaire autour du débris humain, desserre des attaches pour libérer le fauteuil. Une pression sur un bouton situé à l'arrière du dossier fait surgir quatre roues. Ce dispositif ingénieux évite aux personnes à mobilité réduite de traîner des chaises roulantes à chaque étage de leur demeure. L'étrange équipage se positionne à l'extrémité de la table, face à nous.

— Retournez faire la chambre, Annick, je vous appellerai en cas de besoin. Merci.

Surprenant ! Une voix d'homme jeune émane de ce corps de vieillard souffreteux.

Annick s'exécute, impassible, et retourne au niveau supérieur. Une porte claque nous laissant enfin seuls. Jacky prend les rênes de l'entrevue.

— Monsieur Planic ?

— Lui-même. Asseyez-vous, je vous en prie. Si vous désirez boire quelque chose, le bar est à votre disposition. Je crains de ne pouvoir vous en faire les honneurs moi-même.

Il désigne son fauteuil, l'air navré. Il parle un anglais impeccable, exception faite d'une pointe d'accent que je ne saurais identifier, slave peut-être. Sans vouloir tomber dans les préjugés, avec un nom pareil…

Comme deux enfants sages, Jacky et moi nous posons côte à côte dans un sofa. Dieu qu'elle sent bon. Eytan fait figure de sale gosse, étalé de tout son long comme un malpropre.

— Que me vaut l'honneur de votre visite ?

— Nous avons trouvé ce livre dans votre librairie. Nous enquêtons sur…

Elle n'a pas le temps de terminer sa phrase.

— Vous enquêtez sur la mort de Daniel J. Corbin. Vous

avez découvert le bouquin avec ses notes. À sa demande j'ai ordonné à mon employé, la boutique m'appartient toujours, de cacher l'ouvrage avec comme consigne de ne jamais le déplacer ni de le vendre.

— Jeremy, ici présent, est le fils du lieutenant général Corbin. Dans ses écrits, son père indique clairement votre appartenance à une société secrète. Une société qui, d'après ce que nous savons, nourrit de sombres desseins.

Ouah ! Alors là, ça pète. Elle parle comme un professeur. Belle, sportive, marrante, et cultivée. Si je m'en sors, je l'épouse ! Enfin, j'essaye…

— J'ai rompu tout contact avec le Consortium en 1995. Depuis je vis ici. La librairie m'a servi de couverture durant les quinze dernières années. Chaque jour je m'attends à prendre une balle dans le dos. Chaque nuit, lorsque je m'endors, je m'attends à ne plus me réveiller. Et pourtant, je suis encore là. J'ai œuvré pour cette organisation pendant cinquante ans sans faire de vagues. Mon rôle se bornait à valider des fiches de renseignements sur des recrues potentielles, rien de plus. À cette époque, je me nommais Andreï Kourilyenko.

Le vieil homme nous raconte son histoire. Nous l'écoutons tous trois, ébahis.

Chapitre 34

— Votre père est venu ici il y a quelques semaines. Il se savait condamné. Voyez-vous, le Consortium l'appelait Icare. Personne avant lui n'était arrivé aussi près de la vérité. Et comme son homologue grec, il s'est brûlé les ailes. Daniel avait découvert le pot aux roses. Il tenait un bout de la ficelle et ne put s'empêcher de tirer pour voir ce que recelait la pelote. Très vite, il comprit que les principales instances gouvernementales et administratives étaient noyautées. Virtuellement, n'importe qui peut travailler pour l'organisation. Certains agents ne sont jamais sollicités. D'autres sont sacrifiés à dessein. C'est une nébuleuse dont le cœur est inaccessible, protégé par un système cloisonné. Une œuvre de génie selon moi, suffisamment discrète pour passer inaperçue, mais assez puissante pour influer sur le sort de l'humanité par d'habiles manœuvres.

Peu après mon recrutement par Bleiberg, que je n'ai plus jamais rencontré, j'ai entrepris un travail de recherche minutieux et, pour tout dire, fastidieux sur le Consortium. Recréer un organigramme fonctionnel ou hiérarchique s'avéra impossible. Je concentrai donc mon attention sur le domaine le moins soumis à suspicion, puisqu'il s'agissait de mon attribution de base : le recrutement de scientifiques et particulièrement ceux rattachés à la SS. J'en profitai également pour élargir mes investigations à l'histoire du parti nazi.

Eytan l'interrompit.

— Pardonnez-moi, mais vous dites avoir rencontré le professeur Bleiberg à Berlin en 1945. Pourtant, il a été déclaré mort suite à une explosion dans son centre de recherche en 1942.

— Une manœuvre de plus pour dissimuler son existence, monsieur… Morg ?

Le kidon s'assombrit puis acquiesça.

— Reprenez, je vous en prie.

— En fait, la complexité consiste à savoir où chercher. Et en l'espèce, la chance m'a souri. C'est une histoire de financement qui m'a mis la puce à l'oreille. Le parti national-socialiste a reçu des fonds de nombreux soutiens privés, principalement industriels. Mais surtout, plusieurs millions provenaient d'une banque espagnole. Parmi la masse de bordereaux en ma possession, un seul mentionnait ce transfert. J'ai compulsé les traces des emplois du temps, réunions et meetings d'Hitler à l'époque. Rien n'indiquait un lien quelconque avec l'Espagne. Sauf un registre. Celui de la prison de Landsberg dans laquelle Hitler fut incarcéré après l'échec de sa tentative de putsch. L'administration pénitentiaire a fait preuve de grandes largesses avec le prisonnier, mais tenait un compte exhaustif des visiteurs. Un nom attira mon attention : Adamet.

— Pourquoi ce nom en particulier ? demanda Jeremy.

Eytan intervint.

— Je dirais qu'il sonne basque, pas vrai ?

— En effet. Au milieu de patronymes germaniques, j'y ai vu une piste. Là encore, les recherches prirent un temps considérable. Je retrouvai la trace d'un Adamet Epartxegi, directeur d'une banque régionale implantée à Bilbao. L'homme resta à la tête de l'entreprise de 1928 à 1936. Il quitta ensuite l'Espagne pour s'installer en Argentine.

Eytan fouillait dans ses souvenirs. La plaque d'immatriculation argentine sur la voiture transportant les agresseurs de Jeremy à Manhattan, Adamet Epartxegui, les initiales A.E. découvertes dans les notes de Delmar. Les pièces du puzzle se rassemblaient une à une.

— Pourquoi ce pays ?

Jeremy ressemblait à un élève passionné par une conférence, interrompant l'intervenant à tout bout de champ. Eytan soupira avec ostentation.

— Avec la guerre civile espagnole, de nombreux basques ont émigré vers l'Amérique. Et comme il existe une forte implantation historique en Argentine...Bon, maintenant tu la fermes et tu écoutes le monsieur, ok ?

— Oui ben je demandais, c'est tout. Comment tu sais tout ça, toi ?

— Pays Basque, ETA, filières terroristes, Mossad. C'est assez clair ou je développe ?

Jeremy se renfrogna.

— Où en étais-je... ah oui ! Une fois arrivé sur le continent sud-américain, Epartxegi a disparu purement et simplement durant huit années. Il est réapparu en 1945 à la tête d'un laboratoire pharmaceutique, la Bleiberg Chemical Incorporated très vite rebaptisé BCI pour éliminer le nom « Bleiberg » de tout document. Les capitaux venaient de partout : Angleterre, France, Japon, États-Unis. Les sommes, considérables pour l'époque, se chiffraient en millions de dollars US. Les besoins en médicaments au sortir de la guerre provoquèrent une croissance exponentielle du chiffre d'affaires et des bénéfices de l'industrie pharmaceutique. La BCI reçut des commandes gouvernementales des quatre coins de la planète. Et surtout, commença à rassembler des collaborateurs aux noms prestigieux. Vous les connaissez...

Eytan sentit son estomac se nouer et sa voix se désincarner, mais les mots coulaient malgré lui.

— Oui... Mengele, Eichmann, Kipp...

— Vous devriez expliquer à vos amis, l'incompréhension se lit sur leur visage.

Le ton employé par le vieil homme oscillait entre moquerie et sincérité.

Eytan se racla la gorge. Il fixait le sol.

— Au sortir de la Deuxième Guerre mondiale, de nombreux nazis et collaborateurs de haut rang se dispersèrent à travers le monde avec l'aide des alliés. Le but était de contrer les vues expansionnistes de Staline. Certains furent installés en Pologne, d'autres en Autriche, frontières directes avec le bloc de l'Est. D'autres émigrèrent en Amérique latine. La plupart n'eût pas à fuir, mais fut exfiltrée avec la complicité des services de renseignements français, anglais et américains. Pour ces derniers, l'objectif était double : financer les dictatures à la solde de la CIA et apporter le savoir-faire acquis dans les différentes fonctions exercées par ces hommes. Le trésor de guerre des nazis et les compétences en matière scientifique, industrielle et policière valurent l'impunité à quelques-uns des plus grands tortionnaires que la terre ait portée. Les politiques appellent cela le pragmatisme. Les journaux ont déterré ce qu'ils nomment « le scandale des retraites dorées des anciens SS sur les bords du Rio de la Plata ». Mais ces hommes n'étaient pas à la retraite. Ils travaillaient pour les gouvernements locaux.

— La CIA a couvert ces agissements ? demanda Jacky comme si son univers s'écroulait.

— Ne verse pas dans l'angélisme. Pour contrer les velléités de révolution communiste en Amérique du Sud, la CIA a soutenu de nombreuses dictatures. Je sais que tout est mis en œuvre au sein de l'Agence pour gommer la réalité des années 50 à 80, mais les faits sont là. Les français ne valent pas mieux en l'espèce. Beaucoup de « collabos » ont intégré les rangs de l'administration profitant d'une amnésie collective. Pourquoi ? Le pragmatisme, toujours et encore. En période de reconstruction, il est tentant de conserver les hommes expérimentés, sans regarder quelles furent leurs dérives. Le monde tourne ainsi.

— Mais le Mossad est intervenu à plusieurs reprises pour enlever des nazis réfugiés en Amérique du Sud, pas vrai ?

L'espace d'un instant, Eytan se vit en professeur d'histoire harcelé par une étudiante passionnée.

— Oui, avec des résultats mitigés. Notre plus belle opération reste l'enlèvement d'Eichmann en 1960. Mengele nous a toujours échappé, pourtant nous le tenions presque. Il bénéficiait d'appuis en béton et d'une garde rapprochée conséquente. À propos d'hommes de main, je trouve que nos adversaires de ces deux derniers jours étaient un peu tendres…

Eytan se frotta nerveusement les cuisses. Le vieil homme intervint.

— Vous avez raison, monsieur Morg. Le Consortium échoue uniquement quand il le décide.

— Nous n'avons vaincu personne pour arriver jusqu'ici, n'est-ce pas ? Nous avons juste débarrassé l'organisation de membres jugés inutiles…

— Précisément. Vous comprenez vite, monsieur Morg. Pour en revenir à la BCI, elle est présente aujourd'hui sur les marchés par le biais de filiales et autres participations dans les gros laboratoires mondiaux.

Jeremy se leva de sa chaise comme un fou. Il agitait les bras dans tous les sens.

— J'avais raison ! Je le savais ! C'est le sens des documents laissés par mon père. Vous connaissez le chiffre d'affaires des principaux acteurs dans le domaine pharmaceutique ? C'est délirant, je vous livre le podium : 75 milliards de dollars, 41 milliards et 35 milliards… Et à chaque alerte sanitaire, on les soupçonne de soudoyer les experts pour mettre le feu et obliger les politiques à se lancer dans des campagnes de vaccination douteuses. Rappelez-vous la grippe H1N1. Dans ce genre de cas, on ne trouve jamais rien d'illicite, mais les valeurs boursières montent en flèche. Dans l'article de journal qu'Eytan nous a lu, le journaliste mentionnait de nombreuses victimes. Donc, cette fois, c'est du sérieux !

— Ces gens seraient prêts à spéculer sur la vie des populations ? demanda Jacky, désarmante de naïveté.

Trois regards médusés se tournèrent vers la jeune femme. Elle se fendit d'une grimace.

— Je ne dis plus rien...

Jeremy vint à son secours.

— La réponse est oui, sans hésiter, Jacky. Mais en vous écoutant bien, monsieur, l'appât du gain ne m'apparaît pas comme la motivation première de cette mystérieuse organisation. Je me trompe ?

— Non. L'argent est le moteur de l'opération pour manœuvrer les labos et les politiciens. Mais il n'en constitue pas la finalité.

Eytan, mâchoire crispée, yeux plissés, s'impatientait.

— Si vous pouviez passer directement à l'essentiel en nous épargnant les effets de manche, vous nous rendriez service.

— Je comprends votre impatience, monsieur Morg. Je suis un vieil homme et j'ai peu l'occasion de raconter ce que je sais. Je viens de fêter mes quatre-vingt-treize ans, autant dire que ma vie est terminée. Je vous respecte, monsieur Morg, plus que vous ne le supposez. Pour cette raison, je vous offre deux informations capitales.

Eytan se contrôlait à grand mal. Il sentait Jacky l'observer. Jeremy, quant à lui, buvait les paroles du vieillard.

— L'épidémie débutée au Mexique va se propager à grande vitesse à travers le monde. Les morts s'enchaîneront à un rythme terrifiant. Les experts paniqueront, à raison cette fois-ci. En l'espace d'un mois, la planète entière vivra dans la plus totale psychose. La BCI annoncera alors la mise en place d'un vaccin en urgence. Compte tenu de l'ampleur des besoins, tous les laboratoires vont s'associer pour fabriquer et distribuer le produit. Les prix seront ridiculement bas, soi-disant au motif de l'économie d'échelle obtenue grâce à l'importance des volumes. Les centres de vaccination et les médecins pratiqueront les injections dans les jours suivants. Selon vous, monsieur Morg, où cela nous mène-t-il ?

Eytan se leva. Tête penchée en arrière, il regardait le plafond à la recherche d'un horizon qui n'existait pas. Ses jambes tremblaient comme jamais auparavant. Il aurait souhaité se laisser tomber au sol et attendre que d'autres règlent les problèmes à sa place. Il croisa les mains sur sa nuque.

— À l'application du Projet Bleiberg à l'échelle planétaire. Mais c'est impossible…

— Vous ouvrez la porte à ma deuxième révélation. La totalité des cobayes est décédée des suites de l'expérience. À une exception près. La réussite du projet ne fait aucun doute aujourd'hui. Et c'est pourquoi il faut l'empêcher. J'ai localisé le centre névralgique de l'opération après le décès de votre père, monsieur Corbin. C'est à vous et vos amis qu'incombe la responsabilité de mettre fin à soixante ans d'histoire. Vous devrez détruire le laboratoire où sont stockés les premiers vaccins. Mais rassurez-vous, vous n'aurez pas à aller loin, il se trouve ici, en Belgique…

***

Andreï regarda le trio partir. Il enragea. Le poids des ans pesait sur ses épaules plus cruellement que jamais. Eux agissaient. Lui était condamné à attendre la fin sur ce maudit fauteuil et pire, à voir ses facultés décliner de jour en jour. Tandis que son infirmière, redescendue après qu'il l'eut vertement convoquée, l'installait sur le monte-charge, il se remémora le jour où Bleiberg lui avait proposé sa fameuse injection, non sans l'avoir préalablement informé des risques. La peur de ne pas survivre au traitement l'avait emporté et l'ombre de la mort planait désormais sur lui. Bientôt, elle frapperait, inéluctable.

Staline puis Hitler. La folie des hommes l'avait usé, rongé au fil des ans, par touches imperceptibles. Le sort lui avait imposé une vie longue et pénible puis une déchéance insidieuse. N'était-ce pas dans l'ordre même de l'existence ? Et au final, le lieu d'arrivée ne diffère pas. Seul le chemin change.

Annick l'installa dans son lit puis descendit à la cuisine préparer le bol de café et les tartines de confiture matinales.

Andreï laissa son regard divaguer dans la chambre grise, trop grande pour un homme seul. Depuis le décès de son épouse, dévorée par le crabe cinq ans plus tôt, la vie avait déserté sa demeure. Au moins disposait-il des ressources nécessaires pour payer une aide à domicile à temps plein et ne pas finir à l'hospice. Qu'importe si le sens de l'humour faisait cruellement défaut à la harpie, elle accomplissait ses tâches avec application et dévouement.

Dans quelques minutes, l'inévitable petit-déjeuner lui parviendrait tiédasse, puis il se plongerait dans la lecture pour faire passer le temps en attendant le déjeuner. Quand la nostalgie devenait trop forte, *Le Joueur* de Dostoïeveski constituait son seul refuge. La déchéance d'Alexeï l'accompagnerait en cette journée. Retrouver la langue russe lui rappelait la mère patrie.

Annick traînait plus qu'à l'accoutumée. La visite, après avoir réveillé de vieux souvenirs douloureux, provoquait maintenant un retard dans les habitudes alimentaires dommageable pour la digestion, pénible, d'un vieillard. Il appela, sans réponse. Il rassembla ses forces et hurla derechef. Essoufflé, il entendit les pas, lents, dans l'escalier. Cette femme ne connaissait décidément pas le sens du mot « vite ». Il la surnommait « l'escargot de Bruxelles », ce qui le faisait mourir de rire. Une hilarité peu partagée…

Il se redressa contre les oreillers et replia les draps blancs sur ses maigres cuisses.

— Bonsoir.

La voix n'appartenait pas à Annick. Elle sonnait plus jeune, plus déterminée, comme dénuée d'émotions.

— Bonsoir, Elena.

— Tu ne sembles pas surpris de ma présence.

— Tes pas sont plus aériens que ceux d'Annick, ma chérie. Je m'attendais à te voir d'un jour à l'autre.

Il tourna la tête. Par tous les diables, elle était magnifique, grande, les épaules larges, la silhouette athlétique soulignée par un jean serré et un tee-shirt à manches longues. Quel dommage que son visage, si doux autrefois, soit devenu si dur, si sec. Et ses yeux marron, sombres comme la nuit, donnaient la chair de poule. La beauté froide de la jeune femme était renforcée par la teinture rousse appliquée sur ses courts cheveux.

—Tu ne lui as pas fait de mal au moins ? demanda-t-il, un vague trémolo dans la voix.

Elena contourna le lit pour se poster aux pieds de celui-ci.

— Elle n'a pas souffert, si tel est le sens de ta question. Considère cela comme un remerciement pour avoir accompli ton ultime mission.

Encore un innocent tombé au nom d'une logique absurde. Annick ne devait pas mourir ainsi, et certainement pas si tôt.

— Alors, c'est mon tour. Pourquoi ne pas te contenter de mon cadavre ? Quel besoin avais-tu de l'éliminer ?

Elle sourit.

— Besoin ? Non, j'en avais juste envie ! Je n'aime pas les vieux. Qu'en pense donc le grand spécialiste de l'âme humaine ?

Il lui rendit son sourire.

— J'en pense que tu es folle, Elena. Mais regarde-toi. Suffisante, hautaine, tu me dégoûtes. Je ne peux croire…

Andreï ne termina pas sa phrase. Sa veste de pyjama se macula de rouge. Elena, impassible regarda, loin par-delà le canon de son pistolet, le sang couler sur le torse et le front du vieil homme.

— Tu n'as jamais cru. Sinon, tu n'aurais pas renié notre cause, Père…

Chapitre 35

Zaventem, samedi, 7h30.

À peine le seuil de la maison franchi, Eytan ordonna à ses deux acolytes de monter dans la voiture. Ils obéirent sans discuter. Avant de pénétrer à son tour dans le véhicule, il effectua un rapide balayage visuel de la rue, sans repérer la moindre menace.

Une fois au volant, il démarra lentement. Jacky brisa le silence.

— Cette histoire d'épidémie me fait froid dans le dos. Eytan, comment se fait-il que Planic ait pu t'identifier ?

— Le Consortium semble proche de mes cibles habituelles. Rien d'étonnant à ce que ces gens me connaissent. Nous naviguons dans les mêmes eaux sombres.

Jeremy intervint.

— Admettons, mais c'est quoi ce fameux Projet Bleiberg ? J'ai l'impression que tu ne nous as pas tout dit…

Les yeux fixés sur la route, le kidon s'était voûté comme accablé par un poids invisible.

— Je ne pensais pas que le cas Bleiberg était en prise directe avec les événements de ces derniers jours. Ce pseudo-scientifique a mené des expériences sur les mutations génétiques dans le camp de Stutthof durant plusieurs années. Mais selon nos informations, elles se sont toutes soldées par des échecs. Je réalise aujourd'hui que l'histoire a une fâcheuse tendance à bégayer.

— Soit, maintenant nous avons une idée un peu moins

vague de ce dont il retourne. Je propose que nous allions jeter un œil au complexe industriel indiqué par Kourilyenko, annonça Jeremy, une motivation nouvelle dans la voix.

— Je suis d'accord, approuva Jacky, avec un enthousiasme palpable.

Eytan siffla entre ses dents.

— Mais bien sûr. Une fois sur place, nous éliminons tous les membres du personnel présents puis nous prenons le contrôle du bâtiment, après quoi il nous suffira d'appeler la CIA et le Mossad à la rescousse pour mettre fin à toute l'opération. Mais alors une question se pose : lequel d'entre nous ira sur les plateaux télé pour raconter ses exploits ?

Yeux plissés, il hochait la tête pour appuyer son interrogation.

— C'est une impression ou tu te fous légèrement de nous ? rétorqua Jacky, vexée.

— Ce n'est pas une impression. Vous êtes aussi timbrés l'un que l'autre. Les locaux de la BCI bénéficient sans doute d'un dispositif de sécurité difficile à franchir sans se faire repérer, et je ne parle pas des moyens spécifiques déployés pour sécuriser leur projet. Nous sommes trois, faiblement armés, et vous êtes épuisés tous les deux. Je ne m'attarderai même pas sur votre inexpérience face à une mission de cet ordre. Aller sur place équivaut à nous jeter dans la gueule du loup en chantant. Vous pardonnerez mon manque d'entrain devant à une telle perspective.

— Et c'est quoi ton plan génial, James Bond ? interrogea Jeremy, moqueur à son tour.

— Je vous dépose à l'aéroport, vous y prendrez le premier avion en partance pour les États-Unis. Je me charge du reste. Avec un peu de chance, la presse évoquera un incident industriel dans la banlieue de Bruxelles d'ici quelques jours.

Jacky reprit le flambeau allumé par Jeremy.

— Désolé de contrarier ta brillante analyse, James, mais

je ne pense pas que nous disposions de quelques jours. Les événements des dernières vingt-quatre heures tendent à prouver la volonté du Consortium de faire le ménage sans attendre. Ils savent que nous avons les documents de Corbin Senior et que nous sommes en Belgique, l'attaque sur l'autoroute n'a pu que leur indiquer notre destination finale. Quant à cette garce d'Elena, mon petit doigt me dit qu'elle ne doit pas se trouver loin. En gros, il nous faut agir vite sous peine de leur laisser le temps de faire disparaître toute trace et de se délocaliser…

La justesse de l'état des lieux dressé par Jacky interdisait tout débat. Eytan eut la sensation qu'un serpent remontait le long de sa colonne pour mieux s'enrouler autour de sa gorge. L'angoisse s'empara de tout son être. Mais cette peur, dont la saveur lui échappait depuis de nombreuses années, il ne la ressentait pas pour lui. Voilà pourquoi il travaillait toujours seul.

— Vous ne savez pas où vous mettez les pieds. Je vous parle d'une opération commando, d'une action rapide et ciblée, pas d'une capacité de réaction face à des agressions telles que vous les avez vécues depuis hier. Cette fois, nous mènerons l'offensive. La moindre erreur se soldera par une sanction nette et définitive. Je vous rappelle que nous ne disposons d'aucune information sur les lieux à investir, ni sur les moyens déployés pour les sécuriser. Nous possédons un équipement sous-dimensionné pour ne pas dire dérisoire. Jacky, elle, peut se débrouiller. Jeremy, tu as démontré ton courage, mais là… Je ne suis pas certain de pouvoir vous protéger tous les deux…

Jacky et Jeremy échangèrent un regard entendu, ponctué par un clin d'œil complice.

— Écoute, Eytan, oublie cette histoire de protection. Jacqueline connaît son métier. Quant à moi, je veux… Non, je dois terminer le travail de mon père. Et si je trouve la salope qui a tué ma mère, je la bute. Je ne suis pas un professionnel, je le sais. Je suis mieux que cela. Je suis motivé.

Devant la sincérité des propos du blondinet, Eytan eut un sourire en coin, accueilli par ses deux compagnons comme un signe d'approbation. De longues années à parcourir le globe à la rencontre du danger et de la mort soufflaient une certitude à l'agent du Mossad. Il préféra la garder pour lui, se la répétant intérieurement.

Les gens motivés remplissent les cimetières…

***

Forêt de Soignes à 19 km au sud de Zaventem.

Un quart d'heure plus tard, ils longeaient à faible allure une véritable barrière naturelle composée d'un entrelacs de chênes centenaires et d'épaisses fougères. Les trois comparses scrutaient les environs à la recherche d'un complexe industriel dont la présence en ces lieux paraîtrait incongrue.

— Tu es certain que tu as entré dans le GPS les coordonnées fournies par Planic ? demanda, sur un ton doucereux, Jacky, persuadée que la question lui vaudrait une réponse agacée.

Une série de soupirs vint confirmer les craintes de la jeune femme qui reprit son observation sans insister.

— N'empêche, renchérit Jeremy, c'est vachement joli comme forêt. J'ignorais qu'on trouvait de tels paysages en Belgique. Qui plus est, à proximité de Bruxelles. Non, vraiment c'est chouette.

Jacky ne put contenir un petit rire aigu. Eytan ralentit et gara la voiture sur une aire de repos au bord de la forêt. Il coupa le moteur et se tourna vers ses passagers.

— Non, mais sérieux, arrêtez vos conneries ? Vous commencez à me courir joyeusement sur le haricot tous les deux !

Jeremy baissa la tête dans un acte de contrition ostentatoire.

— Excuse-nous, les occasions de rigoler ne se sont pas bousculées depuis deux jours. Mais bon, je dois admettre que tu avais raison : pas de bottes, pas de tronçonneuse, même pas une petite tondeuse, nous sommes largement sous-équipés !

La vanne et l'éclat de rire de trop. Ces deux-là s'étaient trouvés, et dès qu'il s'agissait de faire tourner Eytan en bourrique, ils s'entendaient comme larrons en foire. Exaspéré, celui-ci sortit de la voiture, repoussant violemment la portière derrière lui. Une fois à l'extérieur, face à la forêt, il réprima un sourire. En d'autres circonstances, la plaisanterie de Jeremy l'aurait amusé. Mais la perspective de devoir retourner interroger Kourilyenko/Planic ne provoquait chez lui aucune hilarité. Plus gênant, Eytan aurait juré ses grands dieux que le vieillard avait dit la vérité. Sa faculté à détecter les mensonges ne l'avait jamais trahi. Était-ce de l'expérience, une oreille habituée à capter les émotions cachées dans une voix, ou son instinct, il l'ignorait. Toutefois, il avait escompté rejoindre une des nombreuses zones industrielles encerclant la capitale belge. Au lieu de cela, il crapahutait au milieu d'un bois sans certitude de trouver quoi que ce soit.

Deux claquements de portière l'informèrent de l'arrivée imminente des tourtereaux. Ils se postèrent de chaque côté du géant, qui, mains dans les poches, semblait désorienté. Jacky vint à sa droite. N'avisant pas Jeremy, Eytan tourna la tête sur sa gauche et vit le blondinet s'éloigner le long de la route.

— Il doit satisfaire un besoin pressant, lui dit Jacky, anticipant la question à venir.

— Quelque chose m'échappe…

Eytan s'accroupit, caressa une fougère aventureuse dépassant les limites de la haie de chênes.

— Le vieux ne nous a pas menti, j'en mettrais ma main au feu.

— Pas mieux, rétorqua l'Américaine, je ne vois pas pourquoi il aurait menti sur ce seul point. Au fait, je peux te demander quelque chose ?

Encore un interrogatoire sur ses motivations, son parcours ou son armement. Autant s'en débarrasser au plus vite.

— Je t'écoute.

— Tu crois qu'il m'aime bien ?

Eytan se releva et toisa la jeune femme d'un air passablement surpris.

L'un était parti pisser, l'autre se posait des questions de midinette. Avec une telle équipe pour mener une opération aussi délicate, le mensonge de Kourilyenko était peut-être un bienfait…

***

Je n'y tiens plus. La fatigue passe encore, les agressions répétées, pourquoi pas. Mais les voyages provoquent chez moi des désordres intestinaux systématiques. C'est pourquoi je m'éloigne de New York aussi rarement que possible. Huit heures d'avion, sept de voiture, et les litres d'eau ingurgités depuis ma « crise » à Zurich ont eu raison de ma vessie. Quelques souvenirs de galanterie, ajoutés à la volonté de ne pas griller d'un coup toutes mes chances avec Jacky, m'enjoignent de prendre mes distances pour uriner tranquille.

La matinée est jeune, la route peu fréquentée. Profiter d'un peu de calme me fait le plus grand bien. Les deux super héros vont finir par trouver un moyen de nous envoyer à une mort certaine. Je ne suis pas un soldat, donc Eytan a raison quand il parle de notre manque de puissance de feu. Je me satisfais d'avoir déjà pu me rendre utile : sans moi, ils ne seraient pas allés bien loin dans leur enquête.

Je longe des arbres dont les branchages tendent vers la route et semblent prêts à dévorer quiconque aurait l'audace de s'aventurer trop près d'eux. La quatre voies dessine une longue balafre déchirant le bois en deux parties distinctes. À croire que chaque rive de cette mer de verdure tente de rejoindre l'autre pour reformer l'ensemble. Avec ce genre de réflexion, soit je deviens poète, soit je suis vraiment très fatigué.

L'emplacement idoine pour ma petite affaire se présente enfin sous la forme d'un cercle de bitume empiétant sur la forêt. Des pneus peints en jaune, rouge et noir, les couleurs de la Belgique, forment une barrière séparant la zone de la route. Un homme passe sans difficulté entre les plots de gomme usée, je ne me prive donc pas. Étrange endroit, trop grand pour une aire de repos, il évoque plutôt un parking où une vingtaine de voitures pourrait aisément se garer. Après tout, les ingénieurs des eaux et forêts de ce pays traitent leur patrimoine naturel comme ils l'entendent.

Pourtant…

En y regardant de plus près, sur l'arc gauche de la zone, je distingue un petit chemin envahi par la végétation. À tous les coups, je me trouve sur un ancien lieu de rendez-vous pour randonneurs.

Dos à la route, je me soulage sur un taillis en sifflotant, monstrueusement mal, un air débile. Seule une oreille avertie pourrait identifier le thème d'introduction du *Muppet Show*. Je trouve étrange que ces moments de solitude soient si propices à la réflexion. Les chiottes, les douches et les bains seraient, à en croire les spécialistes, des endroits favorisant la créativité des cadres. Mais moi, je bulle, traînant un regard bovin alentour. Et d'un coup, mes neurones s'allument, le cerveau se remet en marche et les capteurs passent au rouge.

Parmi les branches de l'arbre qui me surplombe, le canon d'un fusil me regarde dans le blanc des yeux…

***

La question avait échappée à Jacky. Elle se mordait les lèvres et Eytan crut même l'entendre marmonner le mot

« idiote ». Mais il était évident que connaître l'avis d'Eytan sur la possibilité d'une relation entre Jeremy et elle constituait sa principale préoccupation en cet instant précis. Et le cadet des soucis de l'agent du Kidon.

Cependant, sa capacité à se focaliser intégralement sur sa mission atteignait ses limites. Décompresser en attendant le retour de Jeremy ne serait pas un luxe. Faire la gueule ne débloquerait pas non plus la situation. Et puis, si cette histoire pourrie pouvait déboucher sur une fin heureuse, tant mieux !

— Il t'apprécie, sans l'ombre d'un doute, concéda-t-il, et derrière son cynisme, assez drôle je dois l'admettre, se cache un homme blessé mais généreux. N'oublie pas qu'il porte de lourds fardeaux, et même s'il semble retrouver le goût de vivre, il lui reste du chemin à accomplir pour remonter totalement à la surface. Seras-tu capable de l'accompagner sur cette voie ?

— Capable, je l'ignore, mais j'en éprouve l'envie. Pour un début, ce n'est pas si mal, tu ne crois pas ?

Eytan sourit.

— Pour un début, c'est essentiel. Dis, ça fait un moment que cette andouille est partie, je n'ai pas envie d'attendre qu'il ait fumé un paquet entier pour retourner à Zaventem.

— Tu as raison, il s'est éloigné depuis cinq bonnes minutes. Allons le chercher, une petite marche nous fera du bien.

Ils longèrent la route dans la direction empruntée par Jeremy.

— Mais dis-moi, tu es célibataire, toi ? Un grand ténébreux avec une belle gueule et une carrure d'athlète doit faire des ravages, pas vrai ?

Eytan pressa ses mains dans les poches de sa veste et se voûta d'un coup sans stopper son avancée.

— Oui, je suis célibataire. Mes missions laissent peu de place à ma vie privée. Et oui, certaines femmes m'envoient des signaux comme quoi mon charme ne les laisse pas indifférentes.

— Et tu n'as jamais trouvé quelqu'un avec qui tu aies envie de fonder une famille, ou simplement de te poser ?

— Je n'ai pas le temps de me poser, Jacky. Et pour des tas de raisons, je ne peux pas fonder une famille.

Eytan s'assombrit et allongea le pas. Jacky, obligée de sautiller pour suivre le rythme imposé par les grandes jambes du «divin chauve», ne parlait plus. Les questions embarrassantes resteraient en suspens. Morg éprouvait moins de difficulté à évoquer sa profession que ses déboires sentimentaux.

À l'instar du sous-bois, la route se montrait désespérément désertique. Aucune trace de Jeremy à l'horizon. Ils arrivèrent à un parking en forme de cercle taillé dans la forêt, séparé de la quatre voies par une barrière de pneumatiques usagés. Et au milieu du bitume, à une cinquantaine de mètres d'Eytan et Jacky, un corps gisait au sol, bras en croix.

La jeune femme s'élança mais une main puissante la saisit par le bras et la stoppa dans son élan.

— Attends. Quelque chose…

Se tournant vers Eytan, Jacky vit une série de points rouges lumineux se déplacer sur le large torse du kidon.

— Kourilyenko n'a pas menti. Nous n'avons pas cherché au bon endroit… cracha-t-elle, dépitée.

Eytan se tint immobile, transformé en poupée de cire. La perspective de ne rien pouvoir tenter le plongea dans une profonde détresse.

— Écoute-moi bien, Jacky, et n'oublie pas ce principe : jamais surpris, toujours en vie !

Une gerbe de sang éclaboussa le visage de la jeune femme qui détourna machinalement la tête tandis que l'agent israélien s'effondrait…

Chapitre 36

Comme des bleus! Nous nous sommes fait gauler comme des bleus! Elle est belle la mission d'infiltration, tiens. Non seulement nous n'avions pas conscience d'être au bon endroit, mais il a, en plus, fallu qu'on se pointe avec les mains dans les poches. Moi c'est normal, mais que Buffy et le Géant Vert se soient fait avoir, là ça m'épate.

À notre décharge, le Consortium a bien préparé son coup. Construire un complexe souterrain sur le site d'un hippodrome abandonné en pleine forêt, j'appelle cela du génie industriel. Rien de tel qu'une protection naturelle pour agir en toute discrétion. Les bâtiments en ruines abritent des systèmes de surveillance, les escaliers pour le personnel sont cachés sous les anciens gradins et les livraisons se font par une rampe mobile dissimulée sous l'herbe dans la partie centrale du champ de courses. Ce n'est plus un hippodrome, mais un gruyère. Le sous-sol est un entremêlement de vérins, pistons et pompes géantes. J'ignore le coût d'une telle installation, mais la somme doit être rondelette. C'est bien simple, sous la forêt, un malade a construit une usine : tout simplement délirant! Et moi, comme un crétin, je suis allé uriner sur un des multiples parkings entourant le complexe. Dire que si nous avions poussé trente mètres plus loin, nous aurions trouvé…

Je me remémore les mots de mon père : « Le Consortium est une organisation souterraine, il faudra creuser ». Ne me demandez plus d'où me vient mon sens aigu de l'humour noir.

Quatre gros bras nous poussent sans ménagement vers une double porte métallique. Ce couloir n'en finit pas. Il décrit un véritable labyrinthe pour qui n'est pas habitué à l'endroit et se divise en d'innombrables embranchements. Les lieux m'évoquent les bases secrètes de l'armée telles qu'Hollywood les dépeint. Les murs gris béton, les néons blafards au plafond en passant par les marquages de couleurs peints au sol (des indications compréhensibles du seul personnel et du responsable qualité…) ou le nom des sections du bâtiment, type « B23 » ou « C5 », tout respire le complot de cinéma. Mais nous n'évoluons pas dans un décor de carton-pâte. Et les flingues ne tirent pas à blanc. La blessure d'Eytan en témoigne amèrement. Je me demande comment il tient debout avec une balle dans l'épaule. Pourtant, le grand reste digne et ne grimace pas. Tout au plus est-il un peu pâlot.

Jacky encadrée par deux mastodontes parait minuscule. Même moi, je me sens petit au milieu d'une telle compagnie de brutes. Elle me lance un regard inquiet. Je lui adresse un clin d'œil. Elle me répond par un sourire en coin. Ma Buffy mijote quelque chose, j'en mettrais ma main au feu.

La grande salope marche à mes côtés. Elle m'impressionne. Elle est belle, de ces beautés froides, distantes, dont le regard vous sonde en profondeur, mais ne laissent aucune porte ouverte sur leur cœur. Autant les traits de Jacky sont doux et arrondis, autant Elena possède un visage aux angles marqués, aux formes dures. Elle me toise. Je ne baisse pas la tête. Je profite du spectacle de ses yeux marron méprisants. Je me demande quelle expression ils prendront quand je lui briserai le cou.

Notre marche forcée s'arrête abruptement devant une porte blindée. Elena passe une carte dans un lecteur encastré dans le mur. Sans l'ombre d'un bruit, les panneaux s'écartent et glissent dans les parois. Tout est noir. On n'y voit pas à un mètre. Comme si la pièce, vers laquelle nos gardiens nous poussent désormais, aspirait toute luminosité. Et à en croire la tête d'Eytan, elle pourrait aussi bien avaler tout espoir. Mais je reste convaincu qu'entre lui et Jacky, la situation tournera à notre avantage. À moins que je ne veuille m'en convaincre.

Une fois que nous sommes rentrés, la porte se referme. La lumière ne s'allume pas, elle explose, agressive et aveuglante. Chacun se protège les yeux le temps de s'habituer. Le mec qui a conçu l'éclairage est un grand malade. En fait, le mec qui a conçu l'endroit est gravement cinglé ! Nous sommes dans un véritable hangar. Un camion y ferait de l'agoraphobie. Des tubes emplis d'un liquide vert effervescent, trois mètres de hauteur sur deux de large, agrémentent les murs latéraux. De chaque côté, trois cylindres sont connectés à une batterie de tuyaux souples rejoignant une grande gaine technique grise fixée au plafond. Le plus angoissant, ce sont les lits adjacents. Le genre hospitalier, avec draps blancs, emplacement pour la feuille de suivi, et surtout le matériel de monitoring mobile. Je connais bien le truc, ma mère a été branchée plus d'une fois à ces machins : un électrocardiogramme, un appareil d'assistance respiratoire et un bidule pour observer l'activité cérébrale. Trouver un tel équipement ici ne m'inspire rien de bon. Pas plus que les triangles jaunes arborant le symbole « radioactivité » affichés un peu partout !

Faisons des mathématiques, rien de tel pour m'éviter de céder à la panique. Trois tubes multiplié par deux côtés. Ça fait six tubes et donc six lits. Maintenant, reste une question. Pourquoi un de nos cerbères allume-t-il trois blocs de monitoring ?

Jacky, plus Eytan, plus ma gueule… Ça y est, je panique !

***

L'épaule d'Eytan lui faisait souffrir le martyre. La balle n'avait pas fracturé d'os, mais elle était restée dans la chair, la faute au petit calibre utilisé. L'hémorragie, même limitée, ne s'arrêterait pas seule.

Le compte des ennemis se portait à quatre hommes plus la grande rouquine. Rien d'insurmontable dans l'absolu. Mais avec un bras inutilisable et les mains attachées, la situation ne s'annonçait pas reluisante. Jeremy affichait tous les symptômes cliniques de la peur. La sueur dégoulinait de son front. Son souffle était court et saccadé, ses yeux exorbités. Eytan ne pouvait le blâmer. La vie d'un trader ne ressemble en rien à celle d'un tueur pour qui se mettre en danger s'inscrivait dans une logique, sinon quotidienne, du moins fréquente, presque routinière. Le malheureux Jeremy, lui, appartenait à la catégorie des pertes collatérales parsemant les conflits sombres et secrets. Comme l'enfant juif polonais privé de son avenir pour satisfaire à la haine d'un dictateur qu'il ne verra jamais. Eytan ne pouvait se résoudre à rendre les armes. Pas maintenant, pas après tant d'efforts et de sacrifices concédés au fil des ans. Et surtout, pas sans combattre.

Eytan étudia rapidement les lieux et dressa une liste mentale : l'ordre dans lequel ses adversaires tomberaient.

Sa concentration fut interrompue par l'ouverture de la porte principale. Un homme en blouse blanche pénétra dans la salle, doigts croisés sur le torse. En d'autres circonstances, on aurait pu penser qu'il priait. La cinquantaine, plutôt malingre, il arborait le sourire débonnaire des grands-parents accueillant leurs petits enfants pour les fêtes de fin d'année. Des cheveux courts grisonnants, encadraient un front large surplombant de petits yeux vifs.

— Mes amis, quelle joie de vous voir ici réunis. Votre père nous a causé tant de soucis, monsieur Corbin, tant de souffrances, si vous saviez. Quant à vous, mademoiselle Walls, je n'ai appris votre existence qu'hier, mais vous faites bonne figure d'après ce qu'Elena m'a rapporté. Sans parler de la légende des services secrets israéliens, le célèbre Eytan Morg. Vous me faites trop d'honneur !

Après le décor hollywoodien, le savant fou. Jeremy interrompit un monologue qui paraissait sans fin.

— Vous êtes qui, vous ?

— Suis-je distrait. Vous ne pouvez pas savoir. Bien sûr, vous pourriez deviner, si la nature vous avait doté de facultés intellectuelles un peu plus… développées. Malgré vos lacunes, je suppose que vous feriez un rat de laboratoire acceptable.

Jeremy plissa les yeux et dévisagea l'homme. Déjà pâle, Corbin blêmit d'un coup. Eytan, tête baissée et paupières closes, énonça la réponse.

— Bleiberg…

Le professeur sourit.

— Vous n'avez pas tous les tenants et aboutissants de l'affaire, n'est-ce pas ? Tout au plus disposez-vous de quelques bribes d'informations sur lesquelles vous basez des hypothèses, toutes improbables pour vos esprits limités. À votre décharge, vous ignorez des points essentiels. Je ne peux résister à la tentation de vous donner quelques explications. C'est une faiblesse dont souffrent les génies méconnus. Retournons donc ensemble quelques instants dans le passé.

Les nazis cherchaient par tous les moyens à prouver la supériorité de la race aryenne. Leur dogme les incitait à explorer toutes formes de pistes, même farfelues, pour parvenir à leur fin. Des expéditions furent décimées lors de la recherche d'artefacts mystiques inexistants, voire de continents engloutis. Mais la vérité se trouvait dans la science. Les théories extrémistes des nazis amenèrent le Consortium à rendre possible l'accession d'Hitler au pouvoir, à encourager sa soif de conquête. Je lis une interrogation dans vos yeux. Pourquoi ? La réponse est tellement simple. Nous croyons à l'évolution de l'humanité par la science, la réflexion et la logique. Nous visons la création d'une élite intellectuelle et physique. Mais les avancées sont complexes. Elles demandent des cerveaux, des esprits éclairés et visionnaires, des moyens colossaux et, par-dessus tout, de petits arrangements avec la morale. En fondant le *Reich*, en mettant le monde à feu et à sang, et en décrétant l'extermination des Juifs, Hitler et sa clique ont créé les conditions favorables à une série de progrès technologiques inédite dans l'histoire. La course à l'armement a entraîné l'invention des radars, de nouveaux modes de propulsion, de nouvelles normes d'industrialisation. Dois-je vous rappeler que la conquête de l'espace doit beaucoup aux savants allemands qui rejoignirent les rangs de la NASA ?

J'étais un jeune chercheur lorsque le Consortium m'a recruté, en 1941. Une aubaine, car je n'étais pas dupe du sort qui m'était réservé par les SS compte tenu de mes origines juives. Le contrat était simple. Les nazis me fournissaient déjà le cadre de travail idoine, des sujets tests, les matières premières et une équipe compétente. En contrepartie, ils n'auraient jamais accès à mes découvertes ! Le plus amusant est que l'organisation a eu vent de mes avancées par l'intermédiaire de Rudolf Hess. C'est même grâce à son expédition désastreuse en Écosse que j'ai été repéré. Mais au fait, de quelles recherches parlons-nous ? La mutation génétique bien sûr ! L'accélération de l'évolution humaine. Voilà ce qu'est mon projet. L'*übermensch* n'est pas un mythe. Le corps recèle un potentiel inexploité. Il ne demande qu'à être réveillé. C'est à ce stade que j'interviens. L'injection d'une solution irradiée provoque une modification du génome dont les effets sont saisissants : ralentissement drastique du vieillissement, augmentation de la capacité pulmonaire, amélioration de la neurotransmission, et je vous passe quelques détails que vous n'êtes pas aptes à comprendre.

Naturellement, les premiers tests se soldèrent par des échecs. Les injections tuèrent les premiers sujets instantanément. Petit à petit, j'obtins une survie plus importante, mais alors les cobayes développèrent des cancers foudroyants. Le succès me guettait après 301 échecs. Le patient 302, un enfant juif de Varsovie, survécut au traitement spécial. Pour bloquer la nécrose des cellules, cause des cancers, j'avais mis au point un sérum opérationnel. Il en aurait besoin à vie. Mais au moins mes théories étaient-elles validées. Avec le temps, un affinage de la formule permettrait d'éliminer totalement la nécrose. En 1942, soit deux semaines après la fin du protocole, Heinrich Himmler lui-même vint inspecter le complexe situé sous l'hôpital du camp de Stutthof, en Pologne. Il n'était pas question que le patient 302 tombe entre les mains des nazis. Le Consortium me l'aurait fait payer. De plus, mon équipe ne m'était plus d'aucune utilité. J'organisai donc la destruction totale du laboratoire. Seuls mes notes, mon cobaye et moi-même, devions survivre. Un passage souterrain nous mènerait à un camion affrété par mon contact au sein de l'organisation.

Hélas, la situation m'échappa quelque peu. L'enfant développait une intelligence exponentielle, peut-être un effet secondaire inattendu. Il déclencha les charges d'explosif plus tôt que prévu. Himmler survécut, je m'en tirai par miracle et mon chef-d'œuvre prit la fuite dans la confusion, avec, c'est fâcheux, les seules doses existantes du sérum ainsi que sa formule.

Jeremy explosa.

— Vous êtes malade ! Vous pensez vraiment que nous allons avaler votre histoire de surhomme ?

Les rides aux commissures des lèvres de Bleiberg se creusèrent tandis que sa bouche se tordait en un sourire compassé. Eytan sentit son cœur se figer.

— Mon pauvre enfant, vous doutez de la véracité de mes dires ?

— Tu l'as dit, ducon !

— Alors, monsieur Corbin, vous qui êtes si prolixe, que diriez-vous si je vous annonçais que le patient 302 se trouve parmi nous ?

Chapitre 37

Un village, au nord de Varsovie, octobre 1940.

Les enfants couraient à travers les herbes hautes du champ jouxtant la seule route du pays. Roman était si petit que sa tête n'apparaissait qu'à la faveur des rafales de vent couchant les pousses. Il ne se défaisait jamais de son sourire malgré les dents manquantes. Son enthousiasme et sa bonne humeur croissaient à l'idée d'attraper son frère. Plus grand et plus rapide, ce dernier ne le semait jamais totalement et prolongeait le jeu à l'envi. Le vieux Bartocz leur infligerait une bonne claque sur les fesses s'il les voyait gambader ainsi sur son modeste domaine.

La cavalcade se poursuivit un bon moment. Mais comme toujours, Roman fatiguait. Ses crises d'asthme devenaient plus fréquentes. Son frère et lui n'obtenaient l'autorisation de jouer qu'en échange de la promesse d'une vigilance accrue. Ainsi le jeu se terminait-il toujours auprès du vieil arbre où la course laissait place à une rapide escalade. Les enfants étaient aussi agiles que des singes. Allongés sur les plus grosses branches, ils s'abandonnaient à la contemplation de la région.

Le scénario de leurs escapades était invariable et celle-ci ne dérogea pas à la règle. Arrivé au pied du tronc épais et noueux, Roman commençait à respirer difficilement. Ses petites mains connaissaient les prises par cœur et il montait, sans difficulté, près de son frère qui, comme à chaque fois, finissait de le hisser à son niveau.

Côte à côte, ils s'infligeaient de petits coups de poings sur les épaules.

— Combien font trois plus trois ? demanda l'aîné.

— Trois Trois, répondit le plus jeune, malicieux.

Ils rirent.

— Mais non, six.

Un nouveau coup de poing partit. Roman répondit à une petite dizaine de problèmes simples, sans plus plaisanter. Dans la famille, on ne badinait pas avec le savoir. Leur père, médecin, insistait sur le besoin d'apprendre, et surtout, de comprendre.

— C'est à ce prix que vous resterez maîtres de votre destin. Le savoir est une clef qui vous ouvrira toutes les portes si vous en faites bon usage, répétait-il inlassablement.

Encouragés par leur mère, les enfants prirent l'initiative de transformer l'apprentissage en jeu. La séance de révision passée, ils regardèrent mourir le jour.

Un bruit de moteur attira leur attention. Les camions et plus encore les voitures, étaient rares dans la région. Ils tournèrent la tête vers la route empruntée d'habitude par des chariots tirés par des chevaux. Devant eux, une longue colonne de véhicules, chargés d'hommes en uniforme, s'étirait à perte de vue. Au milieu du paysage verdoyant, la cohorte grise semblait déchirer le monde.

—Roman, il faut que nous rentrions. Maintenant !

Le petit ne pipa mot, tétanisé par cette vision qu'il ne comprenait pas. Une poignée de secondes plus tard, ils rejoignaient le village, main dans la main, aussi vite que le leur permettait l'asthme de Roman.

Le soir même, le petit bourg était aux mains des troupes d'occupation allemandes. La population les accueillit sans résistance, vaine au vu des forces présentes. Certains habitants, rares mais bien réels, leur réservèrent même des applaudissements. Les enfants, regroupés entre une dizaine de gardes, mitraillette au poing, observaient, incrédules, un étrange ballet dont seuls les adultes semblaient comprendre le sens.

Les hommes du village se tenaient droits, immobiles, en rang, face à des soldats plus rigides que les clôtures du vieux Bartocz. Un paysan les dévisageait un à un, sa casquette solidement vissée sur la tête. Il portait un mouchoir sur la bouche et seuls ses yeux étaient visibles. Il s'arrêta et pointa un doigt accusateur.

— Lui. Le médecin. Il est juif.

Une heure plus tard, le soleil finissait sa course au-delà des collines. Le père, la mère et les enfants, valises en mains, sortaient sous bonne garde de la petite maison qu'ils occupaient sur la place centrale, face à la mairie.

L'aîné, silencieux depuis des heures, s'approcha de ses parents.

— Papa, c'est Ignaziewski qui t'a dénoncé, je l'ai reconnu malgré son masque. Pourquoi a-t-il fait ça ?

Le père promena ses doigts dans les cheveux bruns et bouclés de son fils. Cet enfant possédait une maturité qui l'emplissait de fierté et de bonheur. Roman prenait le même chemin. Quels beaux garçons…

— Oui, c'est bien lui, je l'ai reconnu aussi. La peur pousse parfois les gens à faire des choses incompréhensibles. La peur ou la haine.

— Mais tu l'as guéri de la grippe l'hiver dernier.

— C'est vrai. Mais c'était l'hiver dernier. Les choses ont changé. Le monde a changé.

— Je croyais qu'il était ton ami.

— Je le croyais aussi. C'est la nature humaine, Eytan. C'est la nature humaine…

***

La marche fut longue et douloureuse. Trois jours durant Yitzhak, Alina, Roman et Eytan Morgenstern avancèrent sans relâche, encadrés par des voitures et des hommes en armes. La troupe s'arrêta dans chaque village, dans le plus petit hameau. La même pantomime se jouait invariablement. Ils furent rejoints par une famille, puis dix, puis cent. Les protestations des nouveaux arrivants cédaient la place au silence et au désespoir. Les Allemands ne faisaient montre d'aucune mansuétude, d'aucune compassion. Perdus au cœur d'une marée humaine, ils arrivèrent enfin à Varsovie. Rares étaient ceux parmi la population à oser accorder un regard aux marcheurs. L'omniprésence des soldats étouffait la ville et éteignait toute vie.

Le cortège, « le troupeau » se dit Eytan, s'arrêta. Ici, seuls les pleurs des enfants subsistaient au milieu du bruit répétitif et assourdissant des bottes frappant le bitume, des moteurs de chars vrombissants.

Des officiers désignèrent des responsables qu'ils informèrent des règles en vigueur dans cette zone consacrée au parcage des Juifs. Les nouvelles filèrent bon train, se répandirent en une rumeur. Certains voulurent voir, dans cette organisation, une lueur d'espoir. Ils s'accrochèrent à la pensée que la situation, transitoire, exigerait certes des compromis, mais demeurerait vivable.

***

Les jours, puis les semaines qui suivirent ne cessèrent d'ôter tout doute quant aux objectifs de l'occupant germanique à l'égard de la communauté juive. De quelques centaines, le nombre d'habitants monta à quelques milliers, pour atteindre les trois cent mille personnes confinées dans un périmètre restreint.

Un mur d'enceinte fut érigé, sous la contrainte des armes, par les Juifs eux-mêmes, artisans de leur propre enfermement. Le quartier devint une prison urbaine. Les rues se noircissaient d'une foule immobile, comme spectatrice de son calvaire. Assis sur les trottoirs, des vieux troquaient les souvenirs d'une honnête vie contre des cigarettes ou de la nourriture. Partout régnait la crasse. La rareté de l'eau interdisait toute hygiène. La promiscuité dans les habitations n'arrangeait rien à la situation. Ainsi dans l'appartement des Morgenstern survivaient vingt personnes dans un espace prévu pour quatre. La famille ne se plaignait pas. Les derniers arrivés s'entassaient dans des caves humides, hantées par les rats et la vermine. Les maladies se développaient, les foyers d'infection proliféraient.

Les geôliers de cet enclos pestilentiel n'accordaient comme seul soin que la fourniture d'un repas quotidien. Et quel repas. Un maigre gruau et une tranche de pain sec, pas de quoi nourrir convenablement les vieillards et les enfants regroupés autour de marmites froides et désespérément vides. La malnutrition fit vite des ravages. Une épidémie de typhus se répandit à une vitesse terrifiante.

En dépit des fréquentes et brutales descentes orchestrées par les Allemands, Yitzhak Morgenstern, épaulé par d'autres médecins, organisa des infirmeries de fortune dans les caves les moins putrides. Des écoles clandestines fleurirent dans les appartements désertés dans la journée. Apprendre était devenu un crime. La mort de l'esprit devait précéder celle du corps.

Devant l'empressement des grandes personnes à maintenir un semblant de vie, à braver les interdits, les enfants trouvèrent un moyen d'apporter leur pierre à un édifice bien fragile. Un petit groupe, dirigé par Eytan, descella des briques au pied du mur nord. Un travail fastidieux, plein de minutie et de malice, leur permit de ménager un étroit passage vers l'extérieur. Un adulte n'aurait pu s'y glisser. Mais eux, si. Commença alors un ballet nocturne ponctué de rapines, qui de pain, qui de légumes.

Roman venait de fêter ses six ans. Les forces lui manquaient et l'atmosphère viciée n'avait fait qu'aggraver son asthme. Mais il ne perdait rien de sa jovialité et ne lâchait jamais son frère d'une semelle, sauf quand celui-ci partait avec sa «brigade», comme il l'appelait, chaparder dans la ville. Ce soir-là, le cadet fit des pieds et des mains pour accompagner l'aîné.

— Après tout, lui reprocha-t-il, Simon a six ans lui aussi et il peut venir.

— C'est trop dangereux, Roman. Et il faut courir vite, sans s'arrêter. Et ce n'est pas un vieux paysan qui nous poursuivra si nous sommes repérés. Reste ici et surveille les alentours. Si tu ne te fais pas voir, tu gagneras un point, d'accord ?

De mauvaise grâce, le petit obéit et tandis que la bande ôtait une par une les briques rouges, il s'accroupit dans la pénombre protectrice d'un poteau électrique et entama sa surveillance.

Le brouillard nocturne s'emparait de la cité tel un inexorable fantôme. L'ectoplasme se faufilait dans le moindre interstice, offrant une aide précieuse aux gamins dans leur périlleuse mais indispensable entreprise. L'organisation allemande fournissait, elle aussi, son lot d'opportunités. Réglées comme des horloges, les patrouilles ne dérogeaient jamais d'une seule minute à un timing bien établi. Ces gens agissaient comme des machines. Mais sur ce point, Eytan ne pouvait que se réjouir. Privé de montre, confisquée parmi les maigres biens emmenés lors du déplacement des Juifs polonais, il avait appris à comptabiliser mentalement le temps, disposant d'un véritable chronomètre en tête.

Quelques pommes et un pain chaud donnés furtivement par une veille dame compatissante, à travers une fenêtre entrebâillée, constituaient le maigre butin de l'expédition. Il ne restait qu'une poignée de minutes au commando pour réintégrer sa prison à ciel ouvert. Une brise légère, mais glaciale, commença de balayer les rues.

Fidèles à leur habitude, les enfants avancèrent, collés au mur de l'immeuble dessinant l'angle des voies jouxtant le ghetto. Un par un, ils se lancèrent dans une course effrénée sur les trente mètres les séparant de la brèche. Tous parcoururent la distance sans encombre. Eytan, comme toujours, s'élança en dernier.

Roman, à quatre pattes, tête penchée par le trou béant attendait son frère tandis que les autres rassemblaient les briques pour les remettre en place au plus vite et dissimuler la précieuse issue.

Alors, la brise se fit plus forte et de violentes rafales s'engouffrèrent dans les rues et avenues de la capitale déchue. Le brouillard s'égailla devant la violence de l'assaut. Tout à sa course, Eytan laissa tomber trois pommes qui roulèrent le long du trottoir et se dispersèrent sur la route pavée. Il s'arrêta un instant et rebroussa chemin pour récupérer la précieuse denrée dont son père vantait les vertus curatives.

Roman scrutait les alentours. Le bruit si reconnaissable des bottes battant le sol prévenait de l'arrivée des patrouilles bien avant qu'on puisse les voir. Pourtant, au loin, derrière Eytan, émergèrent en silence quatre soldats, cigarettes au bec, marchant d'un pas décontracté, fusil en bandoulière. Deux, laisse au poing, tenaient fermement des bergers allemands. De crainte de faire repérer le passage dérobé, Roman ne cria pas, et, sans hésiter, il se lança à la rencontre de son frère dix mètres plus loin.

Eytan ramassa le dernier fruit, pestant contre sa maladresse. Relevant la tête, il reconnut au premier coup d'œil la silhouette frêle et la démarche mal assurée de son frère.

Un coup de feu résonna dans la nuit. Roman continua de courir vers son aîné. Une seconde détonation retentit, couvrant l'écho mourant de la première. Le petit tomba, face contre terre.

Eytan se précipita vers lui, malgré les aboiements des chiens et les hurlements des soldats. Il souleva délicatement la petite tête. La posa sur ses genoux. Écarta les mèches brunes ondulées. Les yeux clos ne s'ouvriraient plus jamais. La douleur lui déchira les entrailles. Il ouvrit la bouche et attendit un cri qui ne vint jamais.

Un coup de crosse le renversa. Étendu sur le flanc, sonné, Eytan vit une botte frapper à deux reprises le corps de Roman. La mort l'emporterait lui aussi dans quelques secondes, il l'accueillerait comme une libération…

L'officier en charge de la patrouille hésita avant de donner l'ordre de tirer. Deux fusils mitrailleurs observaient le garçon tels des serpents à l'affût du meilleur angle d'attaque. Enfin, la décision fut prise. De solides mains l'agrippèrent sans ménagement. Il fut traîné au milieu de rues sombres entrecoupées par les halos lumineux des réverbères sales et gigantesques. Dans le semi-brouillard qui enveloppait sa vision, Eytan aperçut l'arrière d'un camion vert, identique à ceux que son frère et lui avaient vu débarquer au village une poignée de mois plus tôt, quand la vie possédait encore un sens. Quand le monde irradiait encore de couleurs. Autour du véhicule, des projecteurs brisaient la nuit. Des rouleaux de barbelés idiots protégeaient la zone d'une révolte inexistante. On le chargea comme un paysan charge une botte de paille. Il roula sur le plancher creusé de rainures métalliques, au milieu d'hommes et de femmes, immobiles, silencieux, poupées de cire figées par la terreur. Quatre soldats montèrent. Le camion se mit en branle et l'aîné des Morgenstern plongea dans une bienveillante inconscience, laissant derrière lui le monde, fou et malfaisant, des grandes personnes …

***

Mais ce monde revint à la charge, sans compassion, dépouillé de toute tendresse, de la moindre trace d'amour. Eytan fut secoué sans ménagement. Il ouvrit des yeux aussitôt endoloris par la lumière aveuglante braquée vers le camion, dont un garde l'éjecta à coups de pied. Il manqua de tomber au contact du sol pierreux mais une habile flexion des genoux lui évita la chute, provoquant des sifflements, trop admiratifs pour ne pas être moqueurs, de la part des soldats agglutinés autour du véhicule.

Le spectacle s'offrant au gamin lui saisit les tripes. Bras

ballants, il contempla sans comprendre, sans même une chance d'y parvenir, les hommes, les femmes, les enfants déchargés des trains comme du bétail, alignés en d'interminables files, entourés de militaires en armes au regard froid, implacable. De hautes cheminées maculaient l'horizon, balafrant les cieux d'une fumée nauséabonde. Le reste du paysage, poteaux, barbelés, bâtiments, n'était qu'une ode dédiée à la haine et à la destruction. Les aboiements des gardiens couvraient les sanglots muets d'un peuple martyrisé.

Eytan s'attendait à rejoindre la cohorte des prisonniers mais un Allemand le saisit par le bras et le traîna vers un groupe de trois hommes en blouse blanche. Ils devisaient, cigarette aux lèvres, et échangeaient même quelques rires. Les bottes du soldat claquèrent et il se lança dans une explication incompréhensible pour l'enfant. D'un signe de tête, un des médecins - leurs stéthoscopes convainquirent Eytan de leur fonction - désigna un cabanon voisin en pierre. Il y fut dirigé sur-le-champ. Là, assis sur un tabouret, on lui rasa le crâne puis on lui tatoua une série de chiffres sur l'avant-bras. La douleur physique n'était rien comparée à l'humiliation ressentie. Privé de ses parents, privé de son petit frère, privé de cette liberté qu'il aimait tant, on le dépouillait désormais de son identité, de son statut d'enfant, et pis encore, d'humain. Pleurer ou se débattre n'aurait apporté que trop de satisfactions aux tortionnaires. Eytan se mura dans le silence et tandis qu'on le traitait comme une bête, il s'enferma au plus profond de lui-même.

L'homme à la blouse l'examina sous toutes les coutures : il testa ses réflexes, prit des mesures et nota avec soin les résultats sur une fiche cartonnée marron qu'il épingla au pull du garçon.

Dix minutes plus tard, Eytan traversa les voies ferrées sous bonne garde et fut chargé dans un train bien étrange, composé d'une locomotive et d'un unique wagon. À l'intérieur, une vingtaine d'enfants observèrent le nouvel arrivant. La plupart se blottissaient contre les parois en bois. Certains, peu, étaient en pleurs. Une fois Eytan monté à bord, la lourde porte coulissante se referma sur eux.

Commença un long et douloureux périple. Un de plus.

Le dernier…

***

Les enfants cherchaient dans un regard une marque d'affection, une trace d'amour. Mais Eytan réalisa vite que d'amour il n'était plus question en ces lieux. Il éliminait les interrogations incessantes qui s'emparaient de son esprit. Comment ? Pourquoi ? À quoi bon savoir… Ils ne s'appartenaient plus. Un animal destiné à l'abattoir recevait plus d'attention qu'eux. Comprendre s'avérait impossible. Comme pour ce second tatouage, dont l'application, brutale et douloureuse, avait valu aux gamins en larmes des roustes à faire peur. Tout ça pour trois chiffres de plus ! Eytan tira la manche de son pull et la noua avec son mouchoir, seule possession que les gardes, peu enclins à mettre les mains sur un gamin la morve au nez, avaient daigné lui laisser.

Du nouveau campement, ils virent les barbelés, encore et toujours, les miradors et les constructions en bois à perte de vue. Les premières neiges commençaient de tenir au sol. Le soleil brillait et se reflétait sur l'étendue blanchâtre, immaculée, mais ne dispensait aucune chaleur. Avisant le bâtiment vers lequel on les poussait, un des marmots s'exclama de joie. Après tout, les médecins ne sont-ils pas prévenants et gentils ? Or, qui pouvait bien être l'homme au sommet des marches, guettant la colonne bras croisés, si ce n'était un docteur ?

Pour seule récompense à son regain d'enthousiasme, le gamin reçut une claque si violente sur l'arrière de la tête qu'il s'effondra face contre la neige. Le médecin aboya en allemand et rabroua le gardien fautif qui n'en menait pas large. Il descendit l'escalier, se précipita aux côtés du petit et le tourna avec délicatesse. L'homme l'examina en détail mais ne rendit pas le sourire que lui adressait l'enfant. Ils se relevèrent tous les deux. Le regard sombre de cet homme croisa celui, dur, d'Eytan. Un clin d'œil, une phrase en polonais. Une simple phrase qui allait guider toute une vie.

— Je ne veux pas que l'on abîme mes rats.

Eytan serra les poings à s'en briser les phalanges. Voilà donc ce qu'ils étaient à ses yeux, des rats.

Ils reprirent leur marche et pénétrèrent dans ce qui n'avait d'hôpital que le nom.

Eytan passa au niveau du médecin parti en tête de la troupe. Face à lui, au mépris des brimades probables, voire de la mort, il prit sa voix la plus calme, la plus froide.

— Parfois, les rats ont la rage.

L'homme en blouse blanche sourit, puis referma les portes d'un endroit que les adultes nomment Enfer…

Chapitre 38

Je patauge dans un asile de fous. Ils sont tous plus cintrés les uns que les autres. Et papy, face à moi, remporte la palme haut la main. Je vais me faire tuer par une bande d'aliénés. Nous traversons tous des moments difficiles. Mais là, je bats certainement un record dans la catégorie « vie de merde ».

— Mais arrêtez, vous êtes ridicule avec votre patient 302. Si vous étiez Bleiberg, vous auriez quoi ? Quatre-vingt-quinze ans au bas mot ? Vous en paraissez à peine soixante. Je n'achète pas votre histoire à la mords-moi le nœud.

— Ma formule entraîne un ralentissement du vieillissement. Sur un sujet en cours de croissance, l'arrêt se fait aux alentours de vingt-huit ans, soit au summum du développement physique. Ainsi la personne traitée ne subira-t-elle aucune déperdition de ses capacités au fil du temps, et ce, jusqu'à sa mort naturelle qui, selon mes calculs, interviendra entre cent et cent vingt ans. Par contre, sur un patient ayant dépassé la trentaine, l'âge se fige au moment de l'injection. Étonnant, n'est-ce pas ?

— Pauvre taré !

Je ne vais pas tarder à lancer une série d'injures gratinées tant ce type m'inspire la haine la plus pure.

Papy s'approche. Encore un pas vers moi et nous nous roulons une pelle. Il chuchote.

— Savez-vous que le dermatologue Danielssen a tenté à plusieurs reprises de s'inoculer la lèpre pour démontrer la nature contagieuse de cette maladie ? Croyez-vous que j'ai hésité une seule seconde au moment de m'injecter le mutagène ? Les avancées de la science sont à ce prix. Et maintenant, imaginez un être aux mouvements rapides et précis. C'est imperceptible à l'œil nu, mais pourtant vous ne pouvez jamais le battre en agilité ni en vitesse. Son niveau de réactivité augmente en fonction des besoins imposés par une situation donnée. Imaginez un humain ne perdant jamais le contrôle de ses émotions, toujours maître de ses décisions. Cela ne vous évoque pas quelqu'un ?

Non !

Je tourne la tête vers Eytan. Bleiberg se dirige vers le géant. Il lui saisit sans ménagement le bras droit et relève d'un coup sec la manche ensanglantée du tee-shirt kaki. Eytan se contracte sous la douleur mais ne crie pas. Sur son avant-bras sont tatoués une lettre et six chiffres.

— Laissez-moi vous présenter Eytan Morgenstern, Juif polonais, déporté par les nazis à l'âge de huit ans vers le tout nouveau camp d'Auschwitz. Sélectionné par les gardes selon les critères médicaux définis par mon équipe, puis transféré au Stutthof, mon centre de recherches, pour devenir…

Bleiberg relâche sa prise, fait un pas de côté et recommence son manège sur le bras gauche. Mais cette fois, ce sont trois chiffres qu'il dévoile : trois, zéro, deux.

— … le patient 302… mon premier chef-d'œuvre…

Eytan baisse la tête vers le vieux. Tout le mépris du monde se lit sur le visage du géant.

— Sous couvert d'un vaccin, vous allez inoculer votre saloperie à l'ensemble de la planète, n'est-ce pas ? L'argent ne vous intéresse pas. Alors pourquoi ? Et pourquoi maintenant ?

Eytan ne parle pas, il crache.

— Si tu savais à quel point tu me combles de fierté. Je suis tes exploits depuis des décennies. En fait, depuis ta première mission au sein du commando chargé de l'enlèvement de Eichmann en 1960. Quel âge avais-tu à l'époque ? Vingt-sept ans. C'est extraordinaire, un demi-siècle après, tu n'as pas pris une ride. Regardez ce qui vous attend, ma chère.

Bleiberg s'approche de Jacky. Il pose une main fripée sur sa joue. Elle le dévisage avec dégoût. J'ai l'impression qu'elle se retient de lui cracher dessus.

Il revient vers moi et reprend sa séance d'autosatisfaction.

— Pour assouvir les fantasmes d'Himmler et de sa clique, ma première expérience intégrait des mutations annexes mineures, telles une augmentation de la croissance et dans le cas d'Eytan, une modification de la pilosité : de brun, je l'ai rendu blond. Il ne le supportait déjà pas enfant. Et mon petit doigt me dit qu'il ne l'accepte pas plus adulte.

Il jeta un coup d'œil vers Eytan.

— Combien de temps consacres-tu à te raser intégralement le visage et le crâne chaque jour ?

Bleiberg n'obtint pas de réponse. Le mutisme du géant me fait de la peine. Jamais je n'aurais imaginé le voir désemparé. Eytan Morg en savait bien plus sur le Projet qu'il n'a bien voulu nous en dire. En fait, il était Le Projet. Mais comment lui en vouloir d'avoir passé sous silence une telle monstruosité ? Et existe-t-il seulement des mots assez forts pour décrire l'inconcevable ?

J'en ai marre.

— Butez-nous et qu'on en finisse.

Et crois-moi vieux machin, sans tes gorilles tu passerais un sale quart d'heure.

— Mais je ne vais pas vous tuer, monsieur Corbin. Enfin… peut-être pas. Et ceci répondra à ta question, Eytan. Le mutagène possède une vie qui lui est propre. Chaque organisme y réagit différemment. Il a fallu mener des protocoles de tests à grande échelle. Une poignée de dictateurs éclairés, à travers le monde, m'a permis de travailler sur des prisonniers politiques dans la plus parfaite discrétion. Aujourd'hui je peux affirmer que trente pour cent des sujets survivent au traitement. Le reste décède en deux, voire trois minutes pour les plus résistants. La science va décider de votre sort, pas moi.

Colle-nous une balle entre les deux yeux, bordel ! Mais par pitié, je ne veux pas finir en cobaye pour un Frankenstein des temps modernes.

— Quant à savoir pourquoi le projet ne passe en phase opérationnelle que maintenant, la réponse est double. Tout d'abord, j'ai consacré cinquante ans à affiner mon travail dans la clandestinité pour finalement concevoir un sérum susceptible d'être produit en quantités industrielles. Ensuite, sept milliards d'humains souillent aujourd'hui la planète, neuf milliards en 2050. Avant la fin de l'année, nous reviendrons à deux milliards, trois au plus. L'humanité aura franchi un stade décisif de son évolution, unie en une seule et unique race. Le chômage et la pauvreté disparaîtront de la surface de la Terre. Les problématiques alimentaires et environnementales tomberont dans l'oubli. Que voulez-vous, je suis un indécrottable écologiste, monsieur Corbin !

Et il ne rigole même pas ! Ce type croit dur comme fer à ce qu'il dit. Des milliards d'innocents vont crever pour satisfaire les délires d'un fou.

— Et maintenant, si vous permettez, je vais procéder à mon ultime expérience avec mon cobaye préféré. (Il se tourne vers nos gardes.) Emmenez-les en salle d'attente.

Le sourire mauvais des quatre connards me laisse imaginer le pire.

Avant de sortir de la pièce, suivie par deux chaperons, Jacky hurle à Eytan « 2003 ! », et lève les mains au ciel. Elle récolte une belle bourrade dans les reins mais ne bronche pas.

2003, nous voilà bien avancés…

***

Les deux hommes poussaient Eytan sans ménagement en direction d'un lit.

— Mon enfant, je suppose que tu n'as pas oublié les douleurs inhérentes au processus de mutation. Tu vas m'assister encore une fois dans mes recherches. J'ignore ce qui peut se produire lorsque le mutagène est injecté à un sujet traité avec ma formule originale. Grâce à toi, je le saurai sous peu.

Le soi-disant docteur sortit de sa blouse une seringue emballée dans un film plastique et se dirigea vers les lits. Eytan se débattait tant bien que mal. Ses idées se télescopaient, la panique s'emparait de lui. Pas ça, pas encore. Il se remémora les piqûres incessantes, les convulsions qui suivaient, la douleur omniprésente. Et la peur envahissant sa cellule à chaque lever de soleil.

Un jour, il avait uriné sur lui de terreur. Bleiberg, fou de rage, l'avait fait nettoyer au jet d'eau froide pour lui inculquer les bonnes manières. Les gardes SS se moquaient de l'enfant, tandis que nu, il se protégeait maladroitement du flux glacial censé le laver. Ils le traînèrent ensuite par les bras jusqu'au laboratoire, lui martelant le dos à chaque hurlement qu'il poussait. Crier, Eytan le comprit trop jeune, ne protège pas. Ce matin-là, sur ordre d'Heinrich Himmler, un officiel en uniforme noir vint prendre un cliché du docteur et de son cobaye. À l'instant précis où le flash crépita, face à ces monstres sans âmes, sans compassion, sans amour, il découvrit la puissance de la colère.

D'une façon ou d'une autre, tôt ou tard, sans un regard, sans un remords, il les tuerait. Tous.

***

Je n'ose imaginer à quoi ressemble la « salle d'attente ». Deux guignols nous conduisent à travers les couloirs tristes de l'installation industrielle sans que nous croisions âme qui vive. Nous sommes samedi matin et, apparemment, même les pourris respectent le repos du week-end.

Jacky me paraît étonnamment sereine. J'ignore ce qu'elle a en tête, mais j'accueillerai toute initiative avec le plus grand plaisir. Car la salle d'attente, nous y sommes, et à en croire le symbole affiché sur la double porte grise, il s'agit du compacteur.

Encore un passage de carte à puce devant un capteur, et la pièce s'offre à nous. La porte n'est pas seulement épaisse, elle est performante sur le plan de l'isolation phonique. Désormais un bruit infernal résonne dans le bâtiment. Deux énormes cylindres tournent l'un à côté de l'autre dans une fosse assez large et profonde pour y placer une bagnole entière. Dieu merci, une barrière de sécurité est installée en bordure de l'engin. La rotation des broyeurs est lente, mais la taille des « dents » ne rassure pas. À tout prendre, la perspective d'une injection me semble plus acceptable…

Les types s'apprêtent à sortir. Au moins, tant qu'ils nous enferment, ils ne nous tuent pas. Tout à coup, Jacky frappe le mur avec ses poignets entravés. Je n'ai pas le temps de me dire qu'elle a craqué : ses bracelets viennent de s'ouvrir !

Elle se précipite sur un des hommes et lui enfonce l'anneau de ses menottes dans la carotide. Le type tombe à ses pieds portant ses mains à sa gorge. En un clin d'œil, Buffy saisit les cheveux du blessé et d'un geste brusque, inflige une torsion qui lui brise les cervicales.

Avant même que quiconque entame le moindre mouvement, Jacky colle son arme improvisée en pleine face de l'autre garde, prêt à se jeter sur elle. Il pousse un hurlement de douleur abominable et du sang gicle de son orbite. Elle lui a crevé l'œil. Dégueu !

Elle termine le travail en lui brisant la nuque à son tour.

Dans la foulée, elle saisit mes poignets et les envoie d'un coup sec contre le mur. Les menottes tombent à terre. J'hallucine.

— Modèle français, estampillé Manhurin 2003, défectueux. La risée du monde entier. Prends un flingue.

Je m'exécute. Elle fait de même et embarque en prime la carte d'accès que tenait un des types. J'ai envie de l'embrasser et mon petit doigt me dit qu'elle n'aurait rien contre. Mais pour le moment, nous nous lançons dans une course désespérée en direction du laboratoire.

***

Eytan fut assis de force. Perdu dans ses souvenirs, il ne trouvait pas la force de résister. Cet endroit ne ressemblait pas au laboratoire dans lequel il avait tant souffert, plus de soixante ans auparavant. La pièce était d'une modernité froide. Sols et parois étaient recouverts d'un enduit industriel grisâtre. Les trois lits installés contre les murs latéraux et les appareils médicaux laissaient penser qu'il pourrait s'agir des Urgences d'un hôpital. La pâleur de l'éclairage artificiel renforçait cette impression. Combien de « patients » Bleiberg avait-il torturés dans cette salle ?

Satisfaits de n'avoir pas à affronter la terreur annoncée, les gardes relâchèrent leur attention une demi-seconde. Une demi-seconde de trop. Eytan, mains jointes, asséna un coup sec sur la table où reposait le matériel médical. L'indication de Jacky s'avérait salutaire. Mais avec une épaule hors d'usage, combattre deux hommes en pleine possession de leurs moyens et une femme armée ne l'enchantait pas. Il prit sa décision en un éclair : il lui fallait une monnaie d'échange.

Eytan profita de l'effet de surprise et sauta sur le lit. Au contact du fin matelas, il redonna une impulsion et se jeta pieds en avant sur Bleiberg. Mais au lieu de le frapper, il enroula ses mollets autour de la tête de sa cible, spectatrice inerte. Ils retombèrent tous deux au sol. La clef de jambe tiendrait bon malgré les coups de poing maladroits et désemparés du vieil homme.

Elena évalua la situation avec une sérénité déconcertante. Le professeur, allongé sur le dos, battait des mains. L'espace d'un instant, il lui fit penser à une tortue renversée décrivant des moulinets pathétiques avec ses pattes.

— Sortez et postez-vous devant la porte. Je dois négocier avec monsieur Morg, ordonna-t-elle aux deux hommes.

Ils échangèrent un regard décontenancé, mais cédant devant l'autorité de la femme, sortirent de la pièce. Elena s'avança vers Eytan et Bleiberg.

— Ne craignez rien, Professeur, je suis là.

***

Eytan resserrait sa clef en dépit de l'épuisement qui le gagnait. La précision de son initiative, et sa réussite, lui offrait certes un otage. Mais l'enchaînement des mouvements avait ravivé l'hémorragie. Un adversaire plus aguerri que Bleiberg aurait déjà fait sauter la prise. La tentation d'en finir, de briser une bonne fois pour toutes la nuque de ce monstre le submergeait. Mais diminué comme il l'était, cet otage s'avérait nécessaire.

Elena stoppa sa marche à deux mètres de l'improbable couple enlacé et applaudit.

— L'agent Morg n'usurpe pas sa réputation flatteuse. Quel mouvement, quelle audace, et tout cela avec une épaule en moins.

— Arrête-toi !

L'ordre d'Eytan manquait d'assurance. La femme s'exécuta puis écarta les bras en signe d'apaisement.

— Voilà, regarde, je ne bouge plus. Mais dis-moi, Eytan, j'aimerais comprendre. Qu'espères-tu précisément ? Sauver tes amis ou me contraindre à détruire l'installation pour mettre fin à notre entreprise ? Car si tels sont tes espoirs, je crains fort qu'ils ne soient déçus. Tu ne peux plus arrêter le projet.

Elle dégaina son arme du holster et la pointa vers le

duo. Bleiberg tenta de parler, mais, la trachée comprimée par les solides jambes de sa création, n'émit que de misérables borborygmes.

Elena planta son regard sombre dans celui d'Eytan.

— Tu combats des faibles depuis trop longtemps, mon cher. La capacité à décider, l'aptitude à agir sans se laisser inhiber par les critères moraux édictés par des lâches, ne sont plus des qualités reconnues à notre époque. Aujourd'hui, les gens se vendent et s'achètent. Le compromis s'est imposé en règle. La force n'a plus droit de cité. Fut un temps où tu savais le vrai sens du pouvoir. Mais avec les années, un mal insidieux a pris possession de toi : la compassion.

Elle pointa le canon de son arme vers Eytan. Puis l'abaissa brusquement vers Bleiberg. Deux détonations plus tard, le professeur rendit son dernier souffle, transpercé par deux projectiles soigneusement placés au cœur et au front. Le kidon avait lâché sa prise et effectué un roulé-boulé juste avant les coups de feu.

— Voici donc la variable « otage » éliminée de l'équation. Tu vois, tout devient plus simple d'un coup. Debout. Et ne me sert pas ton numéro d'éclopé, tu peux le faire sans aide.

Les jambes dures comme du bois, Eytan peina à se redresser et se tint aussi droit que ses forces lui permirent. Il toisa son ennemie.

Dans ses yeux, il lut la fin d'une route qu'on lui avait imposée, soixante-huit ans plus tôt.

Chapitre final

Un premier coup de feu claqua. Eytan bascula en arrière, percuté de plein fouet à la cuisse droite. Étendu de tout son long, il tenta de pousser sur son bras gauche pour retrouver la station debout. Muscles bandés, il réussit à s'accroupir, mais la souffrance était trop forte.

Il retomba lourdement.

Elena Kourilyenko s'approchait, de sa démarche chaloupée, savourant les rictus de douleur défigurant le visage du géant.

— Je rêve de te tuer depuis si longtemps, mon frère. Tu n'imagines pas l'honneur que tu me fais. Eytan Morg est une légende au sein de notre organisation. Notre messie se nomme Patient 302. Ta nature exceptionnelle a rendu possible nos plus grands projets. Elle m'a rendue possible, moi. Je lis de l'étonnement dans ton regard. Ne comprends-tu pas ? Tu as montré la voie, mais il fallait la confirmer.

Elle releva sa manche, dévoilant un avant-bras marqué de trois chiffres à l'encre bleue : 985.

— Ils t'ont modifiée ?

Eytan, à bout de souffle, articulait avec peine.

La jeune femme se posta au-dessus de lui, pistolet pointé entre les deux yeux du blessé.

— Pas modifiée, accomplie ! J'étais volontaire, mon frère. Je connaissais les tenants et aboutissants de l'expérience. Et j'avais la foi.

— Tu es folle…

Le regard d'Eytan exprimait toute la détresse du monde.

— Oh non, loin de là. Nous représentons, toi et moi, la plus grande avancée dans l'évolution de notre espèce. Nous guidons l'humanité vers les prochaines étapes de son existence. J'aurais aimé marcher à tes côtés, mais tu es si faible. Je ne peux établir un nouvel ordre en glorifiant la faiblesse. Tu me comprends, j'espère ?

— Je comprends surtout qu'il est urgent de vous arrêter et de faire disparaître toute trace du Projet Bleiberg.

Elena s'accroupit et appuya son genou contre la cuisse meurtrie. L'hémorragie s'intensifia, arrachant à Eytan un hurlement.

— La seule trace qui va disparaître est celle de l'immense échec de ton existence. Nous aurions réalisé de grandes choses si tu ne t'étais pas retourné contre tes maîtres.

Elle posa le canon de son arme sur le front trempé de sueur.

Le visage d'Eytan se détendit. Un sourire se dessina sur ses lèvres. Puis il éclata d'un rire dément dont l'écho emplit le laboratoire. L'exécutrice, surprise et agacée par cette soudaine hilarité, accentua sa pression sur la cuisse du condamné.

Un doigt fin pressa la détente. Le coup fatal partit…

***

Jacky et moi courons à perdre haleine dans des corridors déserts. Nous aurions pu fuir, n'importe quelle personne sensée aurait cherché à quitter cet enfer. Mais sans même en parler, sans l'ombre d'une hésitation, nous fonçons vers le laboratoire. Ces malades ont peut-être déjà tué Eytan, mais s'il existe la moindre chance de le secourir, nous devons la tenter.

Nous arrivons en vue du dernier embranchement avant le labo et tournons sur notre droite. Et là, nous tombons nez à nez avec deux gardes postés de chaque côté de la double porte. Personne n'a le temps de dégainer et le corps à corps s'engage.

Je ne suis pas un combattant. Mais faut pas trop me faire chier. Le type sait se battre. J'esquive ses crochets comme je peux et bloque ses coups de pieds avec mes avant-bras. Chaque parade me fait un peu plus mal.

Je recule pas à pas. Il ne me laisse aucune fenêtre de riposte. Vu la différence de gabarit, il pèse facilement dix kilos de moins que moi, une seule baffe l'enverrait dans les vapes. Mais rien à faire. Il revient à la charge, encore et encore. Je suis en nage. La sueur dégouline de mon front et ma chemise colle à mon torse. Avec le bol que j'ai, je vais mourir de déshydratation !

Je n'abandonnerai pas. Je ne céderai rien. Je n'ai fait que baisser les bras depuis des mois. J'ai tué une enfant, délaissé ma mère et déçu Bernard. Mais je ne laisserai pas tomber Eytan. Cogne, mon salaud, allume à mort, je le mérite.

Je heurte le mur. Une déferlante de crochets s'abat sur moi. Je me protège comme je peux. Un *jab* aux côtes fait mouche. Je tombe à genoux, le souffle coupé. Le mec approche pour en finir. Ses mains saisissent mes cheveux. Je vois ses pieds, écartés, devant moi et je tente ma chance. Je bondis et lui agrippe les couilles. De douleur, il relâche sa prise sur ma tête. Je serre de toutes mes forces, de toute ma rage. Incapable de respirer, il n'arrive même pas à hurler. Je prends mon pied et remets une pression.

Je le regarde. Son expression est pathétique, ridicule, la bouche en cul de poule, les yeux exorbités. Je pousse sur mes jambes aussi fort que possible. Le mec part à la renverse, mais je ne lâche pas et je bascule avec lui. Je rampe sur son torse, et je cogne. Je n'entends plus que mes cris et ses gémissements. J'aurais voulu l'entendre, qu'il gueule, me supplie de le laisser en vie. Mais il n'est plus en état de me faire ce bonheur. Je réduis son visage en bouillie. Je ne sens plus mes poings. Je ne sens que le plaisir, indescriptible. Des limbes, un son grandit et se répète sans cesse. Mon prénom.

Jacky…

Je me retourne. Ma Buffy est en mauvaise posture. Je ne sais pas comment elle en est arrivée là, mais le type est placé derrière elle, sur sa droite, et la tient par le cou. Ce fumier lui cogne la tête contre le mur. Elle a du sang plein le visage. Ses jambes ne la portent plus. Il va la tuer. Je me relève vite, le plus vite possible.

Pas le temps de réfléchir, je me jette dans le dos de cet enfoiré. Je remercie intérieurement mes années de foot américain à la fac ! Le placage est parfait. J'enroule mes bras au niveau de sa hanche et ma tête heurte ses lombaires. Surpris, projeté contre le sol, il s'écrase la gueule. Le claquement des os ne laisse pas de doute : nez et mâchoire se sont brisés de concert. Je me retrouve avachi, une ordure K-O à mes pieds. Jacky s'effondre à mes côtés. Le type lui a ouvert une arcade sourcilière et elle porte des hématomes sur les pommettes et les lèvres. Elle est à bout de force. D'une main tremblante, elle me tend la carte magnétique.

— Je… vais bien. File ! Aide-le…

Eytan…

Je sors mon flingue mais c'est purement psychologique, je ne sais pas utiliser ces machins, et déclenche l'ouverture de la porte. Le corps de Bleiberg gît au sol dans une mare de sang. Eytan est allongé non loin, Elena accroupie sur lui. Elle pointe une arme sur la tête de mon pote. Il pousse un cri de douleur déchirant. La rousse n'a pas capté ma présence. J'avance à pas feutrés. L'heure de rendre la monnaie a sonné.

***

Eytan sentit la balle effleurer son crâne. Le pistolet rebondit par terre. La bouche d'Elena se colla à son oreille, son corps pesa contre lui. Elle émettait des petits cris aigus. Elle se redressa brusquement.

Les mains ramenées contre sa gorge, elle tentait de desserrer l'étreinte de l'avant-bras et du coude de Jeremy. Il la tirait vers lui de toutes ses forces, jurant, crachant sa haine contre cette femme. La puissance de l'étranglement tuméfiait la chair, lui donnait une teinte violacée. Encore un effort et sa colonne vertébrale se briserait en deux.

***

La garce ne m'a pas entendu arriver. Tant pis pour elle. Ma prise est ferme, parfaite. Je l'étrangle avec mon bras et presse mon genou contre son dos. Ainsi tordue vers l'arrière, elle n'a aucun espoir de se libérer. Et moi, je me délecte de ses râles. En dépit de l'effort, je souris à pleines dents. Tu as assassiné ma mère, Bernard, et je parie que tu t'es chargée de mon père. Trois excellentes raisons de te buter comme Eytan le ferait : sans l'ombre d'un remords.

Je sens qu'elle cède et se débat moins. Il ne me reste plus qu'à peser de toutes mes forces pour lui fracasser les vertèbres et la crever de sang-froid. De sang-froid… Pour devenir comme eux, comme elle… Mais j'ai déjà donné la mort, sans le vouloir, par bêtise et inconséquence. En la tuant, je franchis définitivement une porte sans retour et j'abandonne tout espoir de retrouver la paix. La fillette n'aurait été que la première victime de ma déchéance. Alors non, je ne vais pas tuer Elena.

Je laisse le soin à d'autres de rendre la justice ou de se prendre pour Dieu.

***

Jeremy mit fin à sa prise et recula. À bout de souffle, Elena tomba au sol, toussant, les doigts sur sa gorge endolorie. Eytan se saisit de son arme puis s'aida de la main tendue par le trader pour se redresser. Le géant, cherchant la position la plus adaptée pour diminuer la douleur, s'appuya sur l'épaule solide du blondinet.

Le visage de Jay exprimait la paix. Eytan perçut également de la joie.

— Tu as bien fait. Elle ne mérite pas que tu te salisses les mains. La tuer ne soulagerait pas ta peine, mais t'ôterait toute chance de retrouver, un jour, une vie normale. Jeremy, tu n'es pas un assassin.

Les yeux du jeune homme naviguaient d'Eytan à Elena.

— Aujourd'hui j'en suis convaincu.

La rousse intervint.

— Toi, tu es un tueur, Morg. Nous t'avons fait tel que tu es. Tes beaux discours n'y changeront rien. Tu es le patient 30…

Avant qu'elle puisse finir, Eytan lui asséna un coup de pied en pleine face qui la sonna pour le compte.

— Je ne suis pas le fruit d'une expérimentation. Je n'appartiens à personne d'autre qu'à moi-même. Bleiberg sait modifier les corps, pas les esprits. Personne ne dicte mes actes. Je suis le capitaine de mon âme.

Il se tourna vers Jeremy. Ensemble, ils regardèrent le professeur et la tueuse étendus côte à côte.

— Tu comprends, maintenant, pourquoi je fais ce métier ? J'offre aux victimes la justice qu'elles méritent.

— Ne vaudrait-il pas mieux protéger les victimes avant qu'elles ne le deviennent ?

Eytan baissa la tête et inspira longuement.

— Pour cela, il faudrait que l'homme cesse d'être un loup. En attendant, je décime la meute.

Le géant avisa Jacky appuyée contre la double porte du laboratoire. Son visage portait les stigmates du combat, mais pour impressionnantes que fussent les marques, les blessures seraient sans conséquence. La petite blonde observait la scène en silence. Elle fixait Eytan. Elle se mit en mouvement avec difficulté et vint rejoindre Jeremy dont le regard ne pouvait se détourner d'Elena Kourilyenko.

— Jeremy, il est temps de partir, lui glissa-t-elle au creux de l'oreille.

Le trader dévisagea ses camarades. Il sourit.

— Je suis bien d'accord, j'en ai plus que ma claque. Pour une bande d'éclopés, nous ne nous en sommes pas si mal sortis. Et maintenant, on fait quoi ?

Le sourire goguenard s'évanouit face aux mines sérieuses tournées vers Jeremy.

— Qu'y a-t-il ?

Eytan plongea son regard dans celui du jeune homme.

— Le projet Bleiberg prend fin ici et maintenant. L'installation doit disparaître…

— Évidemment !

—… et tout ce qui a un rapport avec les expériences de ce malade.

Il désigna Elena, toujours inconsciente.

Jeremy s'apprêta à acquiescer mais se figea. Il venait de saisir le vrai sens du message. Cette fois, la panique se lut sur ses traits.

— Non, Eytan. Tu n'as pas besoin de faire ça ! Faisons péter le labo et toute l'installation et rentrons chez nous. Je t'en supplie, ne déconne pas.

Morg prit Jay par les épaules.

— Jeremy, tant que je serai en vie, ils me poursuivront. S'ils venaient à me capturer, les recherches reprendraient. Mon corps deviendrait l'objet de toutes leurs convoitises. Bleiberg et Elena ont dit vrai. Je suis le patient 302. Pour le Consortium, je le serai toujours.

Jay repoussa violemment les mains d'Eytan. L'équilibre précaire et la faiblesse de son bras droit l'empêchèrent de résister. Au bord de l'explosion, le trader s'approcha de Jacky, silencieuse.

— Raisonne-le, toi. Ça ne doit pas forcément finir ainsi ! Ça ne peut pas finir ainsi !

L'espionne de la CIA leva les yeux vers Jeremy, mais ne décoinça pas un mot.

— Vous êtes tous dingues, bordel. Faut être con pour devenir agent secret ou quoi ?

Il se tourna vers Jacky.

— Il existe bien un programme de protection des témoins, avec changement d'identité ou un truc du style ?

— Tu me vois vivre dans une banlieue paumée, bosser dans une mairie ou une administration au classement des formulaires ? Je suis un tueur, Jeremy. Je n'ai jamais rien su faire d'autre. Je suis fatigué. Mon travail est accompli. À d'autres de prendre le relais. Maintenant, aide Jaqueline à sortir et partez sans attendre.

— Jamais !

Jeremy ne vit pas venir le coup, sec, puissant. Il s'effondra. Eytan grimaça lorsque son poing frappa le blondinet.

— Jacqueline, à toi de le traîner hors d'ici…

— Que vas-tu faire ?

— Je crois que tu en as une vague idée.

Elle se mit sur la pointe des pieds et déposa un baiser sur la joue du géant.

***

Je reprends conscience dans la bagnole. Jacky est penchée sur moi. Ses doigts fins caressent mon visage. Je me redresse sur le fauteuil. Il a mis la dose sur la dernière beigne. Je peux à peine bouger. La voiture démarre. Pendant que nous nous éloignons, je regarde les ruines de l'hippodrome dans le rétroviseur. Une première explosion soulève des monceaux de terre. Les déflagrations s'enchaînent, plus puissantes les unes que les autres. Puis tout s'embrase. Eytan a bien fait les choses, comme toujours.

Les mains crispées sur le volant, Jacqueline fixe la route. Nous filons sans échanger un mot. Ce salopard va salement me manquer…

Épilogue

La neige s'accumule dans l'allée menant au garage. Je suis bon pour déblayer si je veux me rendre au travail demain matin. Au moins, les enfants du quartier vont s'éclater comme des petits fous. Café en main, je regarde de l'autre côté de la rue. Les décorations de Noël rivalisent de couleurs sur les façades du voisinage.

Il ne faut pas que j'oublie. L'oncle et la tante de ma petite femme débarquent demain soir à l'aéroport de Newark. Je dois passer les prendre à sept heures.

Je suis content d'avoir quitté Manhattan. Ce petit lotissement du New Jersey me convient mieux. L'air y est pur, les gens serviables. Je me suis fait plus d'amis ici en cinq mois qu'en cinq ans à Big Apple. La finance ne me manque pas. Tenir une librairie est plus marrant. Je l'ai appelé « Morg's Universe ». Je ne vends que des polars, des thrillers, des livres d'espionnage et quelques jeux de rôle. Peu importe si ça ne marche pas. Nous avons assez d'argent pour ne pas nous en préoccuper. La boutique compte déjà quelques passionnés. Certains passent tous les jours. On papote autour d'une tasse, on s'engueule souvent. La vie a repris son cours. Je ne regarde plus le monde à travers des colonnes de chiffres.

Je ne bois plus. À notre retour de Belgique, j'ai fait un séjour à l'hôpital suivi d'une cure de désintoxication. Depuis, la simple vision d'un verre de vin me dérange.

Je fume encore, mais moins qu'avant. Je n'arrive pas à arrêter complètement.

J'ai toujours du mal à trouver le sommeil. Cela s'arrange petit à petit. J'en profite pour lire, rattraper mes lacunes culturelles : une tâche conséquente! Souvent, la nuit, je me demande ce qu'a été la vie d'Eytan après son évasion du camp de concentration. Comment a-t-il survécu et échappé aux nazis? Qui lui a fourni son antidote? Et une foule d'autres questions qui resteront, pour moi, sans réponse. Je ne peux m'empêcher de penser à cet être hors norme, ce témoin de l'Histoire et à tous les événements qu'il a traversés.

Une fois par semaine, je me rends sur la tombe de ma mère. Jacky a fait le nécessaire, avant de démissionner de l'Agence, pour la rapatrier dans le cimetière de la ville.

Elle a jugé plus sage de ne rien révéler à ses services quant à l'existence du Consortium. Je voulais tout balancer, mais elle m'a fait remarquer que les preuves dont nous disposions avaient disparu dans l'explosion du complexe BCI en Belgique. Selon elle, la mystérieuse organisation ne nous ferait aucun mal puisque nous ne représentions plus aucune menace. Et d'ajouter « Qui nous croirait de toute façon ? »

Je ne peux lui donner tort. Et le fait est que personne n'est venu nous abattre. Quant à l'épidémie de choléra, elle fut endiguée sans difficulté une poignée de semaines après notre retour.

Un petit coup d'œil aux mails avant d'aller dormir. Le bureau déborde de livres. Je ne pourrai jamais tout lire, mais essayer ne coûte rien. J'ai trois nouveaux messages. Deux commandes Internet, encore des paquets à préparer, et un message sans expéditeur intitulé « Joyeux Noël, Novacek ». Montée d'angoisse : je n'utilise plus ce nom. Ce n'est pas un spam. Si c'est un virus, Greg, le gros *geek* qui vit à la boutique et sur Facebook, me remontera la bécane.

Un click. Une animation se lance. D'abord une photo du magasin. Je me vois à travers la vitrine. Je papote avec un barbu, Phil. C'était hier après midi. L'image disparaît. Une phrase apparaît : « Joyeux Noël à vous deux ! »

Une autre image s'affiche. Deux poings en gros plan. Sur les phalanges des lettres : « T.O.N. P.O.T.E ».

Salopard…

Une main se pose sur mon épaule. Je ne sursaute pas. Elle aussi je la reconnaîtrais entre mille.

— Tu savais, n'est-ce pas ?

— Oui. J'ai bien l'impression qu'Eytan Morg a une nouvelle cible. Le Consortium se prépare des jours difficiles.

Elle pose ses lèvres sur mon cou, s'approche de mon oreille.

— Joyeux Noël mon amour…

Fin

Retrouvez prochainement
Eytan Morgenstern
dans *Le Projet Shiro*
Sortie prévue en Octobre 2011

Déjà paru aux éditions Critic :

Le Sabre de Sang
tome 1 : *Histoire de Tiric Sherna*
de Thomas Geha

La Volonté du Dragon
de Lionel Davoust

À paraître aux éditions Critic

Le Sabre de Sang
tome 2 : *Histoire de Kardelj Abaskar*
de Thomas Geha
(Mars 2011)

L'illustratrice :

Cyrielle Alaphilippe :

« Je me suis mise au dessin très tôt, bien avant même de savoir écrire mon prénom. J'ai passé ma scolarité un crayon à la main, à griffonner, créer, imiter, à transformer mes cahiers de maths en carnets de croquis. D'abord fervente adepte des encres et de l'aquarelle, j'ai eu l'occasion d'explorer les styles et les techniques au cours de mes quatre années d'études en art appliqué à l'ECV de Nantes. En tant qu'amoureuse des livres, je me suis spécialisée dans l'édition et l'illustration. Après des débuts professionnels dans le milieu du packaging, je travaille aujourd'hui en tant que graphiste-illustratrice freelance.

Mon style est fait d'influences diverses qui vont de Sempé à Rebecca Dautremer en passant par Jeff Koons, avec une pointe de design et d'infographie propre à mon cursus dans la publicité. Malgré tout, je travaille toujours à partir de dessins et peintures, auxquels se greffent ensuite des techniques plus modernes, le crayon et le pinceau restant mes outils phares.»

Cet ouvrage a été achevé d'imprimer en novembre 2010
dans les ateliers de Normandie Roto Impression s.a.s.
61250 Lonrai (Orne)
N° d'impression : 104210

Imprimé en France